KB004020

아사히나 씨(대)는 아사히나 씨(소)의 뺨을 콕콕 찔렀다.

스즈미야 하루히의 무료

타니가와 나가루 | 지음

이덕주 | 옮김

CONTENTS

프롤로그

스즈미야 하루히가 아니라 바로 내가 우울했던 건 아닌가 생각되는 SOS단 발족기념일은 생각해보면 초봄의 일이었고, 이 또한 하루히가 아니라 내가 완전 한숨으로 도배했던, 자체 제작 영화 촬영과 얽힌 사건들은 일단 달력상으로는 가을 무렵이었다.

그동안 약 반년이란 시간이 지난 것도 당연하지만, 여름방학을 낀 그 반년 동안에 하루히가 팔짱만 낀 채 시간이 흘러가는 대로 맡겨둘 리가 만무한지라, 당연히 우리들이 터무니없으며 이해 불가능한 사건들과 사건인지 어떤지도 구분이 안 가는 사건 비스무리한 것에 지긋지긋하게 시달렸다는 건 말할 필요도 없을 것이다.

뭐니해도 계절이 계절이다. 기온의 상승과 함께 사방에서 벌레들이 우글거리며 기어 나오는 것처럼 하루히의 머릿속에서도 정체불명의 생각들이 굴러 나오는데, 그냥 나오는 것뿐이라면 또 몰라도 그 생각을 우리들의 손으로 어떻게든 처리를 해야 한다는 부조리한 사태가 기다리고 있다는 건 대체 어떻게 된 일이란 말인가.

코이즈미와 나가토와 아사히나 선배가 어떻게 생각하고 있는지는 잘 모르겠지만, 적어도 내 자각 증상으로서는 기력과 체력 모두 충분한 패러미터를 유지하고 있음에도 불구하고, 배터지도록 과식

해서 자기 무게에 눌려 옴짝달싹 못하게 된 자그마하고 동그란 동물과 같은 기분을 매번 맛봐야 하는 상태인데, 이렇게 되면 그 앞에 기다리고 있는 것이라고는 언덕길을 데굴데굴 굴러 떨어지는 것밖에 없다.

지금도 굴러 떨어지고 있는 중인지도 모르겠다.

하루히는 머릿속이 항상 유쾌한 일로 꽉 차 있지 않으면 반드시 별 웃기지도 않은 생각을 하게 된다는, 다른 사람 입장에서 본다면 민폐 천만인 습성을 갖고 있다. 하여간 아무것도 안 해도 된다는 상황을 못 참겠나보다. 아무것도 없으면 억지로라도 할 일을 찾아내는 녀석이다. 그리고 내 경험상 하루히가 뭔가를 지껄여댔을 때 우리들이 무사태평한 심정에 빠져 있었던 적은 없다. 앞으로도 없을지도 모른다. 뭐 이딴 녀석이 다 있냐.

좋은가 나쁜가를 떠나, 무엇보다 무료함이라면 질색을 하는 여자, 그것이 바로 스즈미야 하루히였다.

이런 연유로 우울이 한숨으로 옮겨가는 반년 동안 우리 SOS단이 해야 했던, 무료함을 달래기 위한 이런저런 일들을, 모처럼 이렇게 되었으니 이 자리를 빌려 소개를 하고자 한다. 뭐가 모처럼이냐면, 나도 확실히 알 수 있는 건 아니지만, 말해봤자 손해볼 일은 없을 것이고, 최소한 누구 하나라도 내가 안게 된 이 형용하기 힘든 기분을 공유해주었으면 하는 바람에서이다.

그래…, 일단 그 바보 같은 야구 대회부터 시작해볼까.

스즈미야 하루히의 무료

어느 날 '세계를 오지게 들썩이게 만들기 위한 스즈미야 하루히의 단체', 약칭 SOS단의 아지트(정확하게는 아직 문예부 동아리방)에서 스즈미야 하루히는 코시엔(주1)에서 제일 좋은 제비를 뽑은 야구부 주장이 선수 선서를 할 때처럼 발랄하게도 소리 높이 선언했다.

"야구 대회에 나갈 거야!"

6월의 방과 후였다. 내게 있어선 악몽과도 같았던 그 사건 이후 2주가 지난 시점이기도 했고, 그로 인해 제대로 공부에 집중할 수 없었던 바람에 악몽 그 자체였던 중간고사 결과가 돌아오고 있는 초여름 무렵이기도 했다.

그런 주제에 하루히는 아무리 잘 봐주어도 전혀 수업을 진지하게 듣고 있는 것 같지도 않은데 혼자서 성적이 학년 10위권 내에 들고 있으니, 이 세상에 신이 있다면 그 녀석에겐 사람을 보는 눈이 전혀 없든가, 근성이 아주 썩어 빠진 녀석일 게 분명하다.

…뭐, 그런 건 아무래도 좋다. 지금 하루히가 외친 대사가 훨씬 더 큰 문제다. 지금 이 녀석이 뭐라고 한 거야?

난 이 방에 있는 나를 제외한 세 명의 얼굴을 둘러보았다.

주1) 코시엔: 매년 봄과 여름에 열리는 일본의 전국 고교 야구 대회.

처음에 본 것은 중학생 같은 동안을 가진 상급생 아사히나 미쿠루 선배였다. 하얀 깃털을 등에 단다면 당장에라도 하늘로 돌아가 버릴 것만 같은 외모를 가진 아주 끝내주게 귀여우신 분이시다. 그 얼굴과 자그마한 신장에 어울리지 않게 이분이 또 참 엄청난 글래머라는 사실을 나는 알고 있다.

여기 있는 사람들 중 유일하게 이 고등학교의 교복을 입고 있지 않은 아사히나 선배는 현재, 옅은 핑크색 간호사복을 걸치고 촉촉한 입술을 보기 좋게 반쯤 벌린 채 하루히를 바라보고 있었다. 그녀가 간호사 복장을 하고 있는 이유는 간호 학생도 아니고 코스튬 플레이 마니아여서도 아니라 단지 하루히의 지령 때문이다. 또 어느 요상한 인터넷 쇼핑몰에서 입수를 했는지 하루히가 가져와 강제적으로 아사히나 선배에게 떠넘긴 옷이 바로 저것이다. 만인이 떠올릴 "대체 거기에 무슨 의미가 있는가?" 라는 의문에는 이렇게 대답하고자 한다.

"그딴 건 없어."

한때 하루히는 "이 방에 있을 때는 항상 이 의상을 입도록. 꼭이야!" 라는 명령조로 말했고, 아사히나 선배는 "그, 그, 그럴 수가…" 라고 울먹이면서도 성실하게 명령을 지키고 있었다. 너무나도 기특한 모습에 때때로 뒤에서 안아주고 싶을 정도이지만, 아직 실행에 옮긴 적은 없다. 맹세코 없다.

참고로 2주 전쯤에는 메이드복이 표준이었고, 지금도 그 메이드 의상은 구석 옷걸이에 걸려 있다. 이쪽이 더 귀엽고 잘 어울리고 내 취향에도 맞기 때문에 이제 그만 원점으로 복귀를 해주었으면 좋겠다고 생각하고 있다. 아마 아사히나 선배라면 요청에 응해줄 것이다. 매력적으로 부끄러워하면서 말이다. 으음, 정말 좋군.

그런 연유로, 지금은 간호사 복장의 아사히나 선배는 야구가 어쩌고 하는 하루히의 선언을 들은 직후,

"네…?"

카나리아가 인사라도 하는 듯한 귀여운 목소리로 반응을 보이고선 계속 침묵을 유지하고 있다. 하긴 당연한 반응이다.

그 다음으로 나는 이 자리에 있는 또 다른 한 여성의 얼굴로 시선을 돌렸다.

키는 아사히나 선배와 비슷비슷하지만 존재감에 있어서는 해바라기와 쇠뜨기만큼의 차이가 있는 나가토 유키는 평소와 같이 아무 소리도 못 들었다는 듯 두툼한 하드커버 책을 펼친 채 페이지에 시선을 고정한 채였다. 몇십 초마다 한번씩 손가락을 움직여 페이지를 넘기는 모습으로 겨우 이 녀석이 살아 있다는 걸 알 수 있을 정도다. 일본어를 갓 익힌 사랑앵무새라도 이보다는 더 말을 잘할 것이고, 동면 중인 햄스터라 해도 이 녀석보다는 더 몸을 움직일 것이다.

있으나 없으나 매한가지인 녀석이라 딱히 힘주어 묘사할 점도 없지만 일단 소개를 해두자면, 이 녀석은 나와 하루히와 같은 1학년으로, 이 동아리방이 원래 소속되어 있는 동아리의 학생, 즉 단 하나뿐인 문예부원이다. 즉 SOS단이라는 우리 동호회는 문예부의 동아리방을 빌려 쓰고 있달까, 거의 기생과도 같은 수준으로 이곳을 근거지로 삼고 있는 것이다. 물론 학교 측의 승인은 아직 받지 못한 상태이다. 요전에 제출한 동아리 창단 신청서는 학생회에서 문전박대를 당했다.

"……."

아무 반응도 없는 나가토의 얼굴에서 시선을 돌리자, 그 옆에 코이즈미 이츠키의 싱글거리고 있는 잘생긴 얼굴이 있었다. 재미있다는 표정을 짓고선 내게 시선을 던지고 있었다. 괜스레 화가 난다. 이 녀석은 나가토보다 더 무시해도 된다. 이 수수께끼의 전학생 소년—이 수수께끼가 어쩌고 한 건 하루히뿐이었지만—은 앞머리를 툭 치며 짜증날 정도로 단정한 얼굴에 미소를 머금었다. 그리고 나와 시선이 마주치자 패주고 싶을 만큼 멋진 동작으로 눈썹을 치켜세웠다. 한 대 맞고 싶은 거냐, 너 지금?

"어딜 나간다고?"

아무도 반응을 보이지 않기에 평소처럼 나는 떨떠름하게 하루히에게 되물었다. 왜 다들 날 하루히의 통역 담당으로 삼고 싶어 하는 거지? 이건 왕 민폐다.

"이거."

의기양양한 표정으로 하루히가 내게 내민 것은 한 장의 전단지였다. 전단지에 안 좋은 추억만 가득한 아사히나 선배가 조심스레 몸을 웅크리는 모습을 곁눈질로 훔쳐보며 나는 그 종잇조각에 씌어 있는 내용을 읽었다.

"제9회 시내 아마추어 야구 대회 참가 모집 안내."

이 시의 아마추어 야구 챔피언 팀을 토너먼트 방식으로 결정하자 어쩌고저쩌고. 주역은 구청이고 매년 열리는 유서 깊은 행사라고 한다.

"흐음."

나는 중얼거리며 고개를 들었다. 눈이 부실 정도로 환한 하루히

의 얼굴이 스마일 100퍼센트로 코앞에 있었다. 난 순간적으로 반 발자국 뒤로 물러나며,

"그래, 그 야구 대회엔 누가 나가는데?"

이미 알고는 있었지만 일단 물어는 보았다.

"당연히 우리들이지!" 라고 하루히가 단언을 해주었다.

"그'들'이라는 말엔 나와 아사히나 선배와 나가토와 코이즈미까 지 포함되는 거냐?"

"당연한 거 아냐?"

"우리들의 의사는 어떻게 되는 걸까나?"

"네 명이 더 필요하겠다."

여전히 자기 귀에 거슬리는 얘기에는 귀를 기울이지 않는 녀석이 다. 문득 어떤 생각이 머릿속을 스쳤다.

"너 야구 규칙은 알고 있냐?"

"그 정도야 알고 있지. 던지고 치고 달리고 미끄러지고 태클하고 그러는 스포츠야. 야구부에 임시로 들어가본 적도 있으니까 대충은 할 줄 알아."

"임시라니 며칠이나 갔었는데?"

"약 1시간 정도? 하나도 재미없기에 바로 돌아왔지."

그 재미없었던 야구 대회에 왜 이제 와서, 그것도 우리들이 나가 야 하는 거냐. 너무나도 당연한 의문에 대해 하루히는 다음과 같이 대답했다.

"우리의 존재를 천하에 알릴 기회야. 이 대회에서 우승하면 SOS 단의 이름이 어엿하게 자리 잡을 계기가 될지도 몰라. 좋은 기회라 고."

이런 단체의 이름이 이 이상 이목을 집중하는 것만큼은 삼가줬으면 하는 바람이고, 무엇보다 자리를 잡게 해서 뭘 어떻게 하려는 생각이냐. 뭐가 좋은 기회야?

난 무척이나 당황했고, 아사히나 선배도 당황하고 있었다. 코이즈미는 "으흠, 그렇군요" 라는 소리를 지껄이며 전혀 문제될 게 없다는 얼굴을 하고 있다. 나가토는 곤란한지 어떤지, 어쩌면 얘기도 안 듣고 있을지도 모르지만, 평소 같은 무표정한 얼굴이 도자기처럼 굳어 있었다.

"어때, 좋은 생각이지, 미쿠루?"

갑자기 자신에게 화살이 돌아오자 아사히나 선배는 당황하며 대답했다.

"네? 네? 하, 하, 하지만…."

"뭐가?"

물가에서 물을 마시는 새끼 사슴에게 접근하는 악어처럼 하루히는 아사히나 선배의 등 뒤로 돌아가 허리를 일으키려던 작은 몸집의 간호사복 차림을 한 가짜 간호사를 갑자기 껴안았다.

"우왓! 뭐, 뭐, 뭐, 뭐예요…!"

"알겠어, 미쿠루? 이 단체에선 리더의 명령은 절대적이야! 항명죄는 무겁다! 무슨 의견이 있다면 회의 때에 듣겠어!"

회의? 항상 일방적으로 하루히가 뭔지 이해도 안 가는 일을 우리에게 강요하기 위해 여는 모임을 말하는 거냐?

하루히는 버둥거리는 아사히나 선배의 목에 백사 같은 팔을 감으며 말했다.

"야구 좋지? 미리 말해두겠는데 목표는 우승이야! 1패도 용서하지 않을 거야! 난 지는 게 무지하게 싫거든!"

"으아아아아…."

아사히나 선배는 당황해 어쩔 줄 몰라 하며 얼굴을 붉히곤 부들부들 떨고 있었다. 슬리퍼 홀드에 가까운 안기 기술로 아사히나 선배를 붙들고 그 귀를 자근자근 깨물던 하루히는 부럽다는 심정이 분명히 얼굴에 그대로 드러나 있을 나를 흘낏 노려보았다.

"알았지?"

알았든 몰랐든 어차피 우리가 무슨 소릴 해도 무시할 생각인 주제에.

"뭐, 좋잖아요."

코이즈미가 동조를 하고 나왔다.

야, 야. 그렇게 시원하게 찬성표를 던지면 어떡하냐. 가끔은 반론도 펴고 그래야지.

"그럼 난 야구부에 가서 도구를 받아올게!"

소형 회오리바람과 같은 기세로 하루히가 뛰쳐나가자, 겨우 해방된 아사히나 선배는 의자 등받이에 몸을 맡겼고 코이즈미가 말했다.

"우주인 포획 작전이나 UMA 탐색 합숙 여행이 아니라 다행이었잖아요. 야구라면 우리가 두려워하는 비현실적인 현상하고는 상관이 없을 텐데요."

"그렇기는 하지."

이 말엔 나도 일단 수긍했다. 아무리 하루히라도 야구 시합에 우주인이나 미래에서 온 사람이나 초능력자가 필요하다고 하지는 않을 것이다. 그렇다면 발견할 수 있을 리가 만무한 초자연 현상을 찾아 온 동네를 돌아다니는 것보다(SOS단의 주력 활동이 그거다), 야구에 열을 올리는 편이 조금은 나을지도 모른다. 아사히나 선배도 고개를 힘차게 끄덕이고 있고.

결과적으로 그 추측의 화살은 완전히 표적을 벗어났고, 그냥 벗어난 정도라면 그나마 나았겠지만, 그 표적이 걸려 있는 벽을 관통해 한없이 날아가게 되었지만, 그 사실을 내가 깨닫게 된 것은 훨씬 뒤의 일이다.

그러니까, 나는 생각했다. 야구가 아니라도 자신의 시선을 끄는 거라면 뭐든 좋았던 거다. 무엇보다 하루히에 의해 발족한 SOS단인지 뭔지 하는 남우세스러운 명칭을 가진 이 동호회 미만, 비공인 학내 단체 그 자체야말로 이미 이 녀석의 단순하고 충동적인 생각의 산물이다. 정식 명칭이 '세계를 오지게 들썩이게 만들기 위한 스즈미야 하루히의 단체'라는 무지하게 긴데다 무서울 정도로 자기만의 세계에 빠져 있으며 추상적인 수수께끼의 단체이다. 조금 더 무난한 이름으로 하려던 내 계획은 힘없이 무너졌고 그 이후로 개명 기회는 찾아오지 않고 있다.

이전에 뭘 하는 동아리냐는 질문을 받은 하루히는 마치 적장의 목을 쳐낸 졸병 무사와 같은 얼굴로 이렇게 대답했다.

"우주인이나 미래에서 온 사람이나 초능력자를 찾아내 같이 노는 거야!"

이것이 바로 기행으로 학교에서 이름을 드날리던 스즈미야 하루히의 이름이 완전히 변태의 대명사로 명예의 전당에 입성하는 계기가 되는 대사였다.

뭐, 아무튼 이런 식으로 까마귀가 반짝이는 물건에 집착하듯, 고양이가 자그맣고 꼬물꼬물 움직이는 물체를 보면 반사적으로 덤벼들듯이, 부엌에서 바퀴벌레를 발견한 사람이 살충제를 찾듯이, 우연히 마음이 끌린 거라면 피구든 게이트볼이든 포트볼(주2)이든 뭐든 "이거 할래!" 라고 말을 꺼내는 것이 분명하다. 아마추어 럭비 대회가 아니라는 걸 기뻐해야 할지도 모르겠다. 야구보다 많은 인원을 모아야 하니까 말이다.

그러니까 하루히는 그저 무료했던 것이다.

대체 어떠한 교섭을 했는지, 하루히는 야구 도구 한 세트를 안고서는 회오리바람처럼 돌아왔다. 어린 강아지를 버릴 때나 사용할 것 같은 상자 안에는 낡은 글러브 아홉 개와 여기저기가 울퉁불퉁한 금속 배트, 지저분한 경식 공이 몇 개 들어 있었다.
"잠깐만."
나는 그렇게 말하며 전단지를 다시 한 번 잘 살펴보았다.
"이건 연식 야구 시합이야. 경식 공을 가져오면 어떡하냐?"
"공은 공이잖아. 거기서 거기야. 배트로 때리면 다 날아간다고."
나도 야구라곤 초등학교 시절에 운동장에서 놀이삼아 해본 게 전부다. 하지만 연식과 경식의 차이 정도는 알고 있다. 경식 공으로 맞으면 더 아프다.
"안 맞게 하면 되지."
네가 뭘 걱정하고 있는지 도통 모르겠다는 얼굴로 하루히는 너무나 쉽게 말했다.

주2) 포트볼: 7인제로 하는 야외 구기로 농구와 비슷한 스포츠

나는 그만 포기했다.

"그래서 그 시합인지 뭔지는 언젠데?"

"이번 주 일요일."

"모레잖아! 너무 빠른 거 아냐?"

"하지만 벌써 신청해놨는걸. 아, 걱정 마, 팀명은 SOS단으로 해 놨으니까. 그런 점은 또 빈틈이 없지."

난 완전 힘이 빠졌다.

"…다른 멤버는 어디서 모아올 생각이냐?"

"대충 굴러다니는 한가해 보이는 녀석을 잡아오면 되지."

이 소리가 지금 진심으로 하는 말이라니까. 그리고 하루히가 찍어뒀을 법한 인간은 하나의 예외를 제외하고 다들 평범하지가 않았다. 그 몇 안 되는 예외는 나다. 그리고 나는 이 이상 이해할 수 없는 인간과 알고 지낼 생각이 없다.

"알았다. 넌 가만히 있어. 선수를 모으는 건 내가 할게. 일단…."

난 1학년 5반 남자들의 얼굴을 떠올렸다. 내가 말을 걸면 따라올 만한 녀석…, 타니구치와 쿠니키다 정도겠군.

내가 그렇게 말하자, 하루히는,

"그거면 됐어."

자기 반 친구를 '그거' 취급을 했다.

"없는 것보다는 낫겠지."

다른 녀석들은 스즈미야 하루히의 이름이 나오자마자 도망칠 것이다. 으음, 나머지 두 명을 어떻게 해야 하나.

"저어."

아사히나 선배가 조심스럽게 한 손을 들었다.

"제 친구라도 괜찮다면….."

"그럼 그거."

하루히가 바로 대답을 했다. 누구라도 상관없나보다. 넌 아무것도 모르니까 괜찮을지 몰라도 난 조금 신경이 쓰이거든. 아사히나 선배의 친구? 대체 어디 친군데?

표정에 드러난 의문을 예리하게 알아차렸는지 아사히나 선배는 날 보며,

"걱정 말아요. 이 시…, 으흠, 반에서 알게 된 친구니까요."

안심시키려는 듯 말했다. 그러자 코이즈미가,

"그럼 저도 친구를 한 명 데려올까요? 실은 우리에게 관심을 보이고 있는 인물이 있는 것 같ー."

라고 말을 꺼내는 것을 막았다. 네 친구 따윈 안 와도 돼. 어차피 묘한 녀석일 게 뻔하다.

"내가 어떻게든 해보지."

누구라도 상관없다면 내게도 아는 사람이야 있다. 하루히는 거만하게 고개를 끄덕였다.

"그럼 일단 특훈을 해야지."

뭐, 이야기 흐름상 그렇게 되겠지.

"지금부터."

지금부터? 어디서?

"운동장에서."

활짝 열린 창을 통해 아자, 파이팅 어쩌고 떠들어대는 야구부원들의 목소리가 작게 들려오고 있었다.

그런데 갑자기 이런 말을 하는 것도 뭐하지만, 사실 이 방에 모여 있던 사람 중 나를 제외한 네 명은 각자의 여러 가지 복잡한 사정을 갖고 있으며 모두 평범한 인간이 아니다. 자신의 실체를 전혀 자각하지 못하고 있는 것은 오직 한 명 하루히뿐, 다른 세 사람은 모두 자신의 정체를 바라지도 않았는데 내게 밝혀주었고, 또한 나보고 이해하라고 재촉을 했다. 그 세 가지 주장은 내 상식이 지구쯤이라고 본다면 명왕성 궤도 바깥쯤을 돌고 있다고 할 만큼 이해할 수 없는 것들이었는데, 지난달 말에 난 실제를 동반한 경험을 통해 아무래도 그 주장들이 사실일지도 모른다는 것을 알게 되었다. 알고 싶지도 않았지만 어느 사이엔가 하루히의 수하가 된 이후로 내 희망이 이루어진 적은 거의 없다고 해도 과언이 아니다.

단순하게 말하자면, 아사히나 선배와 나가토와 코이즈미가 이 학교에 존재하는 것은 하루히가 있기 때문이다. 무슨 이유에선지 다들 하루히에게 엄청난 관심을 갖고 있는 것 같다.

내 눈에는 태어날 때부터 맛이 간 여자로밖에 안 보이는데, 그렇게 생각하고 있는 건 나뿐이고, 그런 내 확신도 조금씩 흔들리고 있는 요즈음이다.

확언하겠는데, 맛이 간 건 내 머리가 아니다.

세계다.

이러저러한 이야기의 흐름을 따라 난 상식을 벗어난 입장에 처한 다른 단원들과 함께 흙먼지가 날리는 운동장에 서 있게 된 것이다.

연습장소에서 내쫓긴 야구부원들이 성가시다는 듯 우리를 보고 있다. 당연하지. 갑자기 어디서 기괴한 무리가 나타났나 싶더니 두

목격인 여자가 세일러복을 펄럭이고 배트를 휘두르며 알아듣지 못할 소리를 외쳐대는 모습에 넋이 나가 있는 사이 야구부에게 할당된 운동장 공간을 점령당했고, 뭐가 뭔지 파악도 안 되는 사이에 공 줍기와 던지기 담당이 되라는 명령을 받았으니, 이게 민폐가 아니면 대체 뭐가 민폐란 말인가.

게다가 우리들은 평범한 교복 차림에 간호사가 한 명 섞여 있는 집단이다.

"우선 노크 천 개다!"

하루히의 예고대로 투수 마운드 부근에 일렬로 선 우리들에게 노크의 비가 쏟아졌다.

"히익."

아사히나 선배는 글러브를 머리에 뒤집어쓴 채 주저앉았고, 난 그런 그녀의 몸에 공이 부딪치지 않도록 필사적인 각오로 공을 향해 맞섰다.

그런데 하루히의 타구는 하나같이 거의 살인적으로 날카롭게 파고드는군. 뭘 시켜도 못 하는 게 없다.

코이즈미는 평소와 같은 미소를 지으며 제법 즐겁게 노크를 처리하고 있었다.

"야아, 오랜만이네요. 감촉이 참 그리운걸요."

하루히의 정신없는 타격을 가벼운 스텝으로 처리해가며 코이즈미는 하얀 이를 내게 드러내 보였다. 그런 여유가 있다면 아사히나 선배나 좀 감싸줘라.

나가토는 뭘 하고 있나 봤더니, 떡하니 버티고 선 상태에서 정면을 향하고 있었다. 자기를 향해 날아오는 공에도 위축되지 않은 채 그저 떡 버티고 있다. 귀 옆 몇 밀리미터를 스치고 지나가는 공에도 미동조차 하지 않는다. 가끔 무선 조종 인형 같은 움직임으로 왼손에 낀 글러브를 천천히 움직여 직격 코스로 날아오는 공만 잡고선 툭 떨어뜨린다. 조금 더 움직여 봐라. 아니면 뛰어난 동체 시력을 칭찬해줘야 하려나.

"우갸아악!"

아사히나 간호사 버전 님께선 비명을 지르며,

"아파요… 오…."

울먹이기 시작했다. 더는 못 보고 있겠다.

"뒤를 부탁한다."

난 코이즈미와 나가토에게 말을 남기고선 아사히나 선배를 끌고 흰 선 밖으로 나갔다.

"야! 어디 가는 거야! 쿈! 미쿠루! 돌아와!"

"부상 퇴장이다!"

하루히의 제지에도 난 아사히나 선배의 팔을 잡고선 보건실로 향했다. 그곳은 먼지투성이의 동아리방이나 거친 운동장보다 간호사 복장이 더 잘 어울릴 것은 분명하다.

한 손을 눈에 대고 눈물 어린 눈동자를 숨기고 있던 아사히나 선배는 복도를 걸어가는 도중에 매달려 있던 상대가 나라는 것을 깨달았는지,

"꺄악!"

녹음해두고 싶을 만큼 귀여운 소리를 내며 펄쩍 뒤로 물러나 희미하게 달아오른 얼굴로 날 올려다보았다.

"쿈, 안 돼요. 나랑 친하게 지내게 되면…, 또…."

또 어떻게 된다는 말이지요. 난 어깨를 으쓱거리며 대답했다.

"아사히나 선배, 이제 그만 돌아가셔도 돼요. 하루히한테는 다리에 타박상을 입어 전치 이틀이 나왔다고 말해놓을게요."

"하지만…."

"괜찮아요. 나쁜 건 하루히죠. 아사히나 선배가 신경 쓸 필요는 없습니다."

나는 손을 저으며 말을 했다. 아사히나 선배는 고개를 살짝 떨어뜨린 채 나를 올려다보고 있다. 눈물에 젖은 눈이 섹시함을 두 배는 더 증폭시켜준다.

"고마워요."

녹아내릴 듯 가련한 미소를 던지며 아사히나 선배는 아쉬운 듯 연신 뒤를 돌아보면서 그 자리를 떠났다. 하루히도 이 가련한 모습을 좀 본받을 수 없나. 참 잘 어울릴 텐데.

운동장으로 돌아오자 시트 노크는 아직도 계속되고 있었다. 기가 막히게도 수비에 서 있는 것은 야구부원들로, 코이즈미와 나가토는 백네트 뒤에 멍하니 서 있었다.

날 알아본 코이즈미가 쾌활한 미소를 지으며 말했다.

"아, 이제 오십니까."

"저 녀석, 뭘 하는 거야?"

"보시다시피요. 아무래도 우리들로는 성이 안 찼는지 조금 전부터 저러고 있습니다."

완벽한 광각 타법. 하루히는 자신이 선언한 정확한 포지션에 공을 때려 넣고 있었다.

우리 셋은 그저 뻘쭘하게 서서 하루히의 나이스 배팅을 감상했고, 맛이 간 이 여자가 마침내 배트를 내려놓고 만족스럽다는 듯 이마에 밴 땀을 닦을 때까지 대기했다. 코이즈미가 유쾌한 듯 말했다.

"놀랐는데요. 정말 딱 천 개였어요."

"그런 걸 세고 있는 네가 더 놀랍다."

"……."

나가토는 말없이 몸을 돌렸고 나는 그 뒤를 따랐다.

"야."

난 작은 몸집에 세일러복 차림을 한 그녀의 옆모습에 대고 제안했다.

"시합 당일에, 비를 내리게 할 수는 없을까? 비로 인해 시합을 중지할 정도로 센 걸로."

"할 수 없는 건 아니지."

나가토는 담담히 걸어가며 말했다.

"단 추천은 못 하겠다."

"왜지?"

"국지적인 환경 정보의 변경은 행성의 생태계에 후유증을 발생시킬 가능성이 있다."

"후유증이라니 얼마나 뒤에?"

"수백 년에서 만 년."

참 원대한 얘기네.

"그럼 그만두는 게 좋겠군."

"그래."

5밀리미터 정도 고개를 끄덕거린 뒤 나가토는 자로 잰 듯한 보폭으로 걸음을 옮겼다.

뒤를 돌아보자 하루히는 교복 차림으로 마운드에 선 채 투구를 시작하고 있는 참이었다.

이틀 뒤. 일요일. 오전 8시 정각.

우리는 시영 운동장에 집합했다. 육상 경기장에 인접한 야구장은 모두 두 개. 1회전은 5이닝까지. 저녁까지 베스트 4를 정하고, 준결 승과 결승은 다음 주 일요일에 한다는 2주에 걸친 대회이다. 출장 팀은 많지만, 분위기에 안 맞게 전원 학교 체육복 차림으로 모인 것은 우리 팀 정도로, 다른 참가자들은 대부분 제대로 된 야구 유니폼을 입고 있었다. 상관없는 일이지만, 나가토가 교복을 제외한 다른 옷을 입은 모습을 본 것은 이때가 처음이었다.

나중에 들은 얘기인데, 이 야구 대회는 제법 역사가 깊은(9회째 이긴 하지만) 나름대로 진지한 토너먼트전이라고 한다. 그렇다면 하루히가 접수를 하러 찾아간 순간에 거절을 해줬어야지.

참고로 타니구치와 쿠니키다는 전화 한 통으로 바로 흔쾌히 허락을 했다. 타니구치는 아사히나 선배와 나가토를 노리고, 쿠니키다는 "재미있을 것 같네"라며 쉽게 참가를 결정했다. 단순한 녀석들이라 고맙다니까.

아사히나 선배가 데리고 온 도우미 2학년은 츠루야 선배라고 하는, 예전의 하루히만큼 머리가 긴 건강해 보이는 여자로 날 보자마자,

"네가 콘이니? 미쿠루한테서 얘기 많이 들었다. 흐음. 헤에."

라는 소리를 했고, 무슨 이유에선지 아사히나 선배는 그 말에 당

황했다. 나에 대해 대체 뭐라고 했을까.

그리고 내가 데리고 온 네 번째 선수는 지금 하루히와 눈싸움을 벌이고 있다.

"쿈, 이리 좀 와봐."

하루히는 날 와락 붙들고는 대회 본부 텐트 옆으로 끌고 갔다.

"너 대체 무슨 생각이니? 저런 거한테 야구를 시킬 생각이야?"

저런 거라니 실례잖아. 저런 거긴 하지만 내 여동생인데.

"초등학교 5학년, 열 살이라고 자기소개를 하더라. 네 가족이라는 게 믿어지지 않을 정도로 착해 보이는 애네. 아니, 그보다 리틀리그 부문이라면 몰라도 우리가 나가는 건 일반 부문이라고!"

나도 아무 생각 없이 여동생을 데리고 온 건 아니다. 이래봬도 심각하게 고민을 한 끝에 내린 결론이다.

난 이렇게 생각했다. 사실 모처럼의 일요일에 아침 일찍 일어나 운동을 할 생각은 추호도 없다. 오늘 여기까지 오게 된 것은 불가항력의 일이다. 그렇다면 내키지도 않는 일을 한시라도 빨리 끝내고 싶다는 생각을 하는 건 당연한 심리적인 작용인데, 그럴 경우 얼른 져서 후딱 돌아가면 그만이다. 동생이 없어도 이 멤버라면 1회전에서 패배할 것은 확실했지만, 만에 하나라는 말이 있다.

우리 팀을 이끌고 있는 것은 다름 아닌 스즈미야 하루히이니까. 잘못해서 우승이라도 하게 된다면 또 귀찮은 일이 생길 것 같다는 예감이 들었다. 확실한 패배 요인을 넣어둘 필요가 있다. 왕초보인 초등학생 소녀를 넣어둔다면 분명히 지게 될 것이다. 이기는 게 이상하다.

하루히에겐 말할 수 없지만 나도 나름대로 일반적인 두뇌는 갖고 있다 이 말이다.

"흐음, 좋아."

하루히는 콧방귀를 뀌며 고개를 돌렸다.

"딱 알맞은 핸디캡이군. 너무 쉽게 이겨도 미안하니까."

아무래도 이길 생각인가보군. 대체 어떻게?

"그런데 아직 타순도, 수비 위치도 안 정했잖아. 어쩔 생각이냐?"

"다 생각해왔지."

의기양양하게 지껄이고선, 하루히는 체육복 주머니에서 종잇조
각을 꺼냈다. 멤버를 오늘 처음 알았는데 뭘 기준으로 결정했을까
의아해하고 있는데,

"이걸로 정하면 되겠지."

종이에 그려져 있는 것은 8개의 선. 그게 2중으로 그려져 있다.
내 눈에는 급조한 사다리로 보이는데 착각인가?

"무슨 소릴 하는 거야? 당연히 사다리지. 칠 순서랑 수비할 위치,
두 종류야. 그리고 난 투수에 1번 타자다."

"…네가 생각한 건 결정할 방법뿐이냐."

"표정이 왜 그래? 무슨 불만이라도 있어? 민주적인 방법 아냐?
고대 그리스에선 사다리로 정치가를 선출했었다고!"

고대 그리스의 정치제도와 현대 일본의 야구 타순을 똑같이 취급
하지 마라. 게다가 너만 자기 좋을 대로 골라놨잖아. 이게 어디가
민주적이냐.

…뭐, 좋아. 더 빨리 질 수 있을 것 같다. 아까 들은 규칙 설명에
따르면 10점 차가 나면 그 시점에서 콜드 게임이라고 했다. 미리 집
에 갈 준비라도 해두자. 1회전 상대는 작년까지 3년 연속 방어 챔피

언이었던 최고의 우승후보니까 말이다.

　카미가하라 파이레츠. 인근 대학에 있는 야구 동아리이다. 굳이 구분을 하자면 강경파에 속하는 동아리인 것 같다. 진지했다. 모든 선수들이 이길 작정을 하고 있었다. 시합 전의 간단한 연습을 통해 알 수 있었다. 다들 기합이 한껏 들어간 함성을 지르며 백 홈 연계 연습과 더블 플레이 포메이션까지 확인하고 있었다. 본격적이다. 단적으로 말하자면 눈빛이 다른 녀석들이다. 우리가 엉뚱한 장소에 와 있는 게 아닐까 싶어 순간 주위를 둘러보며 여기가 아마추어 야구 대회 개최지인 시영 운동장이라는 사실을 재확인해야 했을 정도이다.

　지면 그만이라고 생각하고 있었는데 점점 현실에서 도피하고 싶어진다. 상대팀에게 사과를 하고 싶을 정도로 우리 팀은 약해 빠졌다.

　내가 적 앞에서 도망칠 방법을 짜내고 있는데, 하루히가 사람들을 정렬시킨 다음,

　"작전을 알려주겠어. 다들 내가 말하는 대로 하도록."

　감독 같은 말을 꺼냈다.

　"알겠지. 일단 무슨 짓을 해서라도 진루를 하는 거야. 나가면 3구째에는 도루다. 타자는 스트라이크면 안타를 때리고 볼은 넘어가야 해. 간단하지? 내 계산에 따르면 1회 때 최소한 3점은 낼 수 있어."

　하루히의 두뇌에서 나온 계산에 따르면 그렇게 되는 것 같다만, 이 자신감의 근거는 대체 어디란 말인가. 물론 그 어디도 아니다. 근거 없는 자신감으로 똘똘 뭉친 존재, 그것이 바로 이 녀석이다.

하지만 세상에선 그런 녀석을 '바보'라고 말하지 않나. 그리고 이 녀석은 그냥 바보가 아니다. 바보 세계의 식물 먹이사슬의 정점에 군림하고 있는 바보의 여왕인 것이다.

사다리 신의 신탁에 의해 결정된 우리 '팀 SOS단'의 스타팅 멤버를 소개하겠다.

1번, 투수 스즈미야 하루히. 2번, 우익수 아사히나 미쿠루. 3번, 내야수 나가토 유키. 4번, 2루수 나. 5번, 좌익수 여동생. 6번, 포수 코이즈미 이츠키. 7번, 1루수 쿠니키다. 8번 3루수 츠루야 선배. 9번 내야수 타니구치.

이상이다. 보결은 없음. 매니저도 없음. 응원도 없음.

정렬하고 인사를 한 뒤, 재빨리 하루히가 타자석에 들어섰다. 헬멧의 존재를 까맣게 잊고 있던 우리는 운영 위원회에서 중고품인 하얀색 헬멧을 빌려왔다.

직접 가져온 물건이라곤 하루히가 사람 수에 맞춰 들고 온 노란색 메가폰 정도다.

침을 뱉고 손가락을 쳐든 하루히는 야구부에서 빼앗아 온 금색 배트를 쥐며 겁도 없이 미소를 지었다.

플레이볼을 심판이 선언하고, 상대팀의 투수가 와인드업 모션에 들어선다. 그 첫 번째 투구.

까앙.

기분 좋은 금속음이 울리며 하얀 공이 멀리 날아간다. 힘차게 뒤로 달려가는 내야수의 머리 위를 빠져나가 펜스에 단숨에 직격. 공이 내야로 돌아왔을 때 하루히는 이미 2루에 도착한 참이었다.

난 별로 놀라지도 않았다. 하루히라면 이 정도야 우습다. 아사히나 선배와 코이즈미도 같은 의견일 테고, 나가토는 아마 놀란다는 감정 자체가 없을 것이다. 우리 넷을 제외한 다른 멤버는 예외 없이 놀란 표정으로 투지에 넘쳐 보이는 하루히를 바라보고 있었다. 특히 상대팀이.

"투수, 공이 너무 약한 거 아냐! 내가 대신 해줄게!"

하루히가 기세 좋게 외치고 있었다. 하지만 이건 완전히 역효과였다. 아무래도 배터리(주3)는 여자라고 봐줄 마음은 아예 사라진 듯했다.

2번 타자인 아사히나 선배가 헐렁거리는 헬멧을 쓰고 조심스럽게 타자석에 섰다.

"자, 잘 부탁드립―히잉!"

말이 끝나기도 전에 인코스로 높게 직구가 파고들었다. 뭐 저런 녀석들이 다 있냐. 아사히나 선배한테 데드볼을 날리면 가만 안 둔다. 바로 난투다.

계속된 2구를 아사히나 선배는 돌부처가 되어 그냥 보냈다. 타자 아웃 선언을 받자 안도한 표정으로 벤치로 돌아왔다.

"야! 왜 배트를 안 휘두르는 거야!"

하루히가 뭐라고 떠들고 있지만 그냥 내버려두면 된다. 아사히나 선배가 무사한 것이 그 무엇보다 다행이다.

"……."

3번 타자는 나가토. 금속 배트의 끝을 땅바닥에 질질 끌면서 묵묵히 타석으로 향했고,

주3) 배터리: 포수와 투수.

"……."

모든 공을 놓치고 순식간에 삼진. 다시 묵묵히 돌아온다. 그리고 다음 타자 동아리에 서 있는 내게,

"……."

헬멧과 배트를 건네주고선 묵묵히 벤치에 앉아 원래의 인형으로 돌아갔다.

하루히의 고함소리가 시끄럽다. 뭐, 아사히나 선배와 나가토에게 기대하는 게 잘못이다.

"쿈! 넌 꼭 쳐야 해! 4번이잖아!"

사다리로 결정된 타순에 기대하지 말아줬으면 하는 바람인데.

난 나가토를 본받아 묵묵히 타석에 섰다.

1구는 놓쳐서 스트라이크. 놀랄 정도로 빨랐다. 공이 공기를 가르는 쉭쉭 소리까지 난다. 시속 몇 킬로미터인지는 모르겠지만 눈에 보이지도 않는다는 건 바로 이런 것이리라. 실제로 던졌다 생각했을 땐 이미 포수의 미트 안으로 들어온 뒤였다. 하루히는 이런 걸 안타로 때린 건가?

2구. 일단 휘둘러보았다. 금속 배트는 허무하게 허공을 갈랐다. 헛스윙. 스치지도 않았다. 스칠 생각도 안 든다.

3구. 우와, 공이 휘었다. 커브라는 건가? 그냥 놔두면 완전히 볼이 될 외각으로 빠지는 공에 손을 대서 그걸로 끝. 3자 연속 삼진. 스리아웃, 체인지.

"바보야!"

상대팀이 벤치로 돌아가는 가운데, 좌중간에서 손을 휘두르며 하루히가 고함을 치고 있었다.

면목 없다.

우리의 수비는 솔직히 말해 사바나 지대의 개미 무덤 이상으로 허점투성이였다.

특히 외야가 심각했다. 우익수인 아사히나 선배와 좌익수인 여동생은 공이 뜨면 그걸로 끝, 잡을 수가 없다. 시합 전의 수비 연습으로 그 점을 확인했다. 그래서 우익수 쪽으로 공이 날아가면 2루수인 내가, 좌익수 쪽은 내야수인 타니구치가 공이 떨어질 위치까지 전력으로 달려가야만 한다. 아사히나 선배는 자신을 향해 날아오는 공을 보자마자 글러브를 머리에 올린 채 주저앉아버리니 어쩔 수 없는 노릇이고, 여동생은 신나서 공을 따라 뛰기는 하지만, 그 3미터 옆에 공이 떨어지곤 해서 이 또한 별 도움이 안 된다.

2루수인 나가토는 직구는 완벽하지만 자신의 수비 범위로 날아온 것에만 반응을 보이는데다 동작이 하나같이 느려서 내야 안타로 옆을 빠져 나가면 바로 2루타다.

…얼른 지고 집에 가자. 그게 제일 좋다.

"확실하게 잡고 가자! 아자!"

하루히가 혼자 기합을 넣고 있다. 그 공을 받아야 되는 포수 코이즈미가 쓰고 있는 보호 장비와 미트 또한 빌려온 것이란 말은 굳이 할 필요도 없다.

상대팀의 1번 타자가 심판에게 인사를 하고 타자석에 섰다.

하루히는 오버 슬로로 1구를 던졌다.

스트라이크.

예리함, 속도, 컨트롤 모두 흠잡을 데가 없는 훌륭한 스트레이트.

완벽하게 한가운데였지만, 타자의 배트를 꿈쩍도 못하게 만들 만큼 박력이 넘치는 본격적인 공이었다.

　물론 나를 포함한 SOS단 멤버들은 놀라지 않았다. 이 녀석이 축구 일본 국가대표로 갑자기 지명을 받는다 해도 놀라지 않을 것이다. 하루히라면 뭘 한다 해도 신기할 게 없는 일이니까.

　하지만 상대팀의 1번 타자는 그렇지 않았는지, 계속된 2구째에도 멍하니 손을 대지 못하고 보냈고, 3구째에 마침내 배트를 휘두르기는 했지만 허무하게 삼진. 아무래도 타자의 손끝에서 미묘하게 변화하는 변화구였나보다. 하루히의 성격을 닮아 참 성질이 더럽다.

　범퇴당한 1번 타자의 충고를 받은 2번 타자는 배트를 짧게 잡고 맞히려고 했다. 하지만 파울을 두 번 친 뒤 결국 헛스윙으로 삼진.

　이 상황에선 나도 불안해지기 시작했다. 이 상태로 마지막까지 가는 건 아니겠지. 하지만 역시 클린업의 첫 스타트인 3번 타자의 방망이는 하루히가 혼신의 힘을 담아 던진 직구를 완벽하게 받아쳤다. 아무래도 스트라이크 존에 직구로만 던지면 얻어맞게 되는 법이지.

　공은 떡하니 버티고 선 채 꿈쩍도 하지 않는 나가토의 머리 위쪽을 훌쩍 날아가 장외로 사라졌다.

　하루히는 내야를 일주하는 상대팀의 3번 타자를, 마치 이아손에게 배신당한 왕녀 메데이아와 같은 눈으로 바라보고 있었다.

　아무튼 이걸로 1점 차.

　계속된 4번 타자에게 2루타를 허락하고, 5번 타자가 쿠니키다의 에러로 1, 3루, 6번 타자에겐 우익수 앞에 떨어지는 텍사스 히트로

2점을 바치고 7번이 쳐낸 3루수 쪽 강하게 빠져나가는 공을 츠루야 선배가 가볍게 건져 올려 화살처럼 송구, 타자 주자를 아웃시켜 겨우 공수 교대가 되었다.

1이닝이 마친 상황 2:0. 의외로 선전하고 있다. 선전 따위 해봤자 곤란하기만 한데. 어서 빨리 10점을 잃고 집에나 가자.

우리 쪽의 5번에서 7번 타자, 여동생, 코이즈미, 쿠니키다는 순조롭게 3자 범퇴를 당했고, 좀 쉴 틈도 없이 2회 말 수비가 시작되었다.

적은 우리 SOS단의 약점이 외야에 있음을 알아차린 듯했다. 확연한 어퍼 스윙으로 쳐올리는 것만을 노리고 들어왔다. 그럴 때마다 나와 타니구치는 죽어라 외야로 달려가 공을 잡으려 노력해보지만 성공률은 10퍼센트 정도인데다 이 짓은 정말이지 피곤하다. 뭐, 아사히나 선배를 돕기 위해서라면 이 정도야 우습긴 하지. 두려워 동그랗게 몸을 말고 있는 아사히나 선배는 이 또한 나름대로 무척이나 귀여우니까 말이다.

이런저런 상황의 연속으로 결국 이 회에는 5점을 빼앗겼다. 7대 0. 앞으로 3점이다. 다음 회에서 끝낼 수 있겠군.

3회 말. 우리의 공격.

긴 머리를 뒤로 묶은 츠루야 선배가 파울로 버티고 있다. 운동 신경이 좋은 사람 같았지만 결국엔 포수 플라이를 쳐냈고, 배트로 헬멧을 통통 두드리며 말했다.

"어려워. 배트로 맞히는 게 고작이네."

그 모습을 보면서 하루히가 눈썹을 모으고 뭔가를 생각하고 있는 것 같아 보였지만, 이 녀석이 생각하는 일이라면 대개가 시시껄렁한 일일 것이 뻔하다.

"흐음. 역시 그게 필요할 것 같군….."

하루히는 입을 삐죽거리며 심판에게 이렇게 말했다.

"잠깐 타임!"

그러고선 메가폰을 손에 들고 예의바르게 앉아 있는 아사히나 선배의 목덜미를 잡고선,

"히익!"

작은 몸집에 체육복 차림을 한 그녀를 질질 끌고 벤치 뒤로 사라졌다. 아사히나 선배와 함께 커다란 보스턴백을 손에 들고 갔는데 그 안에 뭐가 들어 있었는지는 곧 알게 되었다.

"자, 잠깐…! 스즈미야 씨! 아, 안 돼…!"

아사히나 선배의 귀여운 비명이 끊어질 듯 들려오는 것과 동시에,

"자, 어서 벗어! 갈아입어야지!"

하루히의 커다란 목소리가 바람을 타고 들려왔기 때문이다. 또 이 패턴이냐.

이리하여 다시 등장한 아사히나 선배는 더할 나위 없을 정도로 그 자리에 어울리는 복장을 걸치고 있었다. 선명한 파랑과 흰색을 기본으로 한 투톤 컬러의 민소매 미니 주름치마. 양손에는 노란색 응원 솔.

완벽하기 그지없는 치어리더다. 이런 의상을 대체 어디서 가져온 걸까. 미스터리야.

"잘 어울리네."

쿠니키다가 태평한 감상을 입 밖에 냈고,

"미쿠루, 사진 찍어도 돼?"

낄낄 웃어대며 츠루야 선배가 디지털 카메라를 꺼냈다.

참고로 말하자면, 하루히도 같은 의상을 입고 있었다. 자기 혼자 입으면 될 것을… 이란 생각은 나는 하지 않았다. 아사히나 선배의 치어 걸 차림은 확실하게 말해 무지하게 귀여웠기 때문이다. 뭘 입어도 귀엽기는 하다만.

"포니테일이 더 좋을까?"

하루히는 아사히나 선배의 머리를 쓰다듬으며 뒤로 묶으려다 내 시선을 느끼고선 입을 오리처럼 내밀었다. 포니테일 중지.

"자, 응원해."

"아, 아, 아, 어, 어떻게요…?"

"이렇게 하면 되지."

하루히는 아사히나 선배의 뒤로 돌아가선 가녀린 흰 팔을 잡고는 칸칸무(주4)처럼 두 손을 위아래로 움직여댔다. 정말 신기한 춤이군. 귓가에서 하루히가 "말해, 어서 말해!"라고 뭔가를 큰 소리로 속삭이고 있었다.

"히이익, 여러분, 쳐주세요오! 제발 부탁이니까 힘내주세요오!"

그 명령에 가성으로 소리를 지르고 있는 아사히나 선배였다. 최소한 타니구치는 의욕이 생겨났는지 타자 대기석에서 열심히 스윙을 해댔지만, 아무리 기합을 넣는다 해도 상대 투수의 공을 칠 수 있을 리가 없지.

우려했던 대로 타니구치는 이내 힘없이 벤치까지 돌아와,

주4) 칸칸무: 에도 시대에 나가사키에서 생겨나 오사카, 에도(현재의 도쿄)를 중심으로 크게 유행했던 중국풍의 춤. 청나라 풍의 분장을 하고 춘다.

"저건 못 치겠는데."

라고 말했다.

이렇게 타순이 한 바퀴 돌았고 다시 하루히가 타자석에 섰다.

치어리더 차림을 한 채로.

이전에 하루히와 아사히나 선배가 바니걸 차림을 하고 섰을 때도 참 눈에 안 좋은 광경이었는데, 이 또한 임팩트로 따지면 비슷한 수준이었다.

실제로 상대 배터리는 어딜 봐야 좋을지 몰라 무척 당황하고 있었다. 아사히나 선배는 모든 게 다 좋지만, 하루히는 성격을 제외한 다른 대부분의 것이 참 좋다. 외모도 스타일도 말이다.

갑자기 투수의 컨트롤이 흔들려, 가볍게 들어온 공을 하루히는 놓치지 않았다. 또다시 중앙을 빠져나가는 연타석 안타. 송구가 불안정한 사이에 3루까지 진출했다. 하루히가 슬라이딩을 하고 들어오니 3루수는 시선을 어디에 둬야 좋을지 참 애매했을 것이다.

그리고 다음 타자는 하루히를 능가하는 매혹적인 미소녀 치어걸이다. 조심스럽게 배트를 움켜쥔 아사히나 선배. 수많은 남자들(나 포함)의 시선을 받으며 너무나 큰 수치심 때문에 살짝 상기되어 있다. 좋다.

완전히 힘이 빠진 공밖에 못 던지게 된 상대 투수였지만 역시나라고 해야 할지, 그래도 아사히나 선배는 때리지 못했다. 일부러 치기 좋은 공을 포물선까지 그리며 던져주었는데,

"에잇!"

배트를 휘두를 때 눈을 감으니 맞힐 수 있는 공도 못 맞히지.

이러저러한 사이에 투 스트라이크까지 몰리자 3루석에서 하루히가 두 손을 파닥파닥거리기 시작했다. 저게 대체 뭘 하는 거라냐?

"블록 사인을 보내고 있는 것 같은데요."

코이즈미나 느긋하게 해설을 한다.

"사인을 정했었나?"

"아뇨. 하지만 이 상황에서 스즈미야 씨가 선택할 만한 사인 플레이는 대충 상상이 갑니다. 저건 아마 번트를 치라는 소릴 겁니다."

"투 아웃에서 스리 번트 사인을? 아무리 후진 팀 감독이라도 그보다는 좋은 작전을 짤 거다."

"아마도 아사히나 씨가 안타를 칠 가능성은 거의 제로이니까 칠리가 없는 번트를 때려서 상대팀의 허를 찌르면 잘하면 내야수가에러를 낼지도 모르고 아사히나 씨도 어떻게든 배트에 공을 대는 것쯤은 할 수 있을 거라 생각한 게 아닐까요?"

"완전히 간파당하고 있는데."

내야수 전원이 전진 수비 위치에 서서 달릴 준비를 하고 있다. 하루히의 제스처에 문제가 있는 게 아닐까. 저건 아무리 봐도 번트 동작이다.

역시 번트는 실패로 끝났다. 무엇보다 아사히나 선배는 번트가 뭔지를 몰랐던 듯, 하루히의 뻔한 제스처에도 "네? 네?" 하며 고개를 갸웃거리는 사이 놓친 공으로 삼진, 스리아웃 체인지.

주인의 호통을 각오하고 있는 강아지처럼 힘없이 돌아오는 아사히나 선배를 하루히가 불러 세웠다.

"미쿠루, 이리 좀 와서 이 악물고 있어."

"히이이잉…."

하루히는 아사히나 선배의 떨리는 뺨을 두 손으로 꽉 잡고선 쭉 잡아당겼다.

"벌이야, 벌. 사람들한테 재미있는 얼굴 좀 보여줘봐!"

"그마하…, 아파효오…!"

"바보냐."

난 메가폰으로 하루히의 머리를 때렸다.

"의미도 알 수 없는 사인을 보내는 네가 잘못이지. 혼자서 홈 스틸이든 뭐든 해보지그래, 바보야."

그 순간이었다.

띠리링띠리리링. 코이즈미가 체육복 주머니에서 휴대전화를 꺼내 액정을 보고선 한쪽 눈썹을 치켜세웠다.

아사히나 선배는 깜짝 놀란 얼굴로 왼쪽 귀에 손을 대고선 먼 곳을 보듯 시선을 들었다.

나가토는 똑바로 머리 위를 올려다보았다.

수비 위치로 흩어지기 직전, 코이즈미가 날 불러세웠다.

"이거 큰일인데요."

듣고 싶지도 않지만 일단 말은 해봐라.

"폐쇄 공간이 발생하기 시작했습니다. 지금까지 못 보던 규모라고 하는군요. 엄청난 속도로 확대되고 있다고 합니다."

폐쇄 공간.

내게도 이미 친숙한 잿빛 세계. 어떻게 잊을 수 있겠는가. 그 어두컴컴한 공간에 갇혔던 덕분에 난 평생 마음에 남을 트라우마를 짊어지게 되었는데 말이다.

코이즈미는 미소를 잃지 않은 채 말을 이었다.

"그러니까 바로 이런 겁니다. 폐쇄 공간은 스즈미야 씨의 무의식적인 스트레스에 의해 발생합니다. 그리고 지금의 스즈미야 씨는 매우 기분이 안 좋아요. 그 때문에 폐쇄 공간은 발생하게 되었고, 그녀의 기분이 좋아지지 않는 한 계속해서 확대될 것이며, 당신도 잘 아는 '신인'도 계속 난동을 부리게 되는 거지요."

"…그렇다면 하루히는 야구에 지고 있다는 이유로 토라졌다 이거야? 저 웃기지도 않는 공간을 만들어낼 정도로?"

"그런 것 같습니다."

"쟤, 무슨 애가 저러냐!"

코이즈미는 대답을 하지 않았다. 그저 희미하게 미소를 지을 뿐이었다. 난 한숨을 쉬었다.

"말도 안 돼."

그렇게 말한 나를 바라보며 코이즈미는 말했다.

"뭘 새삼스럽게 그러십니까. 그것도 남의 일처럼요. 당신은 이 사건에 매우 깊이 관여되어 있어요. 타순을 정할 때 우리는 사다리를 탔죠?"

"사다리로 정하긴 했지. 그게 뭐?"

"그 결과 당신이 4번 타자가 되었습니다."

"별로 기쁘지는 않다만."

"당신이 기뻐하든 중압감을 느끼든 스즈미야 씨에게는 아무래도 좋은 일입니다. 문제는 당신이 4번을 뽑았다는 사실이에요."

"알아먹을 수 있게 얘기를 해줘."

"간단한 겁니다. 스즈미야 씨가 그렇게 바랐기 때문에 당신은 4

번 타자가 된 거예요. 이건 우연이 아닙니다. 그녀는 당신이 4번 타자로서의 역할을 해주길 바라고 있는 겁니다. 그리고 당신이 전혀 4번 타자답지 않다는 사실에 실망하고 있어요."

"미안하게 됐네."

"네, 저도 참 당황스럽습니다. 이대로 가다간 스즈미야 씨의 기분은 점점 나빠지고, 폐쇄 공간도 계속 늘어나겠죠."

"…그래, 내가 어떻게 하면 되는데?"

"쳐주십시오. 가능하면 길게. 홈런이라면 최고겠죠. 그것도 아주 큰 걸로요. 백스크린에 직격탄을 날리는 것 정도면 어떨까요?"

"말이 되는 소리를 해라. 홈런이라곤 게임에서밖에 못 쳐봤다고. 저렇게 꺾이는 공을 칠 수 있을 리가 없잖아."

"어떻게든 쳐주셨으면 하는 것이 우리 모두의 간절한 바람입니다."

부탁을 해봤자 내가 무슨 램프의 요정도 아니고 소원을 들어주는 원숭이의 손도 아닌데 어쩌란 말이야.

"이번 회에서 콜드 게임이 되지 않도록 전력을 다합시다. 여기서 시합이 끝난다면 세계가 끝나는 것이나 매한가지입니다. 어떻게 해서든 2점 이내로 막아야 해요."

말의 내용에 비해 그다지 위기감이 느껴지지 않는 표정으로 코이즈미는 말했다.

3회 말. 하루히는 그 의상 그대로 마운드에 섰다. 당연히 아사히나 선배도 치어리더 차림으로 우익수 자리에 서 있다.

훤히 드러난 팔다리를 아낌없이 보여주며 하루히는 주자가 있든

없든 변함없는 와이드 업 타법으로 공을 던졌다.

첫 타자의 내야성 타구는 우연히 나가토의 정면으로 날아가 아웃, 하지만 두 번째의 높이 뜬 공에는 눈길도 주지 않았고, 좌중간을 굴러가는 사이 타자는 3루까지 진출했다. 화가 잔뜩 난 하루히가 던지는 공의 구질은 여전했지만, 직구만 던져선 얻어맞을 수밖에 없다. 역시 우승후보다. 그 다음에 안타 두 개와 쿠니키다의 판단 미스의 송구로 가볍게 2점이 추가되어 마침내 절체절명의 상태가 되었다. 게다가 주자는 1, 2루. 이제 1점이면 시합은 강제 종료되고 세계는 어떻게 될지 알 수 없게 된다.

까앙. 하얀 공이 위로 떠올랐다. 우익수 방향으로. 낙하 예측 지점에서는 아사히나 선배가 안절부절못하고 있었다. 생각하고 있을 시간이 없다. 난 몇 번째인지 알 수 없는 전력질주로 오른쪽으로 달려갔다. 제발 늦지 마라!

다이빙, 그리고 캐치. 글러브 끝에 아슬아슬하게 공이 걸려 있었다.

"아자!"

그대로 2루를 커버하러 들어간 타니구치에게 전력 송구. 시원한 안타가 될 거라 생각하고 있던 주자 두 명은 터치업도 기다리지 않고 다음 베이스를 이미 돈 뒤였다. 공을 잡은 타니구치가 베이스를 밟고 아웃. 더블 플레이다.

겨우 살았다. 아아, 피곤해.

"파인 플레이!"

감탄에 찬 아사히나 선배의 시선을 받으며 내 머리를 글러브로 두드리는 타니구치와 쿠니키다와 여동생과 츠루야 선배에게 브이 사인으로 대답을 하며 하루히를 흘낏 쳐다보자, 녀석은 복잡한 표정으로 스코어보드(라고 해봤자 이동식 화이트보드이지만)를 노려보고 있었다.

벤치에 앉아 수건을 머리에 쓴 내 옆으로 코이즈미가 다가왔다.

"아까 하던 얘기 말입니다만."

별로 듣고 싶지 않은데.

"실은 대증요법(주5)이 있기는 합니다. 전에 스즈미야 씨와 함께 그쪽 세계로 갔을 때 어떻게 돌아왔지요?"

그러니까 그걸 생각나게 하지 말라니까.

"그 방법을 쓰면 어쩌면 이번에도 잘 풀릴지도 몰라요."

"거절하겠어."

쿡쿡거리며 코이즈미가 웃었다. 너 왠지 기분 나쁜데.

"그렇게 말할 줄 알았습니다. 그럼 이렇게 하죠. 결국 이기기만 하면 그만이니까요. 묘안이 생각났습니다. 아마 잘될 겁니다. 그녀와는 이해가 일치할 테니까요."

싱글거리며 말한 코이즈미는 멍하니 흰색 원 안에 서 있는 나가토 쪽으로 다가갔다. 움직이는 것이라고는 미풍에 흔들리는 짧은 머리가 전부인 나가토의 귀에 뭔가를 속삭였다. 갑자기 나가토는 몸을 돌려 아무 감정도 없는 눈빛으로 날 가만히 바라보았다.

저건 고개를 끄덕인 건가? 머리를 지탱하는 낚싯줄이 끊어진 인형처럼 고개가 덜컥거리며 위아래로 움직이더니 나가토는 터벅터벅 타석으로 걸어갔다.

문득 왼쪽 옆을 보자, 이번엔 아사히나 선배가 나가토를 응시하고 있었다.

주5) 대증요법: 병의 근원과 상관없이 증세에 따라 적절히 다스리는 치료법.

"나가토 씨…, 마침내…."

살짝 파래진 얼굴로 신경이 쓰이는 말을 했다.

"저 녀석이 뭐가 어떻게 됐나요?"

"나가토 씨가 주문을 외우고 있는 것 같아요."

"주문? 그게 뭡니까?"

"아…, 금지 사항이에요."

죄송하다며 아사히나 선배는 고개를 숙였다. 아니, 괜찮습니다, 금지 사항이라면 어쩔 수 없지요. 하아, 아무래도 또 그 비현실적인 일이 시작되려나보다.

나가토의 주문인지 뭔지에 나는 짐작이 가는 바가 있었다.

무지하게 더웠던 5월의 저녁. 그날 교실에 나가토가 난입해 들어오지 않았다면 난 분명 지금쯤 무덤 아래에서 잠들어 있었을 것이다. 그때도 나가토는 엄청나게 빠르게 주문 같은 말을 중얼거리며 날 죽이려 들던 습격자를 물리쳤다. 그러고 보니 그 무렵의 나가토는 안경 소녀였지.

이번엔 대체 뭘 하려는 걸까.

그건 곧 알 수 있었다.

배트를 한 번 휘두르자 홈런.

힘도 별로 안 주고 휘두르는 듯이 보였던 나가토의 배트는 투수의 강속구를 정확하게 포착해 하늘 높이 쳐올린 뒤 외야 펜스 너머로 날려버렸다.

난 동료들에게로 시선을 돌렸다. 코이즈미는 우아하게 미소를 지으며 내게 고개를 끄덕였고, 아사히나 선배는 약간 굳은 표정이긴 했지만 놀라지는 않은 상태였다. 여동생과 츠루야 선배는 순진하게도 "와, 대단하다"며 감탄하고 있었다.

하지만 그 외의 녀석들은 모두 입을 쩍 벌린 상태였다. 물론 상대팀도 마찬가지였고 말이다.

춤을 추며 홈 근처까지 달려온 하루히는 담담히 다이아몬드를 돌고 온 나가토의 헬멧을 툭툭 두드리며,

"굉장하네! 어디에 그런 힘이 있는 거야?"

나가토의 가는 팔을 잡고선 꺾어보고 구부려보고 했다. 나가토는 무표정한 얼굴을 한 채 하루히가 돌려대는 대로 가만히 있었다.

마침내 벤치까지 걸어온 나가토는 내게 배트를 건네주고는,

"그거."

낡은 금속 배트를 가리키며,

"속성 정보를 부스트 변경"이라고 말했다.

"그게 뭔데?" 라고 묻는 나. 나가토는 잠시 날 가만히 바라본 뒤,

"호밍 모드."

그 소리만 하고서는 저벅저벅 벤치로 돌아가선 구석에 앉아 발치에서 두툼한 책을 집어들고는 응시하기 시작했다.

현재 9:1. 4회 말. 아무래도 이것이 마지막 이닝이 될 것 같다.

투수는 충격에서 빠져나오지 못한 표정이었지만 그래도 내 눈에는 충분히 빠른 공을 던졌다.

그리고 난 나가토가 한 말의 의미를 알았다.

"우와앗!"

배트가 멋대로 움직였다. 그에 이끌려 내 팔과 어깨가 춤을 춘다.

까강.

그냥 맞았다고만 생각했던 나의 타구는 바람을 탄 듯 둥실둥실 저 멀리로 날아가 스탠드를 넘고 잔디를 넘어 제2운동장까지 날아갔다. 홈런. 황당.

아하, 호밍 모드라 이거군….

난 자동 추적 능력과 비거리 배가 기능을 얻은 것으로 보이는 배트를 내던지고선 빠른 걸음으로 달리기 시작했다.

2루를 돌아 고개를 들자, 벤치에서 두 손을 휘두르고 있는 하루히와 눈이 마주쳤다. 바로 고개를 돌렸다. 너도 여동생하고 츠루야 선배처럼 기뻐해라. 보아하니 타니구치와 쿠니키다는 황당한 표정으로, 아사히나 선배와 코이즈미와 나가토는 담담하게, 상대팀의 주전 선수들은 기가 막힌다는 표정을 짓고 있었다.

매우 죄송한 마음이긴 하지만, 대전 상대가 놀랄 일은 계속해서 이어지게 된다.

내 여동생이 비틀거리며 다음 타석에 섰다. 헬멧이 너무 커서 얼굴의 반 이상이 가려져 있었기 때문에 똑바로 걷는 것도 힘들어 보인다. 내가 준비한 이 패전용 비밀 병기는 첫 번째 공을 풀 스윙으로 쳐서 울타리 너머로 넘겨버렸다. 그러니까 일종의 홈런이란 녀석이다.

아무리 엉터리, 생쇼, 거짓말에도 정도가 있다. 대학생이 던지는 시속 130킬로미터(추정)의 공을 초등학교 5학년짜리 꼬마 아가씨가 메인스탠드까지 날려버렸으니, 현실에서 일어날 수 있는 일이라 볼 수 없다.

"굉장하다!"

하루히는 전혀 현실을 의심하지 않았다. 재빨리 베이스를 돌고 들어온 여동생의 몸을 휘두르며 희색이 가득한 표정으로,

"훌륭한 재능이야! 장래성이 충분한걸! 너라면 메이저리그도 노릴 수 있겠다!"

휙휙 돌려대자 여동생은 꺅꺅거리며 신나했다.

뭐랄까 참…. 어쨌든 이걸로 9:3이다.

난 벤치에서 머리를 감싸쥐고 있었다.

홈런 공세는 여전히 계속되고 있다. 현재의 스코어는 9:7. 1이닝 7연속 홈런. 아마 대회 역사에 남을 홈런 기록이 아닐까.

멀리 공을 날리고 돌아온 타니구치는,

"나 야구부에 들어가기로 했다. 이 나의 배팅 센스라면 코시엔도 꿈은 아니야. 배트가 멋대로 공을 맞히는 것 같은 느낌까지 든다니까!"

그 옆에서 쿠니키다는 태평하게,

"그래, 정말 그렇더라."

이런 소리나 하고 있고, 츠루야 선배는 굳어 있는 아사히나 선배의 어깨를 치며 큰 소리로 웃고 있고, 참 단순한 녀석들이라 다행이다.

"정면 승부다!"

하루히가 배트를 들고 그런 소리를 하고 있지만 그건 원래 투수가 할 말이 아니던가?

이젠 귀에 못이 박히도록 들었는데, 또다시 까앙 하는 금속음이 울리고 공이 백스크린에 부딪힌 뒤 튕겨 돌아왔다.

이걸로 9:8. 이때까지 상대팀의 투수는 세 명이 교체되었다. 동정을 받기는 싫겠지만, 하기로 하겠다. 가엾어라.

타순이 한 바퀴를 돌아 아사히나 선배, 나가토, 내가 연속으로 홈런을 친 결과, 마침내 9:11. 11연속 홈런. 이렇게 되고 나니 슬슬 어떻게 손을 쓰지 않으면 안 되겠다는 생각이 들기 시작했다. 상대팀의 시선이 우리 선수가 아니라 이 배트로 쏠리고 있는 것 같다는 느낌이 들어서였다. 마법의 배트라고 착각을 하고 있는 건 아닐까. 뭐 아주 틀린 소리는 아니지만 말이다.

난 다음 타자인 여동생에게 배트를 건네주기 전에 벤치 끝에서 책을 읽고 있는 나가토를 데리고 나왔다.

"이제 충분해."

난 말했다. 나가토는 무표정한 칠흑의 눈동자로, 평소엔 10초에 한 번 정도만 깜빡이던 눈을 연속으로 움직이며,

"그래."

라고 대답한 뒤 내가 들고 있는 배트의 손잡이에 가느다란 손가락을 대고 입 안에서 뭔가를 빠르게 중얼거렸다. 알아들을 수 없는 속도였지만, 알아들었다 해도 의미를 알 수 있을 것 같지도 않으니 무시하겠다.

스윽 하고 손가락을 뗀 나가토는 그대로 아무 말도 없이 벤치의 자기 위치로 돌아가 다시 책을 펼쳤다.

에휴휴.

여동생, 코이즈미, 쿠니키다 세 명은 지금까지의 타격이 거짓말이었던 것처럼 침묵을 지켰고 3자 연속 삼진으로 끝났다. 사실 사

기였다만.

잊고 있었지만 사실 이 시합은 시간제한이 있었다. 1회전에 한해 90분이 제한 시간이다. 오늘 안에 시합을 다 해치우기 위한 주최 측의 배려다. 따라서 다음 회는 없다. 이 4회 말을 잡으면 우리의 승리가 된다.

이렇게 이겨도 되는 거냐?

"이기지 않으면 안 되죠"라고 말하는 코이즈미.

"동료들의 연락에 따르면 덕분에 폐쇄 공간의 확대는 정지 상태라고 합니다. 정지를 하고 있긴 해도 '신인'은 여전하니 어떻게든 처리를 해야 하겠죠. 그래도 계속 늘어나지 않아서 저희로선 고마운 일입니다."

하지만 여기서 역전을 당하면 패배를 맛봐야 한다. 그로 인해 하루히의 기분이 어떻게 될지 괜한 상상력을 발휘할 만큼 난 부지런하지 않다.

"그래서 제안을 하나 할까 합니다."

코이즈미는 칫솔 선전에 추천하고 싶어질 정도로 하얀 이를 드러내 보이며 내게 그 제안인지 뭔지를 속삭였다.

"진심이야?"

"확고하게 진심입니다. 이번 회를 최소 실점으로 막으려면 이제 그 방법밖에는 없어요."

다시 에휴휴.

수비 위치 변경이 심판에게 전해졌다.

포수는 코이즈미를 대신해 나가토. 코이즈미는 내야수로. 그리고 난 하루히와 포지션을 바꿔 마운드에 섰다.

코이즈미에게서 투수 교체 얘기를 들은 하루히는 처음엔 저항했지만, 교체 선수가 나라는 말을 들은 순간 복잡한 표정으로,

"…뭐, 좋아. 하지만 맞으면 모두한테 점심 쏴야 돼!"

라는 소리를 하며 2루로 물러났다.

나가토는 떡하니 선 채 꿈쩍도 않고 있었기 때문에, 나와 코이즈미가 보호장비와 마스크를 달아주었다. 이런 우울증 환자한테 맡겨도 괜찮을까?

터벅터벅, 나가토는 홈베이스 뒤로 걸어가 털썩 주저앉았다.

자아, 시합 재개다. 시간이 없기 때문에 투구 연습도 생략되었다. 난 뜬금없이 처음으로 갑자기 인생 최초의 투수를 맡아야만 한다.

일단 던져보았다.

퍽.

제발 제대로 들어가라는 느낌의 힘없는 공이 나가토의 미트로 들어갔다. 볼.

"똑바로 해!"

그렇게 외치고 있는 사람은 하루히였다. 난 언제나 매우 진지하다고. 이번엔 사이드 핸드로 던져보자.

2구. 조금은 현혹되길 바랐지만, 타자에겐 먹히지 않았다. 내 약해 빠진 스트레이트에 무섭게 배트가 덤벼든다. 아차, 타격 투수 수준의 공을 던지고 말았네…!

휘익.

"스트라이크!"

심판이 소리 높여 외쳤다. 헛스윙을 했으니 스트라이크겠지. 하

지만 타자는 믿을 수 없다는 표정으로 나가토의 손을 보고 있었다.

심정은 이해가 간다. 그렇겠지. 내 연약한 공이 배트에 닿기 직전에 궤도가 바뀌어 30센티미터나 떨어졌으니 누구나 불신감을 느끼게 될 것이다.

"……."

주저앉아 있는 나가토는 어깨는 움직이지 않은 채 손목만을 이용해 공을 돌려주었다. 둥실 날아오는 맥없는 공을 받아들고 난 투구 모션에 들어갔다.

몇 번을 던져도 하프 스트레이트밖에 안 된다. 그리고 3구째는 엄청난 폭투로 쑥 빠지는—공이어야 했는데 몇 미터 날아가던 공이 방향을 틀어 명확하게 관성과 중력과 항공역학을 무시한 움직임으로 꺾여 가속까지 하며 단숨에 미트를 목표로 날아갔다. 퍽. 기분 좋은 소리가 나며 나가토의 작은 몸이 흔들렸다.

타자는 눈을 휘둥그레 뜨고 있었고 심판도 한동안 아무 말도 못 하고 있었다. 잠시 뒤,

"…투 스트라이크!"

자신 없어 보이는 선언을 했다. 귀찮으니까 빨리 가자.

이제 나는 적당히 던졌다. 목표고 뭐고 없다. 힘도 전혀 들어가지 않는다. 그런데도 내가 던진 공은 타자가 넘기면 반드시 스트라이크 존에, 휘두르려고 들면 스치지도 않고 변화하고 있었다.

비밀은 내가 던질 때마다 뭔가를 중얼거리고 있는 나가토에게 있다. 너무나도 큰 비밀이라 나조차도 구조가 파악이 안 된다. 아마 이전에 내 목숨을 구하고, 교실을 다시 만들고, 조금 전에 배트에 뭔가 수를 쓴 듯한, 무슨 정보 조작을 하고 있는 것이리라.

덕분에 거의 선풍기를 상대로 던지고 있는 것이나 마찬가지 상황이다. 오늘의 MVP는 나가토 유키로 결정이다.

순식간에 투 아웃. 마지막 타자도 투 나싱까지 몰고 갔다. 이렇게 쉽게 내가 마무리를 해도 되는 걸까. 미안하다, 카미가하라 파이레츠.

이젠 창백하게 질린 마지막 타자에게, 나는 혼신의 힘이고 뭐고 하나도 안 담긴 평범한 공을 던졌다. 궤도 수정, 스트라이크 존으로. 타자는 있는 힘껏 배트를 휘둘렀다. 다시 궤도 수정, 외곽으로 낮게. 배트가 공중에 잔상을 남기고 한 바퀴 돌아 삼진. 후우, 이제야 끝났… 다가 아니었다.

"!"

공이 데굴데굴 백네트 방면으로 굴러갔다. 오버해서 너무 꺾었나 보다. 나가토의 미트를 스치고 한 번 튕긴 다음 포크처럼 떨어지는 미스터리어스 볼(명명, 나)은 홈플레이트 모서리에서 한번 튄 뒤 엉뚱한 방향으로 굴러가고 있었다.

범실이다.

마지막 기회라는 듯 타자는 달리기 시작했다. 하지만 나가토는 미트를 그대로 낀 자세로 고정된 채 페이스 마스크를 쓴 상태에서 묵묵히 주저앉아 있을 뿐이다.

"나가토! 공을 주워서 던져!"

지시하는 나를 무표정하게 올려다보더니 나가토는 천천히 일어나 굴러가고 있는 공을 따라갔다. 터벅터벅. 범실로 달려나간 타자는 1루를 지나 2루로 들어가려 하고 있었다.

"빨리!"

하루히가 2루 베이스 위에서 글러브를 휘두르고 있었다.

가까스로 공을 쫓아간 나가토는 주워든 연식 공을 바다거북의 알이라도 보는 듯한 눈으로 가만히 본 뒤 다시 나를 보았다.

"2루로!"

난 내 바로 뒤쪽을 가리켰다. 그곳에선 하루히가 큰 소리를 지르고 있었다. 나가토는 밀리미터 단위의 끄덕임을 내게 보인 뒤—.

피융. 내 옆얼굴을 하얀색 레이저빔이 스치고 지나갔다. 머리카락 몇 개가 함께 딸려 나갔다. 그 레이저가 나가토가 손목의 힘만으로 던진 공이라는 사실을 깨달은 것은, 공이 하루히의 손목에서 글러브를 날려버리고, 글러브에 박힌 채 내야까지 날아가는 것을 본 뒤였다.

하루히는 자신이 조금 전까지 끼고 있던 글러브가 사라졌다는 사실에 깜짝 놀랐고, 타자는 어떤 상태인가 하면, 2루 앞에서 너무 놀란 탓인지 넘어져 있었다.

내야수인 코이즈미가 글러브를 주워 공을 꺼내선 어느 누구에게나 똑같이 방긋방긋 웃는 얼굴로 걸어가 엎드린 상태의 타자를 터치하고선 사과를 했다.

"정말 죄송합니다. 저희가 조금 비상식적인 존재거든요."

그 비상식적인 존재에 나까지 포함시킨 건 아니겠지, 그런 생각을 하며 난 깊이 탄식했다.

시합 종료.

카미가하라 파이레츠 여러분은 통곡을 하고 계셨다. 잘은 모르겠지만, 나중에 대학 선배들한테 기합이라도 받기 때문이 아닐까. 초등학교 여학생이 섞인, 여자가 더 많은 고등학생 초보 팀에게 져서 그렇게나 분한 걸까. 아마 둘 다겠지.

한편, 그런 패배의 애수를 전혀 고려하지 않는 하루히는 아주 신이 나 보였다. SOS단 창립을 떠올린 그날과 똑같은 수준의 미소를 보이며,

"이대로 우승을 하고 그런 다음에 여름에 코시엔에 나가자! 전국 제패도 꿈은 아니야!"

라는 소리를 진지하게 외치고 있었다. 거기에 동승할 마음이 있는 사람은 타니구치뿐이었지만. 난 제발 봐달라는 마음이었고, 일본 고등학교 야구 연맹도 그렇게 생각할 것이다.

"수고하셨습니다."

어느 틈에 옆으로 다가온 코이즈미가 말했다.

"그런데 이제 어떻게 하죠? 2회전도 할까요?"

난 고개를 저었다.

"지면 하루히의 기분이 나빠지는 거잖아? 그렇다는 건 계속 이겨야 한다는 거고. 게다가 그렇다는 건 나가토의 사기 마술의 신세를 져야 하겠지. 아무리 생각해도 이 이상 물리 법칙을 무시했다간 큰일이 날 거야. 기권하자."

"그게 좋겠죠. 사실 저도 이제 그만 동료들을 도우러 가야 해서요. 폐쇄 공간을 없애기 위해서 말입니다. '신인'을 퇴치하는 데 일손이 부족한가보더라고요."

"인사 전해줘, 그 파란 녀석한테도."

"그렇죠. 그런데 이번 일로 알게 된 겁니다만, 스즈미야 씨를 너무 한가하게 만드는 건 좋지 않을 것 같네요. 앞으로의 과제로 검토

할 여지가 있을 것 같습니다."

그럼 뒷일을 잘 부탁한다는 말을 남긴 채 코이즈미는 2회전 진출 사퇴를 알리러 운영 본부 텐트로 걸어갔다.

성가신 일을 자연스럽게 내게 떠넘겼군. 할 수 없지.

난 아사히나 선배에게 억지로 프렌치 캉캉을 추게 시키고선 자기도 똑같은 춤을 추고 있는 하루히의 등을 찔렀다.

"뭐야? 너도 같이 추게?"

"할 얘기가 있다."

난 운동장 밖으로 하루히를 끌고 갔다. 의외로 하루히는 순순히 따라왔다.

"저걸 봐라."

난 벤치 앞에 쭈그리고 있는 카미가하라 파이레츠 선수들을 가리키며 말했다.

"안됐다고 생각하지 않냐?"

"왜?"

"아마 저 사람들은 이날을 위해 힘들고도 혹독한 훈련을 견뎌왔을 거야. 4년 연속 우승이 걸려 있으니까 상당한 중압감도 있었겠지."

"그래서?"

"그중에는 벤치 멤버에도 들지 못해 눈물을 삼킨 선수도 있을 거야. 으음, 그러니까 저 네트 뒤에 서 있는 스포츠 머리를 한 형씨들이 그럴 수 있겠지. 너무 가엾잖아. 저 사람들한테는 이제 출전할 기회가 없어."

"그래서?"

"2회전은 사퇴하자."

난 단호히 말했다.

"충분히 즐겼잖아? 난 즐기고 남은 잔돈을 다른 사람한테 주고 싶을 정도다. 나머진 밥이라도 먹으면서 농담 따먹기나 하는 게 더 낫지. 사실 이젠 다리랑 팔에 힘이 하나도 안 들어가."

그건 사실이다. 내외야를 오간 덕분에 사실 이젠 완전 녹초 상태다. 정신적으로도 그렇고.

하루히는 특기인 표정, 즉 토라진 펠리컨과 같은 표정을 지으며 날 가만히 올려다보았다. 내가 불안해졌을 때,

"넌 그걸로 만족해?"

그럼 만족하고말고. 아사히나 선배도 코이즈미도 아마 나가토도 그렇게 생각하고 있을 거다. 여동생은 좀 전부터 스윙 연습을 하고 있지만 저 녀석은 사탕 하나면 배트를 내던질 거다.

"흐음."

하루히는 나와 운동장을 번갈아 보며 잠시 생각에 잠겼다. 아니, 어쩌면 생각에 잠긴 척을 하고 있다가 씨익 웃었다.

"뭐, 좋아. 배도 고프고. 점심 먹으러 가자. 나 생각해봤는데, 야구란 참 간단한 스포츠였던 것 같아. 이렇게 쉽게 이길 수 있을 줄은 생각도 못했다니까."

그러시냐.

난 아무 반론도 하지 않고 그저 어깨만 치켜세우다.

상대팀의 주장은 2회전 진출권을 양보하겠다고 말했을 때, 눈물을 흘리며 고마워했다. 그 모습을 보고 난 또다시 미안한 마음이 들

었다. 우리가 상당히 억지스런 사기를 부려 승리를 도둑질한 것이니까 말이다.

재빨리 자리를 뜨려던 나를 그 주장이 불러세워서는 귓가에다 이렇게 속삭였다.

"그런데 너희가 쓴 배트는 얼마면 넘겨주겠니?"

그런 연유로 코이즈미를 제외한 우리들은 지금 패밀리 레스토랑 한모퉁이를 점령한 채 밥을 먹고 있는 중이다.

여동생은 완전히 하루히와 아사히나 선배가 맘에 들었는지, 두 사람 사이에서 위험하게 나이프를 햄버거에 대고 찌르고 있었다. 타니구치는 야구부에 들어갈 것을 쿠니키다와 진지하게 상의하고 있었지만, 뭐 좋을 대로 하라지. 츠루야 선배의 관심은 이번엔 나가토에게 향한 듯, "네가 나가토 유키니? 미쿠루한테 얘기 많이 들었어"라고 말을 걸다가 묵묵히 BLT 샌드위치를 먹고 있는 과묵한 하급생에게 무시를 당하고 있었다.

다들 지나치게 많을 정도로 주문을 했는데, 그도 그럴 것이 이 식사는 내가 사기로 되어 있었다.

멋진 제안이 생각났다는 말투로 하루히가 그렇게 선언했기 때문이다. 왜 그런 생각을 하루히가 떠올렸는지는 도통 이해가 안 간다. 이 녀석의 생각을 읽어낼 수 있었던 적이 없었기 때문에 난 일일이 놀라지도 않았고 귀찮았기 때문에 항의도 하지 않았다. 아니, 오히려 상쾌한 기분마저 들었다.

왜냐하면 어떻게 된 이유에서인지 내 주머니에는 제법 두둑한 임시 수입이 있었기 때문이다.

카미가하라 파이레츠의 건투를 빌고 싶다.

며칠 뒤의 일이다.

방과 후, 우리는 다시 동아리 건물의 한 방에서 평소와 같이 평범한 일상을 보내고 있었다.

메이드 복장의 아사히나 선배가 타주는 현미차를 마시며, 난 코이즈미를 상대로 오셀로를 하고 있었고, 그 옆에선 나가토가 도서관에서 빌려온 것으로 보이는 두툼한 사전 같은 철학서에 빠져 있었다. 참고로 아사히나 선배의 오늘의 복장은 나의 요청에 따른 것이다. 간호사보다는 메이드에게 봉사를 받는 게 좋잖아, 역시 말이야. 그 아사히나 선배는 쟁반을 안고선 눈을 가늘게 뜨고 우리들의 대전을 지켜보고 있었다.

최근엔 거의 변함이 없는 우리들의 일상 풍경이다.

그리고 웅대한 황하의 흐름처럼 느긋한 시간을 깨뜨리는 것은 언제나 스즈미야 하루히였다.

"늦어서 미안!"

괜히 사과를 하며 하루히가 한겨울의 외풍처럼 뛰어 들어왔다.

그 얼굴에 가득한 미소 모양의 가면이 기분 나쁘다. 이 녀석이 이렇게 기분 좋은 표정으로 웃고 있으면 내가 지치는 구조로 되어 있기 때문이다. 여긴 참 신기한 세상이야.

예상대로, 하루히는 또다시 엉뚱한 소리를 꺼냈다.

"어느 게 좋아?"

난 오셀로의 검은 돌을 소리를 내며 내려놓고 코이즈미의 흰 돌을 두 개 뒤집고선,

"어느 거라니?"

"이거."

하루히가 내민 두 장의 종잇조각을 마지못해 받아들었다.

또다시 광고지였다. 비교해보았다. 하나는 아마추어 축구 대회 광고였고, 다른 하나는 아마추어 미식축구 대회 광고였다. 이런 걸 인쇄한 업자를 진지하게 저주하겠다.

"사실은 말이야, 야구가 아니라 이 둘 중에 하나를 선택하려고 했었거든. 하지만 야구가 일정이 더 빨랐어. 그래, , 어느 게 좋아?"

난 암담한 심정에 빠지며 동아리방으로 시선을 돌렸다. 코이즈미는 희미한 미소를 지으며 오셀로의 돌을 손가락으로 튀기고 있었고, 아사히나 선배는 울 것 같은 표정으로 고개를 설레설레 젓고 있었고, 나가토는 얼굴을 책에 파묻은 채로 움직이는 것이라고는 손가락이 고작인 상태였다.

"그래서 축구랑 미식축구는 몇 명이 하는 스포츠니? 요전의 사람들로 충분할까?"

헐레이션(주6)을 일으킬 것만 같은 하루히의 밝은 미소를 지켜보며 나는 어느 쪽이 더 선수가 적게 들지를 생각하고 있었다.

주6) 헐레이션: 필름이나 건판의 감광막에 강한 빛이 닿으면 일부가 감광막을 빠져나가 지지체에 도달하고 주로 그 뒷면에서 반사되어 다시 감광막에 도달하여 감광시키는 현상.

조릿대잎 랩소디

그러고 보니 5월도 참 더웠지만 7월의 오늘도 한층 더위가 기승을 부리고 있었고, 습기까지 무지막지하게 올라가 내 불쾌지수를 부채질하고 있었다. 이 고등학교의 싸구려 건물은 에어컨이라는 고급 기계와는 인연이 없다. 1학년 5반의 교실 안은 쾌적함의 개념을 설계자가 갖고 있었을 거라고는 생각할 수 없는 습기 지옥 앞의 대기실 상태였다.

참고로 설명하자면, 이번 주는 기말고사를 앞둔 7월의 첫 주로 나의 유쾌한 기분은 브라질 부근을 떠돌며 당분간 돌아올 생각이 없는 것으로 보인다.

중간고사도 끔찍했지만, 이대로 가다간 기말고사도 제대로 된 결과를 맞이할 수 있을 거라고 말하기 힘들었고, 그건 내가 SOS단의 활동에 빠져서 학업에 전념하지 못했기 때문임에 분명하다. 그런 것에 얽매이고 싶지는 않지만, 하루히가 뭔가 말을 꺼낼 때마다 쓸데없이 이리저리로 싸돌아다녀야 한다는 법칙이 올 봄부터 내 일상이 되어가고 있었고, 그런 날들에 점점 익숙해지고 있는 내 자신이 조금은 싫다.

그런 저녁 해가 비쳐드는 교실에서의 쉬는 시간이었다. 바로 뒷

자리에 앉은 여자애가 내 등을 샤프로 찔렀다.

"오늘이 무슨 날인지 알아?"

크리스마스 이브 전날밤의 초등학생 같은 얼굴로 스즈미야 하루히가 말했다. 이 녀석이 이런 표정을 짓기 시작한다는 건 별 시답잖은 생각을 하고 있다는 신호이다. 난 3초 정도 생각하는 척한 뒤 말했다.

"네 생일이냐?"

"아냐."

"아사히나 선배 생일."

"아니야."

"코이즈미나 나가토의 생일."

"그걸 내가 어떻게 알아?"

"참고로 내 생일은—."

"됐어. 너란 녀석은 오늘이 얼마나 중요한 날인지 이해를 못하고 있구나."

아무리 그래도 내게는 그저 덥기만 한 평범한 하루에 불과하다고.

"오늘이 몇 월 며칠인지 말해봐."

"7월 7일. …혹시 너 칠석이 어쩌고저쩌고 그런 소리를 하려는 건 아니겠지?"

"물론 말할 생각인데. 칠석이야, 칠석. 너도 일본인이라면 잘 기억해둬야 하잖아."

그건 원래 중국의 전설이고, 원래 칠석은 음력으로 따지면 다음 달이다.

하루히는 샤프를 들고 내 얼굴 앞에서 흔들며 말했다.

"홍해에서 이쪽으로는 전부 다 아시아라고."

대체 어떻게 생겨먹은 지리 감각이냐.

"월드컵 예선도 같이 하잖아. 그리고 7월이나 8월이나 거기서 거기지. 똑같은 여름인데."

아아, 그러시냐.

"아무튼 칠석 행사를 제대로 치러야지. 난 이런 이벤트는 안 빠뜨리거든."

안 빠뜨려야 할 일은 그밖에도 많을 것 같은데. 그 이전에 왜 나한테 이렇게 선언할 필요가 있는 걸까. 네가 뭘 하든 내 알 바가 아닌데.

"여럿이서 하는 게 재미있으니까. 올해부터 칠석은 단원 모두가 성대하게 치르기로 했어."

"마음대로 결정하지 마라."

그렇게 말하면서도 쓸데없이 의기양양한 하루히의 얼굴을 보고 있자니 반론을 펴기는 것도 바보 같아진다.

하지만 오늘의 수업이 끝나고 종이 침과 동시에 하루히는 교실을 뛰쳐나갔다.

"동아리방에서 기다리고 있어! 집에 가면 안 된다!"는 말을 남기고.

말 안 해도 동아리방에 갈 생각이었다. 적어도 하루에 한 번은 모습을 보고 싶은 분이 계시니까 말이다. 딱 한 명.

동아리 건물 2층, 문예부에 신세를 지고 있다기보다 기생하고 있는 SOS단의 아지트에는 이미 다른 단원들이 모두 모여 있었다.

"아, 안녕하세요."

그렇게 말하며 방긋 웃는 것은 아사히나 미쿠루 선배였다. 내 안식의 근원이다. 만약 그녀가 없었다면 SOS단 따위는 소스가 빠진 카레라이스와 비슷한 존재 가치밖에 없을 것이다.

이 7월부터 아사히나 선배의 메이드복은 여름 버전으로 바뀌었다. 대체 어디서인지는 모르겠지만, 의상을 가져온 것은 하루히였고 "아…, 감사합니다"라며 예의바르게 인사를 한 것은 아사히나 선배였다. 오늘도 SOS단의 메이드로서 성실히 내게 현미차를 타주고 있다. 차를 마시며 실내를 돌아보았다.

"여어, 좀 어떻습니까?"

긴 테이블에 체스 판을 놓고선 문제집을 한 손에 들고 말을 움직이고 있던 코이즈미 이츠키가 고개를 들며 인사했다.

"나야 고등학교에 들어온 이후로 계속 정상이 아니지."

오셀로도 질렸으니 체스를 두자는 말과 함께 지난주에 코이즈미가 가져온 체스 판이었는데, 아쉽지만 난 규칙을 몰랐고 달리 아는 사람도 없었기 때문에 혼자 외로이 체스를 두고 있었다. 시험도 가까운데 여유로워 좋겠군.

"여유라고 할 정도는 아닌데요. 이건 공부 사이에 잠시 두뇌 체조를 하는 겁니다. 한 문제를 풀 때마다 두뇌의 혈액순환이 좋아져요. 같이 한번 해보죠?"

됐다. 난 이 이상 생각할 거리를 늘리고 싶지 않아. 지금 괜한 것을 외우면 그 기억 분량만큼 꼭 외워둬야 할 영어 단어가 머리 밖으로 튀어나올 것 같으니까.

"그거 아쉽네요. 다음엔 인생 게임이나 어뢰전 게임이라도 가지고 올까요. 그래요, 다 같이 할 수 있는 게 좋겠군요. 뭐가 좋을까요?"

뭐든 좋고, 그와 동시에 뭐든 다 안 좋다. 여긴 보드 게임 연구회가 아니라 SOS단이다. 참고로 SOS단의 활동 방침은 나에게도 미스터리이고, 그런 수수께끼의 집단에서 대체 뭘 하면 좋을지는 아직까지 이해가 안 가고 있는 상황이다. 별로 알고 싶지도 않고 모르는 건 안 하는 게 무난하다. 그래서 난 딱히 뭔가를 할 마음도 없었다. 내가 생각해도 참 완벽한 논리였다.

코이즈미는 어깨를 치켜세우고선 다시 문제집으로 고개를 돌렸다. 나이트를 잡고선 판 위의 새 위치로 이동을 시킨다.

그런 코이즈미의 옆에선 B급 애니마트로닉스(주7)보다도 표정이 없는 나가토 유키가 여전히 독서에 빠져 있었다. 지금은 제목조차 읽을 수 없는 삐침 문자로 씌어 있는 낡고 두툼한 마술서 같은 책을 읽고 있었다. 고대 에트루리아 어나 뭐 그런 걸로 씌어 있는 책임에 분명하다. 나가토라면 선형 문자 A로 쓰여진 비문도 쉽게 읽을 수 있을 것이다.

난 철제 의자를 끌어다 앉았다. 재빨리 아사히나 선배가 눈앞에 찻잔을 놓아주었다. 이 더위에 뜨거운 차는 너무하잖아―라는 벌받을 생각은 추호도 않은 채 난 감사의 마음을 담아 현미차를 마셨다. 으음, 뜨겁고 덥구나.

방 한구석에서 하루히가 어디에선가 슬쩍해온 선풍기가 고개를 돌리고 있었지만, 언 발에 오줌 누기 정도의 효과밖에 없었다. 이왕이면 교무실에서 업무용 쿨러라도 가져오면 좋잖아.

주7) 애니마트로닉스 : animatronics. 영화 제작 등에서 동물·사람의 로봇을 실제처럼 보이게 하는 전자 공학 기술.

난 긴 테이블에 펼쳐놓은 영어 교과서에서 시선을 들고선 철제 의자에 앉은 채 등을 쭉 뻗고 크게 기지개를 켰다.

어차피 집에 가도 공부를 하진 않을 테니 방과 후 동아리방에서 미리 해두자고 마음먹기는 했지만, 하고 싶지 않은 건 장소가 어디든 하고 싶지 않은 법이다. 하고 싶지도 않은 일을 하는 건 육체적으로도 정신적으로도 좋을 턱이 없다. 그러니까 하지 않는 게 가장 건강하게 살 수 있는 길이다. 좋아, 그만두자. 난 샤프를 굴리며 교과서를 접고선 정신 안정제를 바라보기로 했다. 염세관에 사로잡힌 마음을 달래주는 나의 정신 안정제는 메이드 차림을 하고 테이블 맞은편에서 수학 문제집을 풀고 있었다.

진지한 얼굴로 문제집을 바라보다가 노트에 뭔가를 쓰고선 근심 어린 얼굴로 생각에 잠겼다 뭔가 떠올랐다는 표정을 짓고선 다시 연필을 놀리는 행동을 반복하고 있는 그녀는 물론 아사히나 미쿠루 선배였다.

보고 있기만 해도 기분이 좋아진다. 길거리 모금함에 동전 말고 화폐를 던져 넣어도 좋을 만큼 착한 마음이 생겨난다. 아사히나 선배는 내가 관찰하고 있다는 사실도 깨닫지 못한 채 열심히 수학 공부에 매진하고 있었다. 동작 하나하나가 흐뭇했고 실제로 난 미소를 짓고 말았다. 새끼 물개를 바라보고 있는 듯한 기분이다.

눈이 마주쳤다.

"아, 왜, 왜요? 제가 뭔가 이상한 짓이라도 했나요?"

아사히나 선배는 당황한 듯 몸가짐을 단정히 했다. 그 동작이 또 좋아서 내가 엔젤릭한 수사를 입에 담으려고 한 순간.

"얏호!"

난폭하게 문이 열리고 무례한 여자가 너무나도 무례하게 안으로 들어왔다.

"안미안미. 늦어서 미안해."

사과할 거 없어. 아무도 기다린 사람 없으니까.

하루히는 두툼한 대나무를 어깨에 짊어지고 바스락거리는 소리를 내며 등장했다. 파란 조릿대잎이 우거진 대나무였다. 이런 걸 가져와서 뭘 하려는 거지? 저금통이라도 만들 생각인가?

하루히는 가슴을 쭉 펴며 대답했다.

"탄자쿠(주8)를 매다는 데 쓸 거지."

와이, 왜?

"의미는 없지만 오랜만에 해보고 싶어졌어. 소원 적어 달기. 오늘은 칠석이잖아."

…늘 그렇긴 하다만 정말 의미가 없구나.

"어디서 가져온 거냐?"

"학교 뒤 대나무밭에서."

거긴 분명 사유지인데. 이 대나무 도둑아.

"뭐 어때서 그래. 대나무는 땅속에서 이어져 있는 거고, 위에 있는 게 하나쯤 없어졌다고 큰일이라도 날까. 죽순을 훔친 거라면 범죄일지 몰라도 말이야. 그보다 벌레한테 물려서 간지러운데. 미쿠루, 등에 약 좀 발라줄래?"

"아, 예, 예!"

구급상자를 든 아사히나 선배가 황급히 달려왔다. 견습 간호사처럼. 연고를 짜서 세일러복 자락 안으로 손을 집어넣었다. 앞으로 몸을 숙이고 있던 하루히는,

주8) 탄자쿠: 글씨를 쓰거나 물건을 매달 때 쓰는 긴 종이. 일본에서는 칠석 때면 이 탄자쿠에다 소원을 적어 대나무 가지에 매다는 풍습이 있다.

"조금 더 오른쪽…, 너무 많이 갔다. 아, 거기야, 거기."

턱 아래를 쓰다듬어줄 때의 새끼고양이 같은 표정을 짓더니, 파란 대나무를 창가에 세워두고선, 천천히 단장 책상 위로 올라가 대체 어디서 가져온 것인지 모를 탄자쿠를 손에 들고선 무척 기분 좋은 미소를 지었다.

"자아, 소원을 써라."

꿈틀, 나가토가 고개를 들었다. 코이즈미는 쓴웃음을 지었고 아사히나 선배는 눈을 동그랗게 떴다. 아닌 밤중에 홍두깨가 아니라 대나무밭에서 조릿대냐. 하루히는 치맛자락을 펄럭이며 책상에서 뛰어내렸다.

"단, 조건이 있어."

"뭔데?"

"쿈, 너 칠석에 소원을 들어주는 게 누군지 알아?"

"견우나 직녀 아냐?"

"정답, 10점. 그럼 견우와 직녀는 어느 별인지 알아?"

"몰라."

"베가와 알타이르죠."

코이즈미가 바로 대답을 했다.

"그래! 85점! 바로 그 별이야! 그러니까 탄자쿠에 쓴 소원은 그 두 별을 향해 걸어야 한다고. 이해가 가?"

무슨 말을 하고 싶은 거냐. 남은 15점은 어느 부분 점수냐?

에헴, 하루히가 으스대듯 헛기침을 했다.

"설명할게. 일단 빛의 속도를 뛰어넘어 어딘가로 간다는 건 불가능합니다. 특수 상대성 이론에 따르면 그렇게 되어 있습니다."

갑자기 무슨 소릴 하는 거야. 하루히는 공책에서 잘라낸 종잇조각을 치마 주머니에서 꺼내 흘낏거리며 말을 이었다.

"참고로 지구에서 베가와 알타이르까지의 거리는 각각 약 25광년과 16광년입니다. 그렇다는 것은 지구에서 떠난 정보가 둘 중 한별에 도착하기까지는 25년 내지 16년이 걸리는 건 당연—하지?"

그러니까 그게 왜? 그런 걸 애써 조사를 해온 거냐?

"그러니까 두 신이 소원을 읽어주는 건 그만큼의 시간이 든다는 소리잖아. 이뤄주는 것도 그뒤의 일이 될 테고. 탄자쿠에는 지금부터 25년 후나 16년 후의 미래에 이뤄질 법한 걸 써야 하는 거야! 다음 크리스마스까지 멋진 남자친구가 생기게 해주세요! 그런 걸 쓰면 안 된다고!"

손을 휘두르며 역설하는 하루히.

"야, 잠깐만. 가는 데 20년 정도가 걸린다면 돌아오는 데도 비슷한 시간이 들 거 아냐. 그럼 소원이 이뤄지는 건 50년 뒤나 32년 뒤가 되는 거 아냐?"

"신이잖아. 그 정도는 어떻게든 해줄 거야. 1년에 한 번뿐인데 반액 여름 바겐세일이지."

그런 점만 자기 좋을 대로 상대론을 무시하고선,

"자, 이해들 했지? 탄자쿠는 두 종류를 쓰는 거야. 베가와 알타이르한테지. 그리고 25년 뒤와 16년 뒤에 이뤄졌으면 하는 소원을 적어."

말도 안 되는 소리를 하는군. 도대체 두 종류나 소원을 빌려는 그 속셈이 뻔히 보인다. 그리고 25년 뒤나 16년 뒤에 자신이 뭘 하고있는지도 모르는 판인데 어떤 소원을 빌라는 거냐. 기껏해야 연금

제도나 재정 투자가 파탄나지 않고 제대로 굴러가고 있어달라는 정도밖에 더 있어? 그런 소원을 빌면 견우 직녀 모두에게 민폐일 텐데. 그렇지 않아도 1년에 한 번밖에 못 만나는 사이인데 그런 건 자국의 정치가들에게 맡기라는 생각이, 뭐 나라면 들 거다.

그런데 정말이지 항상 안 해도 될 일만 생각하는 녀석이다. 머릿속에 화이트홀이라도 들어 있는 게 아닐까. 이 녀석이 생각하는 일반 상식은 대체 어느 우주의 상식인 걸까.

"그렇다고도 할 수 없어요."

코이즈미는 하루히의 편을 드는 소리를 했다. 작은 목소리로 내 귀에만 들리도록.

"스즈미야 씨는 언행이야 독특하긴 하지만, 저렇게 보여도 상식이라는 것을 잘 이해하고 있습니다."

코이즈미는 평소와 같이 시원스런 미소를 내게 보이며 말했다.

"만약 그녀의 사고 활동이 정상이 아니라면 이 세계가 이렇게 안정을 이루고 있을 리가 없죠. 더 말도 안 되는 법칙이 지배하는 기묘한 세계가 되었을 겁니다."

"어떻게 그런 걸 알 수 있는데?" 라고 묻는 나.

"스즈미야 씨는 세계가 더 독특해지길 바라고 있습니다. 그리고 그녀에겐 세계를 재구축할 수 있는 힘도 있어요. 당신도 그 사실을 잘 알고 있을 겁니다."

분명히 알고 있기는 하지. 의심하고는 있다만.

"하지만 현재 이 세계는 아직 이성을 잃지 않고 있습니다. 그건 그녀가 자신이 바라는 것보다 훨씬 상식을 중요하게 여기고 있기 때문이에요."

유치한 예제입니다만, 이런 전제를 두고 코이즈미는 다시 말을 이었다.

"예를 들어 산타클로스가 있길 바란다고 생각했다 칩시다. 하지만 상식적으로 생각하면 산타는 존재하지 않죠. 굳게 닫힌 심야의 주택에 침입해 그 누구에게도 들키지 않고 선물을 놓고 사라진다는 건 적어도 현재의 일본을 무대로 한다면 불가능한 일입니다. 세인트 클로스 씨는 대체 어떻게 어린이 하나하나가 원하는 선물을 알 수 있는 걸까요. 하룻밤 사이에 전 세계의 착한 아이의 집을 도는 시간적 여유도 마찬가집니다. 물리적으로 불가능한 얘기예요."

그런 생각을 진지하게 하는 녀석이 더 이상하지.

"바로 그렇습니다. 그래서 산타클로스는 존재하지 않는 거예요."

반론을 하는 건 하루히의 편을 드는 것 같아 불쾌하긴 하지만 난 의문을 제기했다.

"만약 그렇다고 본다면 산타와 마찬가지로 우주인이나 미래에서 온 사람이나 초능력자도 없어야 하는 거 아냐? 넌 왜 여기에 존재하는 건데?"

"그러니까 스즈미야 씨는 자신의 머릿속에 있는 상식에 짜증을 내고 있는 것이라 상상할 수 있습니다. 초자연 현상이 빈발하는 세계이길 바라는 마음을 상식이 부정하고 있는 거죠."

그럼 결국 저 녀석의 머릿속에서는 비상식이 이기고 있는 거 아닌가.

"억압되지 못한 생각이 저와 아사히나 씨와 나가토 씨와 같은 존재를 이곳으로 불렀고, 제게 묘한 능력을 준 게 분명합니다. 당신은 어떤지 잘 모르겠지만요."

몰라도 된다. 적어도 난 너와 달리 내가 평범한 인간이라는 자각
에 확신을 갖고 있으니까.

그것이 다행인지 불행인지는 아직까지 알 수 없다만.

"거기! 잡담은 삼가도록. 지금 진지한 얘기를 하고 있단 말이야."

속닥거리는 나와 코이즈미가 거슬렸는지, 하루히가 눈에 불을 켜
며 소리치는 바람에 할 수 없이 우리는 하루히가 나눠준 탄자쿠와
붓펜을 들고 자리에 앉았다.

하루히는 콧노래를 흥얼거리며 펜을 놀리고 있었지만, 나가토는
탄자쿠를 가만히 바라본 채 꿈쩍도 하지 않고 있었고, 아사히나 선
배는 쾨니히스베르크의 다리 건너기 문제(주9)를 풀기라도 하려는
듯 곤란한 표정을 짓고 있었다. 코이즈미는 "이거 고민되네요"라고
가벼운 말투로 중얼거리며 고개를 갸웃거리고 있었다. 셋 다 그렇
게 진지하게 생각할 것 없잖아. 적당히 쓰면 되는 거라고.

…설마 쓴 소원이 정말로 실현될 거라는 소리는 말아다오.

난 붓펜을 빙글빙글 돌리며 시선을 옆으로 돌렸다. 하루히가 벌
채해온 대나무는 활짝 열린 창문 밖으로 나뭇잎을 드리우고 있었
다. 가끔씩 변덕스럽게 부는 바람에 흔들려 소리를 내는 것이 참 시
원하게 느껴졌다.

"다들 썼어?"

하루히의 목소리에 뒤를 돌아보았다. 녀석의 앞에는 다음과 같이
쓰인 탄자쿠가 있었다.

『세계가 날 중심으로 돌아갈 수 있도록.』

『지구의 자전을 역자전으로 해주세요.』

뭐랄까, 버릇없는 못된 어린애 같은 소리를 써놨군. 개그를 노린

주9) 쾨니히스베르크의 다리 건너기 문제: 7개의 다리를 두 번 건너지 않고 지나서 원래의 위치로 돌아올 수 있
는가 하는 문제로, 위상수학과 관련된 문제이다.

거라면 그나마 다행이지만, 조릿대잎에 탄자쿠를 다는 하루히의 표정은 너무나도 진지했다.

아사히나 선배는 귀엽고 깔끔한 글씨로,

『바느질을 잘할 수 있게 해주세요.』

『요리를 잘할 수 있게 해주세요.』

정말 기특한 의뢰를 했고, 아사히나 선배는 대나무에 매단 탄자쿠에 기도를 올리듯 손을 모으고 눈을 감았다. 뭔가 착각하고 있는 것 같은데.

나가토의 탄자쿠는 무미건조했다. 『조화』, 『변혁』이라는 살풍경한 한자를 붓글씨 견본 같은 해서체로 써놓은 것이 전부였다.

코이즈미도 나가토와 비슷한 내용으로 『세계평화』, 『가내안전』이란 사자 숙어를 의외로 거친 필치로 써놓았다.

나? 나도 심플했다. 어차피 25년이나 16년 뒤의 일이다. 그때의 난 나이가 제법 든 아저씨일 테니, 아마 그 무렵에는 이런 걸 바라고 있을 것이다.

『돈 줘.』

『개를 목욕시킬 수 있을 만한 정원이 딸린 집을 내놔라.』

"속물적이군."

내가 내건 탄자쿠를 보고 하루히가 기가 막힌다는 듯 말했다. 이 녀석에게서만큼은 그런 취급을 받고 싶지 않다. 지구 역회전보다는 훨씬 인생에 도움이 된다고.

"뭐 좋아. 다들 쓴 내용을 기억해둬. 지금부터 16년 뒤가 첫 포인트야. 누구 소원을 견우가 이뤄줄지 승부다!"

"아…, 예. 예."

진지한 얼굴로 고개를 끄덕이는 아사히나 선배를 보며 난 다시 철제 의자에 앉았다. 옆을 보니 나가토는 벌써 독서 모드로 돌아가 있었다.

하루히는 긴 대나무를 창 밖으로 내밀어 고정을 시키고선 창가로 의자를 끌고 가 앉았다. 창틀에 팔꿈치를 괴고선 하늘을 올려다본다. 그 옆모습은 어딘지 모르게 수심이란 부분이 섞여 있는 것 같아 조금 당황스러웠다. 감정의 기복이 심한 녀석이군. 조금 전까지는 그렇게 소리를 질러댔으면서.

난 시험공부를 재개하려 교과서를 펼치고선 관계대명사의 종류를 외우려 했다.

"…16년이라. 길구나."

뒤에서 하루히가 작은 목소리로 그렇게 속삭이고 있었다.

나가토는 묵묵히 외국 서적을 읽고 코이즈미는 홀로 체스를 두며 내가 영어 번역을 통째로 암기하고 있는 사이 하루히는 줄곧 창가에 앉아 하늘을 올려다보고 있었다. 그렇게 얌전히 있으면 제법 볼 만한데 말이야. 조금은 나가토를 본받을 마음이 든 걸까 싶었지만 얌전히 있는 하루히는 그 또한 나름대로 기분이 나쁘다. 우리가 곤란해할 일을 생각하고 있는 게 뻔하니까.

하지만 오늘의 하루히는 웬일인지 힘이 없었다. 하늘을 올려다보며 한숨 비슷한 것을 내쉬곤 했다. 더 기분이 나쁘다. 지금 조용한 만큼 이후의 반동이 두렵다. 사누키로 유배를 갔을 때 스토쿠의 상황도 첫 2,3일은 이런 기분이었을 것이다.

바스락, 종잇조각이 스치는 소리가 나서 눈을 들었다. 내 정면에서 문제집과 씨름을 하고 있던 아사히나 선배가 한쪽 검지를 입술에 대고 오른눈을 감고선 남은 탄자쿠를 내게 내밀고 있었다. 아사히나 선배는 하루히를 흘낏 살펴보고선 재빨리 손을 거두었다. 그대로 장난을 성공시킨 어린 소녀와 같은 표정으로 고개를 숙인다.

나도 공범자 의식을 느끼며 아사히나 선배가 준 탄자쿠를 재빨리 잡아당겼다.

『동아리 활동이 끝나도 동아리방에 남아 있어주세요☆ 미쿠루☆』

라고 귀여운 글씨로 씌어 있었다.

물론 그대로 따르겠다마다요.

"오늘은 이만 집에 가자."

하루히는 그렇게 말하고선 재빨리 가방을 들고 동아리방을 나가버렸다. 어째 영 찜찜하네. 평소 같았으면 연비 나쁜 디젤 트럭 같은 녀석이 오늘은 태양열 자동차만큼 조용하다. 오늘의 내겐 딱 좋지만.

"그럼 저도 이만 실례하도록 하죠."

코이즈미도 체스 말을 정리하고선 자리에서 일어섰다. 그리고 나와 아사히나 선배에게 눈인사를 한 뒤 문예부실을 나섰다.

나가토도 탁 소리를 내며 책을 덮었다. 오오, 너도 뒤따라 갈 거냐, 고맙다…, 내가 감사의 마음을 느끼고 있는데, 나가토는 고양이 같이 소리도 안 나는 발걸음으로 내 앞까지 와서는,

"이거."

종잇조각을 내밀었다. 또 탄자쿠다. 나한테 줘도 은하수까지 배달은 못 해주는데. 그런 생각을 하며 시선을 떨어뜨렸다.

의미를 알 수 없는 도형의 모양이 그려져 있었다. 이게 뭐야, 수메르 문자나 뭐 그런 거냐? 이런 건 이니그마로 읽어줘도 해독 불가능일 것 같은데.

내가 눈썹을 찡그리며 그림인지 글자인지 구분도 안 가는 ○와 삼각형과 물결선 등을 응시하고 있는 사이, 나가토는 몸을 돌려 집에 갈 준비를 하더니, 재빨리 동아리방을 나가버렸다.

뭐, 좋아. 난 그 탄자쿠를 바지 주머니에 찔러넣고선 바로 아사히나 선배에게로 몸을 돌렸다.

"아, 저어. 같이 가주셨으면 하는 곳이 있어요."

다른 누구도 아닌 아사히나 선배의 초대. 거절했다간 벌 받을 거다. 가자고 하신다면 용광로 속에라도 뛰어들겠습니다.

"좋아요. 어딜 갈 건데요?"

"저어…, 저기…, 3년 전이에요."

어디라고 묻는 데 돌아온 대답이란 언제인 겁니까. 하지만….

3년 전. 또 그거냐란 생각이었다. 그랬지만 난 무척 관심이 갔다. 그리고 보면 아사히나 선배는 일단 정체불명의 자칭 미래에서 온 사람이다. 너무나 귀여운 외모라 까맣게 잊고 있기는 했지만 말이다. 그런데 3년 전? 거기에 간다고? 그렇다는 건 시간 여행을 한다는 건가?

"네―. 그렇습니다."

"아니, 가는 건 별 문제없습니다만 왜 제가요? 뭘 하러요?"

"그건 저어…, 가보면 알 거예요…, 아마…."

무슨 소리야?

내 의혹이 약간 얼굴에 드러났는지 아사히나 선배는 당황한 듯 손을 파닥거리고 눈에 눈물을 글썽이며 날 올려다보았다.

"제발 부탁해요! 지금은 아무것도 묻지 말고 그냥 알았다고 해주세요. 안 그러면 전…, 저어, 저기, 곤란해요."

"으음. 그럼 좋습니다만."

"정말요? 고마워요!"

아사히나 선배는 뛸 듯이 기뻐하며 내 손을 움켜쥐었다. 아아, 아사히나 선배의 기쁨은 제 기쁨이기도 합니다, 핫핫핫.

생각해보면 아사히나 선배가 고백한 '미래에서 왔다'는 발언은 솔직히 말해 자발적인 신고에 불과했다. 성장한 다른 한 명의 아사히나 선배가 너무나 그럴싸하게 등장한 덕분에 완전히 믿게 되긴 했지만, 무슨 트릭일 가능성도 부정할 수는 없다. 그렇다면 이건 아사히나 선배가 미래에서 온 사람이라는 사실을 확신할 안성맞춤의 기회가 아닌가.

"그런데 타임머신은 어디에 있습니까?"

책상 서랍에라도 들어가면 되나 싶었지만, 그런 장치는 없다고 했다. 그럼 어떻게 시간을 도약하지. 아사히나 선배는 에이프런 드레스 앞에서 손가락을 꼬물거리며 말했다.

"여기서 갈 겁니다."

네, 여기서? 난 인적이 끊긴 동아리방을 별 뜻 없이 둘러보았다. 우리 둘뿐이다.

"자, 의자에 앉아요. 눈을 감아주겠어요? 그래요, 어깨의 힘을 빼고."

순순히 따르는 나였다. 설마 뒤에서 퍽 때리지는 않겠지.

"쿈…."

아사히나 선배의 조용한 목소리가 귀 뒤에서 들려온다. 부드러운 숨결과 함께.

"미안해요."

불길한 예감이 들어 눈을 뜨려 한 순간 갑작스런 어둠. 강렬한 현기증이 내 의식을 빼앗아갔다. 완전한 블랙아웃이 찾아오기 직전, 그만둘 걸 그랬다는 생각을 잠시 했다.

의식이 부활했을 때 내 시야는 90도 정도 틀어져 있었다. 원래대로라면 세로로 있어야 할 것이 옆으로 누워 있었고, 가로등이 왼쪽에서 오른쪽으로 나 있는 것을 보고 아아, 난 지금 누워 있구나 생각이 들었다. 그리고 바로 머리 왼쪽이 묘하게 따뜻하다는 것을 발견했다.

"아, 일어났어요?"

천사와 같은 목소리에 난 완전히 정신을 차렸다. 왼쪽 귀 아래에서 꼬물거리고 있는 이건 뭐지?

"저어⋯, 이제 그만 머리를 들어주시면⋯. 제가 조금⋯."

아사히나 선배의 난처한 목소리다. 난 몸을 일으켜 자신의 위치를 확인했다.

밤중의 공원, 벤치 위다.

이게 어떻게 된 거냐. 난 아사히나 선배의 무릎을 베고 누워 있었나 보다. 그리고 자고 있었기 때문에 그 기억이 없는 것이다. 아까워라.

"발이 저려서 힘들었어요."

아사히나 선배는 부끄러운 듯 웃으며 고개를 숙였다. 어디서 갈아입었는지 메이드 의상에서 키타고의 세일러복으로 변신한 상태였다. 아까는 오후였는데 밤중이 되었으니 옷을 갈아입을 시간이야 있었겠지만, 난 얼마나 자고 있었던 거지? 아니, 그보다 왜 자고 있는 거야?

"시간 도약 방법을 알리고 싶지 않아서 그랬어요. 으음, 금지 사항이니까요…. 화났어요?"

아니, 전혀요. 하루히가 했다면 한 대 패겠지만 아사히나 선배라면 모두 오케이입니다.

그런데 아까 동아리방 의자에 앉아 눈을 감았다 싶었더니 어느새 야밤의 공원이라니. 그것도 이 공원에는 약간의 추억이 있는데. 언제였던가, 나가토의 호출을 받고 왔던 공원이다. 여긴 괴짜들의 메카인가?

난 머리를 긁적였다. 일단 해둬야 할 질문이 있다.

"지금은 언제인가요?"

내 옆에서 벤치에 얌전히 앉아 있던 아사히나 선배는,

"출발점으로부터 3년 전 7월 7일입니다. 밤 9시쯤 됐을 거예요."

"정말로요?"

"정말로요."

진지한 표정이시네요.

참 간단하게도 왔네. 하지만 그 말을 무턱대고 믿을 만큼 난 단순하지가 않다. 어디에든 확인할 필요가 있다. 117(주10)에라도 전화를 해볼까?

내가 그렇게 말하려는데 갑자기 왼쪽 어깨가 무거워졌다. 움찔. 내 어깨에 아사히나 선배의 머리가 놓여 있었다. 축 늘어진 아사히

주10) 117: 일본의 시각 안내 전화.

나 선배가 몸을 기대고 있는데 이건 뭔가 의사를 표현하는 거겠지.

"아사히나 선배?"

대답이 없다.

"저어…."

"새근."

새근?

고개를 전방 경사면 85도 정도로 틀어서 보니 아사히나 선배는 눈을 감고 입을 반쯤 벌린 채 쿨쿨 잠들어 있었다. 뭐야, 뭐야.

바스락바스락—.

갑자기 등 뒤 수풀이 부자연스럽게 흔들려 내 심장을 놀라게 했다. 뭐야, 뭐야.

"잘 자고 있나요?"

말을 하며 어두운 수풀 속에서 나타난 것은…, 또 다른 아사히나 선배였다.

"아, 콘. 안녕하세요."

아사히나 선배 고저스 버전이다. 옆에서 잠들어 있는 아사히나 선배보다 몇 살쯤 많고, 여기저기가 마구마구 성장을 한 아사히나 선배였다. 귀여움은 그대로인 채 글래머 레벨이 대폭적으로 플러스 수정을 한 묘령의 미인. 전에도 한 번 만나본 적이 있다. 그때와 마찬가지로 하얀색 블라우스와 남색 미니 타이트스커트 차림을 한 그 아사히나 선배는 우리 앞으로 걸어왔다.

"후훗. 이렇게 보니까…."

성인판 아사히나 선배는 잠자는 공주 아사히나 선배의 뺨을 콕콕 찌르며,

"어린애 같아."

아사히나 선배(대)는 손을 뻗어 아사히나 선배(소)가 입은 세일러 복을 그리운 듯 쓰다듬었다.

"이때의 나는 이랬나요?"

난 아사히나 선배(소)의 가느다란 숨결을 팔로 느끼며 꿈쩍도 못한 채 아사히나 선배(대)를 멍하니 올려다보고만 있었다.

"여기까지 당신을 인도한 것은 이 아이의 역할이고, 지금부터 당신을 이끄는 건 내 역할이에요."

어른의 섹시함을 물씬 풍기며 생글생글 웃는 얼굴로 말하는 아사히나 선배에게 난 바보 같은 말투로 말했다.

"아…, 이게 대체…."

"자세한 건 설명할 수 없어요. 이유는 금지 사항이니까요. 그러니까 전 부탁만 할 뿐입니다."

난 내게 기대어 쿨쿨 잠들어 있는 아사히나 선배 쪽으로 고개를 돌렸다.

"잠재웠어요. 제 모습을 보일 수는 없으니까요."

"왜죠?"

"그거야 내가 지금의 이 아이의 입장이었을 때 난 날 만나지 않았으니까죠."

이해가 갈 듯 말 듯한 이론이다. 매혹적인 아사히나 선배는 한쪽 눈을 감고선 말했다.

"거기 있는 선로변을 따라 남쪽으로 내려가면 학교가 있어요. 공립 중학교죠. 그 교문 앞에 있는 사람을 도와주세요. 빨리 가주겠어요? 그쪽의 저는 죄송하지만 업고 가주세요. 별로 무겁진 않을 거예요."

롤플레잉 게임에 나오는 마을 사람 같은 소리를 하는군. 보상으로 어떤 아이템을 주는 걸까.

"보상…요? 글쎄요."

성인판 아사히나 선배는 보기 좋게 생긴 턱에 손끝을 대고 생각에 잠겼다가 이내 어른스런 미소를 지었다.

"제가 드릴 수 있는 건 없어요. 하지만 그쪽에 잠들어 있는 제게 뽀뽀를 하는 것 정도는 괜찮겠죠. 단 잠들어 있는 동안에요."

굉장히 매력적인 교환 조건이다. 군침이 돌 정도다. 아사히나 선배의 잠든 얼굴은 뭔가를 해버리고 싶어질 만큼 사랑스럽다. 하지만.

"그건 좀…."

심정적으로도 상황적으로도 그건 내 신조에 어긋나는 처사다. 이런 때엔 이성적인 내 성격이 참 짜증난다.

"시간이 됐어요. 전 이만 가봐야 해요."

이번에 할 충고는 그게 다입니까.

"아, 그리고 저에 대해선 그 아이에겐 비밀로 해주세요. 약속이에요. 손가락 걸래요?"

앞으로 내민 아사히나 선배(대)의 새끼손가락에 난 무의식적으로 손가락을 걸었다. 1분쯤 그렇고 있었을까.

"안녕, 쿈. 또 봐요."

밝게 말하며 아사히나 선배(대)는 어둠 속으로 걸어들어갔다. 이내 모습이 사라졌다. 이번엔 참 쉽게도 돌아가네.

"자아."

난 혼잣말을 했다. 조금 전의 성인판 아사히나 선배와 나는 얼마만에 재회를 한 걸까. 지난번에 미묘하게 힌트를 줬을 때와 비교해 거의 변화한 것 같지 않다. 어쩌면 그때보다 더 전의 그녀일지도 모른다. 모르겠다. 알 리가 없지. 내가 아는 것이라고는 그 분위기로 봐서 다시 다른 시대의 아사히나 선배와 만나게 될 것 같다는 것 정도였다.

등에 짊어진 아사히나 선배는 가볍지는 않았지만 무겁다고 하기에도 뭐한 중량으로, 자연히 내 발걸음도 가벼워졌다. 귓가에 새근새근 숨을 내뱉는 순진한 얼굴은 완전히 범죄다. 숨결이 닿는 목덜미가 근질거려서 참을 수가 없다.

난 행인들의 시선을 피하듯(꺼리지도 않았지만) 재빨리 성인판 아사히나 선배가 말한 길을 거슬러 올라갔다. 인적이 드문 길을 천천히 10분쯤 걸어갔을까. 모퉁이를 돌자 갑자기 목적지가 나타났다.

히가시 중학교. 타니구치와 하루히의 모교로 내게는 익숙한 곳이다. 참고로 익숙한 사람이 교문에서 버티고 서 있었다. 당장에라도 철문을 타넘으려 하고 있는 그 작은 몸집을 내가 잘못 볼 리가 없다.

"어이."

말을 건 뒤로 의구심이 들었다. 왜 저 녀석이 누구인지를 알았는지 내가 생각해도 신기하다. 보이는 건 뒷모습이 전부였고 키도 훨씬 작다. 검고 긴 생머리는 어중간한 길이였다.

그저 밤중에 학교 교문을 타넘고 침입하려는 사람이 아는 사람

중에서 달리 생각이 안 난 탓도 있었겠지만.

"뭐야."

이제야 겨우 3년 전쯤의 과거로 왔다는 실감이 났다. 정말 난 과거로 왔나보다.

문에 기댄 채 뒤를 돌아본 그 얼굴은 내가 알고 있는 SOS단 단장보다 확실히 어렸다. 하지만 틀림없는 눈빛은 완벽하게 하루히였다. 티셔츠에 반바지라는 편한 차림을 하고 있어도 그 인상은 변하지 않는다. 3년 전의 지금, 스즈미야 하루히, 중학교 1학년. 아사히나 선배가 협력을 하라고 한 건 이 녀석인가.

"넌 뭐야? 변태야? 유괴범? 수상한데."

흐릿한 가로등 불빛이 희미하게 주위를 밝히고 있었다. 자세한 표정까지는 알 수 없었지만 중학교 1학년의 하루히는 확연하게 수상한 사람을 보는 눈으로 날 보고 있었다. 밤중에 학교로 잠입하려는 여자와 잠들어 있는 소녀를 업고선 어슬렁대는 나, 둘 중에 누가 더 수상할까. 별로 생각하고 싶지 않은 문제이지만 말이다.

"너야말로 뭘 하는 거야?"

"보면 몰라? 불법침입이지."

그렇게 당당하게 범죄 행위를 선언하시기냐. 적반하장도 유분수다.

"마침 잘됐네. 누군지는 모르겠지만 시간 있으면 좀 도와. 안 그러면 신고할 거다."

신고하고 싶은 건 나다. 하지만 어디더 아사히나 선배와의 약속이 있다. 그런데 대체 뭐냐, 과거에 와서까지 날 따라다니는 거냐, 스즈미야 하루히의 존재는.

하루히는 풀쩍 철문 안쪽으로 뛰어내려선 빗장을 고정시켜둔 자물쇠를 풀었다. 왜 네가 열쇠를 갖고 있는 건데?

"틈을 봐서 훔쳤어. 간단하지."

완벽하게 도둑이다. 하루히는 교문 철문을 천천히 밀고선 날 안으로 불러들였다. 3년 뒤보다 머리 반은 키가 작은 그녀에게 걸어가며 난 아사히나 선배를 고쳐 업었다.

히가시 중학교는 교문으로 들어가면 바로 운동장이고 그 맞은편에 학교 건물들이 있다. 하루히는 캄캄한 운동장을 비스듬히 가로지르며 걷기 시작했다.

어두워서 다행이었다. 이 상태면 나와 아사히나 선배의 얼굴도 잘 안 보일 것이다. 3년 후의 하루히는 아마 나와 아사히나 선배와 중학교 1학년 때 만났다고는 전혀 생각하지 않는 듯 보이니까, 그래 주지 않으면 곤란할 것이다.

하루히는 운동장 구석까지 똑바로 전진하더니 체육용구 창고 뒤로 날 데리고 갔다. 녹슨 리어카에 바퀴가 달린 선 긋는 도구, 석회주머니가 몇 개 굴러다니고 있었다.

"오후에 창고에서 꺼내서 숨겨뒀었어. 머리 좋지?"

자랑을 하며 하루히는 자신의 체중과 비슷해 보이는 주머니를 리어카에 싣고는 손잡이를 잡았다. 리어카를 위태롭게 잡고 있는 손이 참 어리게 느껴졌다. 중학교 1학년이면 어린애나 마찬가지인가.

난 계속 잠에 빠져 있는 아사히나 선배를 조심스럽게 용구 창고 벽에 기대어 앉혔다. 잠시만 그렇게 있어주세요.

"대신 해줄게. 그거 이리 줘라. 선 긋는 도구는 네가 갖고 있어."

그런 협력 태세를 보여준 게 잘못이었을까, 하루히는 쓸 수 있는

건 고장난 로봇이라도 써먹겠다는 듯 날 마구 부려먹었다. 이 성격은 옛날이나 지금이나 변한 게 없었고, 아마 내면적 성격도 3년이란 세월 동안에는 전혀 성장하지 않은 것으로 보인다.

"내 말대로 선을 그어. 그래, 네가. 난 조금 떨어진 곳에서 제대로 긋고 있는지 감독해야 하니까. 아, 거기 틀어졌잖아! 뭐 하는 거야!"

생판 얼굴도 모르는 고등학생에게 태연하게 명령을 내리는 기질은 역시 너무나도 하루히답다. 혹시 내 자신이 난생 처음 이런 여중생과 만났다면 진짜 위험한 녀석이라 생각했을 것이다.

나가토와 아사히나 선배와 코이즈미와 만나기 전이었다면 말이다.

숙직 교사가 나오거나 동네 주민의 신고를 받은 경찰차가 나타나는 일 없이 난 하루히의 지시에 따라 30분쯤 운동장을 우왕좌왕하면서 선을 그었다.

타니구치가 말한, 갑자기 운동장에 출현한 수수께끼의 메시지가 설마 내가 그린 것이었을 줄이야.

내가 고심 끝에 그려낸 모양을 뚫어져라 바라보며 침묵하고 있던 하루히가 옆으로 다가와 선 긋는 도구를 빼앗아갔다. 세부 조정을 하듯 선을 추가하며 묻는다.

"이봐, 너. 우주인이 있을 것 같아?"

갑작스럽군.

"있지 않을까?"

난 나가토의 얼굴을 떠올렸다.

"그럼 미래에서 온 사람은?"

"글쎄, 있어도 이상하진 않겠지."

이번엔 내 자신이 미래에서 온 사람이다.

"초능력자는?"

"길에 치일 만큼 있을걸."

무수히 많은 빨간 점들이 뇌리를 스친다.

"이세계 사람은?"

"그건 아직 모르겠는데."

"흐음."

하루히는 선 긋는 도구를 내던진 뒤 군데군데 가루를 묻힌 얼굴을 한쪽 어깨로 닦았다.

"이 정도면 되겠지."

난 불안해졌다. 혹시 괜한 말실수를 한 게 아닐까. 하루히는 날 올려다보고 말했다.

"그거 키타고 교복이지?"

"그래."

"너 이름이 뭐야?"

"존 스미스."

"…바보 아냐?"

"익명을 바란다고 해둬라."

"저 애는 누구야?"

"내 누나야. 돌발성 수면증에 걸렸거든. 지병이야. 장소를 안 가리고 잠을 자기 때문에 업고 걸어가던 길이지."

"흐음."

못 믿겠다는 얼굴로 하루히는 아랫입술을 깨물며 고개를 돌렸다. 얘기를 돌리자.

"그런데 이건 대체 뭐냐?"

"보면 몰라? 메시지지."

"어디로 보내는 건데? 설마 직녀와 견우한테 보내는 건 아니겠지?"

하루히는 놀란 표정으로 대답했다.

"어떻게 알았어?"

"…뭐, 칠석이니까. 비슷한 짓을 하는 녀석을 알고 있거든."

"헤에? 누군지 꼭 친해지고 싶다. 키타고에 그런 사람이 있는 거야?"

"그렇다고 할 수 있지."

이런 짓을 할 만한 건 지금도 앞으로도 너뿐이다.

"흐음. 키타고라…."

뭔가 생각에 잠긴 듯 진지하게 중얼거린 뒤 하루히는 돌처럼 무겁게 침묵하는가 싶더니 갑자기 발길을 돌렸다.

"집에 갈래. 목적은 이뤘으니까. 안녕."

저벅저벅 걸음을 옮긴다. 도와줘서 고맙다는 말도 없는 거냐. 무례하기 그지없다만 너무나도 하루히다운 행동이다. 게다가 결국 이름도 밝히지 않았고 말이다. 나도 그쪽이 고맙긴 하지. 잘은 모르겠다만.

언제까지 이런 곳에 있을 수도 없는 노릇인지라 난 아사히나 선배를 깨우기로 했다. 하루히가 내팽개쳐 둔 도구와 석회를 창고 뒤에 다시 갖다놓은 뒤의 일이다.

새끼고양이처럼 잠든 아사히나 선배는 나도 모르게 뭔가 일을 치고 싶어질 만큼 귀여웠지만 꾹 참고 천천히 어깨를 흔들었다.

"뮤우…. 후아. 어? …무슨…."

눈을 뜬 아사히나 선배는 잠시 두리번거린 뒤,

"후에엑!"

소리를 내며 벌떡 일어났다.

"뭐, 뭐, 뭐, 뭐… 뭔가요, 여긴? 뭐가 어떻게 돼서, 지금은 언제인 거죠?"

뭐라고 대답을 해야 좋을까. 내가 머릿속에서 해답을 모색하고 있는데, 아사히나 선배가 "앗" 소리를 내며 비틀거렸다. 어둠 속에서도 하얀 얼굴이 점점 창백해지는 것을 알 수 있었다.

아사히나 선배는 몸 여기저기를 두 손으로 더듬으며,

"TPDD가…, 없어요. 없어요."

아사히나 선배는 울 것 같은 표정을 지었다가 이내 정말로 울음을 터뜨렸다. 눈에 손을 대고선 훌쩍이는 그녀의 모습은 미아가 된 어린 소녀와 같았지만, 흐뭇하게 미소를 짓고 있을 때가 아닌 것 같다.

"TPDD가 뭡니까?"

"훌쩍. …금지 항목에 해당합니다만…. 타임머신 같은 거예요. 그걸 써서 이 시대로 왔는데… 아무리 찾아도 없어요. 그게 없으면 원래 시간으로 돌아갈 수 없는데에…."

"저어, 왜 없는 걸까요?"

"모르겠어요…. 없어질 리가 없는데…. 잃어버렸어요."

난 그녀의 몸을 만졌던 다른 아사히나 선배를 떠올렸다.

"누가 도우러 와주거나—."

"그럴 리가 없어요. 히이잉."

훌쩍거리며 아사히나 선배는 천천히 설명을 해주었다. 시간 평면상의 기정사실은 이미 결정된 것인데, TPDD가 존재한다면 확실하게 갖고 있을 테고, 없다는 것은 즉 그게 기정사실인 것이기 때문에 '없다'는 건 이미 결정된 기정사실이다…, 어쩌고저쩌고. 이게 뭔 소리래.

"그러니까 우리는 어떻게 되는 거죠?"

"흑흑흑. 그러니까 이대로죠. 우린 이 3년 전의 시간 평면상에 남겨진 채 원래 시공으로는 돌아갈 수가 없어요."

그건 큰일일세. 머릿속으로는 그렇게 외치면서도 난 전혀 긴박감을 느끼지 못하고 있었다. 성인 아사히나 선배는 이 사태에 대한 아무런 경고도 하지 않았다. TPDD인지 뭔지를 훔쳐서 현재의 상황을 만든 것은 아마도 그녀일 것이다. 아사히나(대) 선배는 그러기 위해서 과거로 왔다고 나는 추리한다. 기정 사항이라. 이 아사히나 선배보다 훨씬 더 미래에서 온 아사히나 선배에게 있어선 이게 기정이었겠지.

난 울먹이고 있는 아사히나 선배에게서 눈을 돌려 운동장으로 시선을 보냈다. 하루히가 고안하고 내가 제작한 수수께끼의 흰 선이 꿈틀대고 있었다. 아무것도 모르고 이 광경을 보게 될 내일의 히가시 중학교 관계자에겐 참 기분 나쁜 일이겠지. 이게 어디 사는 우주인에 대한 욕설이 아니기만을 기도한다…, 그런 생각을 하던 내 머릿속에 하늘의 계시가 내려온 것은 그때였다.

어두웠던 탓도 있었다. 운동장에 조명이라고는 희미한 가로등 불빛이 전부였고, 바닥에 그린 흰 선은 무지하게 커서 멀리 떨어져 보기 전에는 전체의 모양을 알기 어려웠다.

그래서 뒤늦게 깨달은 것이다.

난 주머니를 뒤적여 나가토가 건네준 탄자쿠를 꺼냈다. 거기 그려진 수수께끼의 기하학 모양.

"어떻게든 해결할 수 있을지도 모르겠어요."

그렇게 말하자 아사히나 선배는 눈물 어린 눈으로 바라보았고, 난 탄자쿠를 계속 살폈다.

거기 그려진 문양은 방금 전 하루히와 내가 공동으로 하늘을 향해서 교정에다 그려댄 메시지와 똑같은 것이었던 것이다.

재빨리 히가시 중학교를 빠져나온 우리가 걸음을 멈춘 것은 역 앞 호화 분양 맨션 앞이었다.

"여긴…, 나가토 씨네 집?"

"네. 언제부터 지구에 있었는지 자세히 물어본 적은 없지만 녀석의 성격으로 미루어 보면 아마 3년 전에도 이 세계에 있었을 겁니다…. 아마도요."

맨션 입구에서 708호실을 호출했다. 뚝 소리가 나며 인터폰에 누군가가 나타났다는 것을 여실히 보여주었다. 안절부절못하는 아사히나 선배의 온기를 소맷자락으로 느끼며 난 마이크에 대고 말했다.

"나가토 유키 씨 집인가요?"

『…….』라고 인터폰은 대답했다.

"아, 뭐라고 말을 해야 좋을지 저도 잘 모르겠지만⋯."

『⋯⋯.』

"스즈미야 하루히랑 아는 사람—이라고 하면 이해가 갈까?"

전선 너머에서 얼어붙는 듯한 기척이 났다. 잠시 동안의 침묵. 그리고.

『들어와.』

철컹 소리가 나며 현관의 자물쇠가 열린다. 긴장 상태의 아사히나 선배를 끌고 난 엘리베이터에 올라탔다. 7층으로 상승, 목적지인 방은 과거에 내가 찾아갔던 708호실이다. 초인종을 누르자 바로, 하지만 천천히 문이 열렸다.

나가토 유키가 그곳에 서 있었다. 난 현실감이 없어지는 듯한 감각에 사로잡혔다. 나와 아사히나 선배가 과거로 날아온 건 사실일까.

그런 생각이 들 정도로 나가토는 무엇 하나 다른 게 없었다. 키타고의 세일러복을 입고 무표정하게 날 바라보는 눈빛이며 체온과 기척이 느껴지지 않는 무생물적인 모습도 내가 알고 있는 나가토와 완전히 똑같았다. 다만 최근의 나가토에겐 없지만 이 눈앞의 나가토에게만 있는 것이 있었다. 내가 이 녀석과 처음 만났을 때 쓰고 있던 안경.

어느 사이엔가 안경에서 벗어난 나가토가 예전에 쓰고 있던 안경이 이 나가토의 얼굴에 걸려 있었다.

"여어."

난 한 손을 치켜세우며 미소를 지었다. 아사히나 선배는 내 뒤에 숨듯이 서서 떨고 있었다.

"들어가도 될까?"

"……."

나가토는 말없이 방 안으로 들어갔다. 좋다는 뜻으로 해석을 한 나와 아사히나 선배는 안으로 들어가기로 했다. 신발을 벗고 거실로 향했다. 3년 전과 다름없이 살풍경한 방이다. 나가토는 떡하니 버티고 서서 우리가 들어오기를 기다리고 있었다. 어쩔 수 없이 나도 자리에 선 채 사정을 설명하기로 했다. 어디서부터 얘기를 해야 좋을까. 하루히와 만난 입학식 날부터 해야 할까. 그러면 길어지는데.

난 부분부분 건너뛰며 대강의 일을 설명했다. 안경을 통해 무표정한 시선이 날 바라보는 가운데 5분쯤 얘기했을까. 내가 생각해도 참 요령 없는 하루히 스토리의 내용이라고 느껴진다만.

"…그래서 말이지, 3년 뒤의 너는 이런 걸 내게 주었어."

내가 내민 탄자쿠를, 나가토는 눈도 깜박이지 않은 채 바라보며 기괴한 문자들을 손가락으로 쓰다듬었다. 바코드를 해독하는 듯한 움직임이다.

"이해했다."

나가토는 간단히 고개를 끄덕였다. 정말이냐? 아니, 잠깐만. 그보다 마음에 걸리는 문제가 발생했다.

난 이마에 손을 대고선 한동안 생각에 잠겼다 입을 열었다.

"난 이미 나가토와 알고 있는 사이인데…, 3년 전 오늘의 너…, 그러니까 지금의 너지. 넌 우리와 만나는 건 오늘이 처음이지?"

내가 생각해도 무슨 말을 하는지 이해가 안 가는 소리다. 하지만 나가토는 안경 끝을 빛내며 대답했다. 태연하게, 담담히.

"그렇다."

"그런데 그…."

"이시간(異時間) 동위체의 해당 메모리로 억세스 허가 신청. 시간 연결 평면대의 가역성 월경(越境) 정보를 다운로드했다."

뭔 소리인지 하나도 이해가 안 간다.

"현 시점으로부터 3년 후의 시간 평면상에 존재하는 '나'와 현 시점에 있는 이 '나'는 동일 인물."

그게 어쨌는데. 그건 당연한 소리 아닌가. 그렇다고 3년 전의 나가토가 3년 후의 나가토와 기억을 공유하는 건 아닌데 말이야.

"지금은 하고 있다."

어떻게?

"동기화시켰다."

아니, 이해가 안 가거든.

그 이상의 대답은 없이 나가토는 천천히 안경을 벗었다. 아무런 감정도 없는 눈동자 두 개가 나를 올려다보며 눈을 깜박인다. 그것은 분명 나에겐 친숙한, 책을 좋아하는 소녀의 얼굴이었다. 내가 기억하고 있는 나가토 유키다.

"왜 키타고 교복을 입고 있는 거지? 벌써 입학한 거야?"

"안 했다. 지금의 나는 대기 모드."

"대기라니……. 앞으로 3년이나 가까이 대기하고 있을 생각인 거야?"

"그렇다."

"그거 참…."

느긋하고 태평한 소리네. 따분하지 않냐? 하지만 나가토는 고개를 저었다.

"임무니까."

맑은 눈동자는 똑바로 날 바라보고 있었다.

"시간을 이동하는 방법은 한 종류밖에 없다."

나가토는 아무런 감정도 담기지 않은 목소리로 말했다.

"TPDD는 시공 제어의 한 디바이스에 불과하다. 불확실하고 원시적이다. 시간연속체의 이동 프로세스에는 다양한 이론이 있다."

아사히나 선배는 다시 손을 고쳐 쥐었다.

"저어…, 그게 무슨…."

"TPDD를 이용한 유기정보체의 이전에는 허용범위이긴 하지만 노이즈가 발생한다. 우리에게 그건 완전한 것이 아니다."

우리란 건 정보 사념체를 말하는 거겠지.

"나가토 씨는 완전한 형태로 시간을 뛰어넘을 수 있나요?"

"형태는 필요하지 않다. 동일한 정보가 왕복하기만 하면 충분하다."

현재, 과거, 미래를 왔다갔다한단 말이지….

아사히나 선배가 할 수 있다면 나가토도 할 수 있을지도 모르지. 아마 나가토가 더 많은 힘을 갖고 있을 테니까. 아니, 나가토와 코이즈미와 비교해도 아사히나 선배는 제일 이해력이 떨어지는 게 아닐까 의심이 가기 시작했다.

"그건 알겠는데."

난 아사히나 선배와 나가토 사이에 끼어들었다. 지금은 시간 여행 강의를 하고 있을 때가 아니잖아. 나와 아사히나 선배가 어떻게 하면 3년 뒤로 돌아갈 수 있는가가 문제다.

하지만 나가토는 간단하게 고개를 끄덕였다.

"가능하다."

그리고 자리에서 일어나 거실 옆방으로 이어지는 문을 열었다.

"여기."

다다미가 깔린 방이었다. 다다미 이외엔 아무것도 없는 살풍경한 모습은 나가토의 방다워서 이해가 갔지만 이런 객실로 안내하다니 나보고 뭘 하라는 거지? 혹시 어디에 타임머신이라도 숨겨놓은 건가? 그런 의문을 느끼고 있는데 나가토는 벽장에서 이불을 꺼내 깔기 시작했다. 그것도 두 벌을.

"설마라고 생각하지만…. 여기서 자란 소리야?"

나가토는 이불을 안은 채 날 돌아보았다. 자수정 같은 눈동자가 나와 아사히나를 비추고 있었다.

"그렇다."

"여기서? 아사히나 선배랑? 둘이서?"

"그렇다."

곁눈질로 살펴보자 아사히나 선배는 엉거주춤한 자세가 되어선 얼굴을 새빨갛게 물들이고 있었다. 그러는 것도 당연하지. 하지만 나가토는 신경도 안 쓴 채,

"자라."

그렇게 단도직입적인 소릴 하다니.

"자기만 하는 거야."

뭐…, 그럴 생각이긴 한데 말이지. 나와 아사히나 선배는 누가 먼저랄 것도 없이 서로 얼굴을 마주 보았다. 아사히나 선배는 새빨개진 얼굴로, 난 어깨를 으쓱거리며. 일단 나가토에게 매달리는 수밖

에 없다. 자라면 자는 수밖에 없다. 눈을 뜨면 원래의 세계다, 그런 것이라면 간단할 텐데. 나가토는 벽에 붙은 형광등 스위치에 손을 대고선 뭔가를 중얼거렸다. 잘 자라는 소리는 아니라는 생각을 한 순간 소리를 내며 불이 꺼졌다.

할 수 없지. 자도록 할까. 난 이불을 뒤집어썼다.

이불을 덮었다 싶었는데 다시 불이 켜졌다. 깜박거리는 형광등이 광량에 안정을 찾아간다. 음? 뭐지, 이 위화감은? 창 밖은 조금 전과 똑같이 캄캄한 어둠이다.

몸을 일으키자 아사히나 선배도 두 손으로 이불 끝을 움켜쥔 채 일어나고 있었다.

단정한 동안에 떠오른 것은 당황스런 표정이었다. 두 개의 눈동자가 "?" 라고 내게 질문을 던지고 있었지만 물론 아무 대답도 할 수 없었다.

나가토가 서 있다. 조금 전과 똑같이 스위치에 손을 댄 자세로.

그 얼굴에 나가토답지 않게 감정이 어린 듯한 느낌이 들어, 난 뚫어져라 하얀 얼굴을 쳐다보았다. 뭔가를 전하고 싶은데 갈등으로 인해 아무 말도 못 하고 있는 듯한, 계속 이 녀석의 무표정을 상대해온 녀석이 아니면 판별하기 힘든 미묘한 감정이다. 내 착각이 아니라는 보장을 할 수는 없지만. 옆에서 공기를 빨아들이는 소리가 나 쳐다보니, 아사히나 선배가 오른손에 찬 디지털 시계를 조작하고 있었다.

"어? 세상에…! 어머? 정말?"

난 그녀의 시계를 훔쳐보았다. 설마 그게 TPDD인지 뭔지는 아니겠지.

"아니에요. 이건 그냥 평범한 전파시계입니다."

표준시전파를 수신해 자동으로 시간을 맞춰주는 것 말인가. 아사히나 선배는 기쁜 듯 미소를 지으며,

"다행이다. 돌아왔어요. 우리가 출발한 7월 7일…, 오후 9시 반이 막 넘은 시간입니다. 정말 다행이에요…. 후우."

진심으로 안도했다는 목소리다. 문가에 서 있는 나가토는 그 나가토였다. 안경 소녀 이전 이후로 분류한다면 확실하게 이후에 속하는, 딱딱한 분위기가 약간 느슨해진 나가토 유키다. 3년 전의 이 녀석과 만나고 나니 알 수 있었다. 내가 하루히에게 이끌려 문예부 실에서 처음 만났던 나가토와 비교하면, 지금 눈앞에 서 있는 나가토는 분명 바뀌어 있었다. 불확실하긴 하지만 본인도 알아차리지 못할 정도로.

"그런데 어떻게…?"

망연해 있는 아사히나 선배에게 나가토는 아무 감정도 없는 목소리로,

"선택시공 내의 유체결합 정보를 동결, 기지 시공간 연속체의 해당 포인트에서 동결을 해제했다."

일본어라고는 믿어지지 않는 말을 하고선 잠시 뜸을 들인 뒤 다시 설명을 했다.

"그게 지금이다."

자리에서 일어나려던 아사히나 선배는 흐물거리며 무릎을 꿇었다.

"설마…. 그럴 리가…. 어떻게 그럴 수가…. 나가토 씨 당신은…."

나가토는 아무 말도 없었다.

"무슨 소린가요?" 라고 묻는 나.

"나가토 씨는—시간을 멈춘 거예요. 아마, 이 방 통째로 우리들의 시간을 3년 동안요. 그리고 오늘에야 시간 동결을 푼 거죠…?"

"그렇다"고 나가토는 대답하며 긍정하는 동작을 보였다.

"믿을 수가 없어요. 시간을 멈추다니…, 우와아."

아사히나 선배는 맥없이 무너져내린 채 숨을 토했다. 그리고 나는 생각했다. 아무래도 우리들은 무사히 3년 뒤로 돌아오게 되었나 보다. 아사히나 선배의 반응을 봐선 그건 분명하다. 연기를 못 하는 사람이니까. 그건 좋다. 3년 전부터 원래 시간으로 귀환을 한 이론이, 시간을 멈춰서 그런 것이라는 소리도—믿도록 하지. 지금의 난 뭐가 나타난다 해도 대부분은 이해할 수 있을 만큼의 포용력을 갖고 있다. 그것도 좋다. 다 좋은 일들이다—. 하지만.

내가 나가토의 집을 찾아온 건 이번이 처음이 아니다. 한 달 전쯤에도 초대를 받아 들어온 적이 있었다. 단 그때는 거실에만 머물렀고, 이 손님방에는 들어온 적도 없고 이런 방이 있는 줄도 몰랐다. 그러니까, 으음, 그러니까 어떻게 되는 거지?

난 나가토를 보았다. 나가토는 날 보고 있다.

—그러니까, 내가 처음 방문해서 이 녀석의 전파 얘기를 들었을 때 이 옆방에는 다른 '내'가 잠들어 있었던 것이다.

맙소사, 그렇게 되는 거잖아.

"그렇다"고 대답하는 나가토. 난 현기증이 났다.

"…야. 그러니까, 그럼 넌 그때 대부분의 사정을 알고 있었던 거지? 나에 대해서도, 오늘 일에 대해서도."

"그렇다."

내 입장에서 보면 나가토와 처음 만난 것은, 하루히가 SOS단의 수립을 생각해낸 신록의 계절의 그날이었다. 나가토는 그보다 먼저, 3년 전 칠석날에 나와 만났다는 이야기가 된다. 내게는 방금 전의 일인데, 벌써 그로부터 3년이라는 시간이 경과했다는 소리다. 머리가 돌아버릴 것 같다. 나와 아사히나 선배는 사이좋게 망연자실 모드에 들어가 있었다. 항상 참 재주도 많은 녀석이라는 생각을 해오긴 했지만, 설마 시간까지 멈춰버릴 줄은 생각도 못 했다. 완전 무적이잖아.

"그렇지도 않다."

부정하는 동작.

"이번 일은 특별한 것이다. 특례다. 긴급 모드. 좀처럼 없다. 웬만한 상황이 아니면."

그 웬만한 상황이 우리들이었던 것이다.

"고맙다, 나가토."

일단 인사를 해두지. 그것밖에 할 수 있는 게 없겠네.

"괜찮다."

애교라고는 흔적도 찾아볼 수 없이 나가토는 고개를 끄덕였다. 그리고 내게 저 기하학 모양의 탄자쿠를 내밀었다. 받아드니 종이의 질이 확연히 낡은 상태였다. 3년쯤 내버려두면 이런 감촉이 될 거라는 딱 그런 느낌이다.

"그런데 이 탄자쿠의 모양 말인데, 뭐라고 쓴 건지 읽을 수 있어?"

아무 생각 없이 던진 질문이었다. 하루히의 엉터리 메시지를 누가 읽을 수 있을 거라고는 믿어지지 않는다. 그래서 그건 단순한 농담이었다.

"난 여기에 있다."

나가토는 대답했다. 난 허를 찔렀다.

"그렇게 씌어 있다."

난 약간의 혼란에 사로잡힌 채,

"혹시 말인데…, 그 지상 그림인지 기호 같은 그거 말이야, 어딘가의 우주인이 쓰는 언어가 된 건 아니겠지?"

나가토는 대답하지 않았다.

나가토의 방에서 물러난 나와 아사히나 선배는 별이 드문드문 춤을 추는 밤하늘 아래를 걷고 있었다.

"아사히나 선배, 내가 과거로 간 사실에 무슨 의미가 있었나요?"

아사히나 선배는 열심히 뭔가를 생각하는 듯했지만, 결국 고개를 들고 꺼질 듯한 목소리로 한 말이라곤,

"죄송해요. 난…, 저기…, 실은…, 잘 모르겠어요…. 난 저기 졸병…, 아니 말단…, 아니 연수생과 같은 거라서…."

"그런 것치고는 하루히 가까이에 있는 것 같은데요."

"그거야 스즈미야 씨한테 잡힐 줄은 생각도 못 했으니까요."

살짝 토라진 듯한 목소리다. 그런 표정도 귀엽습니다, 아사히나 선배.

"전 상사라고 해야 하나, 윗사람이라고 해야 하나…, 아무튼 그 사람의 지령을 따르고 있을 뿐이에요. 그래서 제가 하고 있는 행동의 의미를 모를 때도 있어요."

부끄러운 듯 말하는 아사히나 선배를 보며, 난 그 상사인지 뭔지는 성인판 아사히나 선배가 아닐까 생각했다. 근거는 없다. 미래에서 온 사람 중에 아는 사람이라곤 노멀 아사히나 선배와 그녀밖에 없으니까 그냥 그런 생각이 든 거다.

"그렇습니까."

중얼거리며 고개를 갸웃거렸다. 그래도 이해가 안 가는데. 저 성인판 아사히나 선배는 내게 힌트를 주러 올 정도였으니까 우리가 앞으로 어떻게 될지 알고 있을 것이다. 하지만 지금의 이 아사히나 선배에겐 아무것도 가르쳐주지 않는 것 같다. 무슨 의미지?

"으음."

신음을 하긴 했지만, 아사히나 선배가 모르는 것을 내가 알 수 있을 리가 없다. 나가토도 그랬다. 시간이동 프로세스에는 여러 가지 방법이 있다고. 미래에서 온 사람에겐 미래에서 온 사람 나름대로의 규칙과 방법이 있겠지. 언젠가 누군가가 가르쳐줄 것이다. 모든 것이 다 끝났을 때.

아사히나 선배와는 역 앞에서 헤어졌다. 자그마한 그림자는 연신 내게 인사를 하고 아쉬워하며 사라졌다. 그 모습이 사라지고 나도 집으로 걸음을 옮겼지만, 그때야 비로소 가방을 동아리방에 두고 왔다는 사실을 깨달았다.

이튿날. 그러니까 7월 8일이다. 내 의식으로는 확실하게 이튿날이지만, 육체상으로는 3년 하고도 하루 만에 찾아가는 학교가 되는 모양이다. 맨손으로 등교한 난 바로 동아리방으로 향해 내 가방을 찾은 뒤 교실로 갔다. 나보다 먼저 왔는지 아사히나 선배의 가방은 이미 자리에 없었다. 교실에서는 이미 하루히가 자리를 잡고선 묘한 표정으로 창 밖을 바라보고 있었다. 언제 우주인이 내려올지 손꼽아 기다리고 있는 듯한 분위기다.

"왜 그래? 어제부터 참 멜랑콜리한 분위기네. 독버섯이라도 주워먹은 거냐?"

말을 걸며 내가 자리에 앉자 하루히는 여봐란 듯 과장되게 한숨을 쉬었다.

"그냥. 추억에 잠기느라. 칠석 때엔 좀 추억이 있거든."

나도 모르게 등골이 오싹해졌다. 하지만 대체 뭐냐고는 묻지 않았다.

"그러냐."

하루히는 다시 구름 관찰 모드로 돌아갔다. 난 어깨를 치켜세웠다. 폭탄의 도화선으로 불장난을 칠 생각은 없다. 그게 이성이 있는 상식인의 행동이란 것이다.

방과 후의 문예부실, 정정 SOS단 아지트다.

하루히는 단 한 마디, "조릿대 정리해놔. 이젠 쓸 일 없으니까"라는 명령을 내린 뒤 집으로 가버렸다. 책상 위에 내던져진 '단장'이라는 완장이 쓸쓸해 보인다. 그래봤자 내일이 되면 다시 원래대로의 기운 넘치는 여자로 돌아와 우리들에게 무모한 소리를 해댈 게 분명하다. 저 녀석은 그런 녀석이다.

아사히나 선배도 보이지 않았다. 동아리방에 있는 것은 나가토 유키와 나와 체스 대전을 벌이고 있는 코이즈미뿐이었다. 열심히 포교 활동을 하는 코이즈미의 열의에 져서 일단 말을 움직이는 법은 배웠다.

오셀로로는 상대가 안 된다고 판단해 체스를 가져온 건가 생각했던 건 성급한 실수인 것 같다. 코이즈미는 오셀로와 마찬가지로 체스 또한 무지막지하게 약했다. 난 코이즈미의 폰을 나이트로 잡으면서 무표정한 얼굴로 흥미진진하게 판을 들여다보고 있는 나가토의 옆모습에 대고 말했다.

"야, 나가토. 난 도통 이해가 안 가지만, 아사히나 선배는 분명히 미래에서 온 사람 맞지?"

나가토는 천천히 고개를 틀었다.

"그렇다."

"그런 것치고는 과거로 갔다가 미래로 돌아갔다 하는 프로세스에 앞뒤가 안 맞는 것 같은 생각이 드는데…."

그렇다. 과거와 미래에 연속성이 없다면—우리가 3년 전으로 가서 거기서 계속 잠을 잘 현재로 돌아오게 된 거라면 지금 우리들이 있는 '이곳'은 우리들이 출발한 '어제'에서 이어진 세계와는 다른 세계가 된다. 하지만 결과적으로 나는 하루히에게 괜한 생각을 불어넣고 말았고, 아무래도 그 생각이 하루히를 키타고로 부르고, 인간 이외의 존재를 찾게 만들었다는…, 가능성이 있다. 이 모든 게 내가 3년 전으로 가지 않았다면 벌어지지 않았을지도 모른다. 게다가 성인판 아사히나 선배는 여러 가지 일에 대해 알고 있는 것 같은 말투였다. 그렇다는 것은 과거와 미래에는 역시 연속성이 있다는 소리가 된다. 전에 아사히나 선배에게서 들은 설명과는 모순된다. 나도 그 정도의 머리는 돌아간다.

"모순이 없는 공리적 집합론은 자기 자체의 무모순성을 설명할 수 없으니까."

나가토는 담담히 그렇게 말하고는, 그걸로 충분하다는 듯한 미묘한 표정을 지었다. 넌 그걸로 충분할지 몰라도 난 도통 이해가 안 가거든. 나가토는 하얀 목을 흔들며 날 올려다보고는,

"곧 알게 될 거다."는 말만 남긴 채 자신의 위치로 돌아가 독서를 재개했다. 대신 코이즈미가 입을 열었다.

"이런 겁니다. 지금 제 킹은 당신의 루크에 의해 체크를 당하고 있죠. 큰일인데요. 어디로 도망을 가야 할까요."

말하며 코이즈미는 킹을 잡아들고선 교복 가슴 포켓으로 쏙 집어넣었다. 마술사처럼 두 손을 펼치고선,

"자, 저의 이 행동의 어디에 모순이 있었을까요?"

난 화이트 루크를 손가락으로 만지작거리며 생각했다. 바보 같은 선문답에 장단을 맞춰줄 생각도, 추상적으로 그럴싸한 소리로 자신의 허영심을 채울 생각도 없다. 그러니까 그런 소리는 안 할 거다.

아무튼—하루히가 모순 덩어리라는 건 분명한 사실인 것 같다. 그리고 이 세계 또한.

"우리의 경우엔 킹에게 큰 가치는 없는 것 같습니다. 더 중요한 건 어디까지나 퀸이거든요."

블랙 킹이 사라진 판에 난 화이트 루크를 두었다. 퀸 나이트의 8.

"…다음에 무슨 일이 일어날지는 모르겠지만, 머리를 좀 덜 써도 될 만한 일이 일어났으면 좋겠군."

나가토는 아무 대답도 없었고 코이즈미는 미소를 지었다.

"무사 평온함이 제일이라고 생각하는데, 당신은 무슨 일이 일어나는 게 더 좋으신가요?"

난 콧방귀를 뀌며 승패를 기록하는 표의 내 이름에 씌어 있는 칸에 ○를 하나 쳤다.

미스테릭 사인

예상했던 대로, 하루히는 기말고사 기간 중에 멜랑콜리 상태에서 회복되어 다시 자기 좋을 대로 행동을 하게 되었다. 난 그 반작용으로 불쑥 눈앞에 나타난 블루 컬러를 바통 터치 받은 듯 우울한 기분에 빠져 있었다. 답안지가 나눠질 때마다 점점 악화되는 듯한 기분이다. 나의 우울함을 공유할 수 있는 건 타니구치 정도겠지. 중간고사에선 낙제점 레이더에 걸리느냐 마느냐 아슬아슬한 저공 라인을 사이좋게 비행한 전우이다. 사람은 최소한 자기보다 바보 같은 녀석이 있어주길 바라는 동물이다. 그런 상대가 있어주면 상대적으로 안심이 되니까. 절대적으로 보면 안심하고 있을 경우는 아니긴 하지만.

내 뒷자리에서 시험을 쳤던 하루히는 어떻게 항상 시간이 남아도는지 시험이 끝나기 30분 전이면 대개 책상에 엎드려 잠을 자고 있었다.

화가 난다.

시험 기간 중에는 모든 동아리 활동이 중지되고 오늘쯤에 다시 재개되는 게 기본인데, 무슨 이유에선지 SOS단은 부탁하지도 않았는데 연중무휴 상태로, 어제도 그제도 영업을 했다. 학교에서 세운

이론은 SOS단 동아리 활동에는 통용되지 않나보다. 당연하지, 첫걸음부터 잘못되었으니까. 이 수수께끼의 단체는 동아리도 무엇도 아니기 때문에 문제가 없는 거다. 그것이 하루히의 이론이다.

며칠 전도 그랬다. 모처럼 내가 공부에 대한 의욕을 한계점까지 높인 아주 좋은 타이밍이었는데 난 하루히의 손에 이끌려 동아리방으로 끌려가야 했다.

"이것 좀 봐."

그러면서 하루히가 가리킨 것은 언젠가 다른 동아리에서 강탈해 온 컴퓨터의 모니터였다.

어쩔 수 없이 살펴보았다. 뭔지 이해가 안 가는 낙서를 드로잉 소프트가 표시하고 있었다. 원 안에 술 취한 촌충이 꾸물거리고 있는 그림인지 문자인지 아니면 상형문자인지도 구분이 안 가는 것이 있었다. 유치원생이 그렸다고밖에 보이지 않았다.

"이게 뭐냐?"

그러자 하루히는 오리처럼 입을 쭉 내밀었다.

"보면 모르겠어?"

"모르겠는데. 전혀 모르겠다. 이거에 비하면 오늘 현대 국어 시험이 훨씬 더 알기 쉬운걸."

"무슨 소릴 하는 거야? 국어 시험은 아주 쉬웠잖아. 그런 건 네 여동생도 만점을 받을 수 있을 거다."

정말 화나는 소릴 한 뒤,

"이건 말이야, 나의 SOS단의 엠블렘이야."

라고 대답을 하고선 훌륭한 업적을 이뤄낸 직후처럼 자랑스럽다는 표정을 지었다.

"엠블렘?"이라고 묻는 나.

"그래, 엠블렘"이라고 말하는 하루히.

"이게? 철야 뒤에 휴일 근무를 두 달 연속으로 해대고 있는 만년 과장 후보가 해장술을 하고 걸어간 흔적으로밖에 안 보이는데."

"똑바로 봐. 한가운데에 SOS단이라고 씌어 있잖아."

그렇게 듣고 보니 그런 것 같기도 하고 아닌 것 같기도 하지만 큰 소리로는 절대 말하기 힘든 것으로 보이지 않는 것도 아니군. 자, 난 몇 개의 부정어를 썼을까요? 난 셀 마음이 안 드니 누구 한가한 녀석이 있다면 한 번 세어봐다오.

"제일 한가한 건 너잖아. 어차피 시험공부도 안 하면서."

조금 전까지는 의욕에 꽉 차 있었다고. 하지만 듣고 보니 지금은 분명히 없긴 하다.

"이걸 SOS단 사이트 톱 페이지에 올릴까 해."

그러고 보니 그런 게 있었다. 톱 페이지밖에 없는 시시껄렁한 사이트였지만.

"방문자가 늘지를 않아. 참 유감스러운 일이야. 신비한 메일도 전혀 오지 않고. 네가 방해해서 그래. 미쿠루의 야한 사진으로 손님을 불러모을 생각이었는데."

아사히나 선배의 훌륭한 메이드 동영상은 모두 내 것이고, 다른 누구에게도 보여줄 생각은 없다. 돈으로 살 수 없는 것이 이 세상에는 분명히 존재하는 법이다.

"네가 만든 이 사이트 말인데, 정말 시시해. 떠들썩하게 만들 게 아무것도 없잖아. 그래서 내가 생각한 거야. SOS단의 마크 같은 걸 붙이면 어떨까 하고 말이지."

어서 인터넷에서 물러나라. 이런 바보 같은 홈페이지를 잘못해서 보게 된 녀석이 가엾다. 콘텐츠가 아무것도 없는데 갱신이 되지도 않고, 『SOS단에 오신 것을 환영합니다!』는 동영상 데이터와 메일 주소, 방문 카운터가 전부다. 그 카운터는 세 자릿수에 미치지 않은 상태인데다 그중 90퍼센트는 하루히가 직접 올린 것과 마찬가지이다.

난 하루히가 켠 브라우저에 직접 만든 사이트가 뜨는 것을 지켜보며 말했다.

"일기라도 쓰는 건 어때? 업무 기록을 쓰는 건 단장의 일이잖아. 우주선 선장도 항해 일지를 쓰는데."

"싫어. 귀찮아."

나도 그런 귀찮은 짓은 하고 싶지 않다. 이곳에서의 하루를 묘사해봤자 나가토가 어떤 책을 읽었는지, 코이즈미에게 5일 연속으로 승리했다든지, 아사히나 선배는 오늘도 귀엽다든지, 하루히는 입을 다물고 조용히 앉아 있으라든지, 뭐 그것밖에 쓸 일이 없을 것이다. 써봤자 즐겁지도 않을 내용을 읽는 사람이 재미있게 볼 리가 없지. 그래서 난 누구에게도 오락과는 거리가 먼 그런 일은 하지 않는다.

"자, 쿈. 이 심벌마크를 사이트 앞에 표시하게 해봐."

"네가 직접 해."

"방법을 모른단 말이야."

"그럼 조사해봐라. 모른다고 남한테만 떠넘기다간 평생 모르고 끝난다고."

"난 단장이야. 단장은 명령하는 게 일이야. 그리고 내가 전부 해치워버리면 너희가 할 일이 없어지잖아? 조금은 너도 머리를 써봐.

시키는 일만 하는 인간은 진보를 하지 못한다고."

넌 나보고 하라고 말하는 거냐, 하지 말라고 하는 거냐. 일본어는 똑바로 써주길 바란다.

"아무튼 어서 해. 그런 궤변에는 난 안 속는다고. 고마워하는 건 시간이 남아도는 기원전의 그리스 인들뿐일 거야. 자, 빨리!"

이 이상 새벽의 까마귀같이 시끄럽게 울어대는 하루히의 목소리를 듣는 것도 짜증나고 귀에 거슬렸기에 난 못마땅한 심정으로 HTML 에디터를 켜곤 어린애가 심심풀이로 그린 것 같은 하루히 화백의 그림을 적당한 크기로 축소한 뒤 파일에 붙인 다음 그대로 업로드했다.

확인하기 위해 브라우저를 다시 켰다. 필요도 없는 SOS단의 엠블렘은 확실하게 인터넷 세계에 그 족적을 남긴 것 같다. 이대로 하루히만 보는 사이트로 남아 있어다오. 이런 바보 같은 사이트를 만든 사람이 나라는 걸 알리고 싶지 않으니까.

그런 일도 있었던 나의 우울을 부르는 날들도 오늘로 일단 첫 번째 단계를 마치고 잠시 동안의 휴식이 내일부터 시작되려 하고 있었다. 그 휴식의 이름은 시험 뒤의 휴가라고 한다. 여름방학을 앞둔 준비 기간이며, 내 답안지에는 선생님이 빨간 펜으로 칠을 하기 위한 시간이기도 할 것이다.

왕짜증이다.

우울해해봤자 달라지는 것도 없었기에 난 SOS단의 소굴이자 아지트가 되어버린 문예부 동아리방으로 걸음을 옮겼다. 최소한 아사히나 선배를 보며 안식을 찾으려 한 것이다.

나가토는 묵묵히 책을 읽고, 코이즈미는 싱글거리며 혼자 장기를 두고 있었고, 아사히나 선배는 메이드 차림으로 일을 하고 있었고, 하루히는 뭔지 알 수 없는 소리를 지껄이고 신음하며 소리 지르고 있었다. 내가 지긋지긋해하며 그 말에 귀를 기울이는 구도가 최근의 패턴이다.

최근이라고 할 것도 없이 처음부터 그랬던 것 같기도 하다만.

난 축 가라앉은 기분으로 노크를 했다. 혀 짧은 아사히나 선배의 목소리가 "네에" 하고 대답을 하길 기대했지만, 안에서 들려온 것은,

"들어오세요!"

내뱉는 듯한 하루히의 목소리였고 들어가보니 안에는 하루히밖에 없었다. 단장 책상에 팔꿈치를 대고 앉아, 컴퓨터 연구부를 협박해 손에 넣은 컴퓨터를 만지고 있었다.

"뭐야, 너밖에 없어?"

"유키도 있어."

분명 나가토는 테이블 구석에서 책을 펼치고선 여느 때처럼 장식품이 되어 있었다. 저 녀석은 이 방의 부속품 같은 존재니까 인원에 포함하지 않아도 된다. SOS단에 들어오겠다는 언질도 없었고, 정식으로는 문예부원이다. 하지만 일단 고쳐 말해야겠지.

"뭐야, 너랑 나가토뿐이냐."

"그런데 뭐 불만이라도 있어? 그럼 들어주지. 난 이곳의 단장이니까."

너에 대한 나의 불만을 조목별로 서술한다면 그것만으로도 A4 화면이 꽉 찰 거다.

"나야말로 실망이야. 노크 따윌 하니까 손님인 줄 알았잖아. 사람 헷갈리게 하는 짓은 하지 말라고."

아사히나 선배가 옷 갈아입는 모습을 실수로 목격하는 일이 생기지 않게 조심하는 거다. 그 아방하고 귀여우신 분은 문을 잠그는 행위는 좀처럼 배우고 익히질 못하니까 말이다.

그리고 손님이라니 무슨 소리야? 어떤 손님이 이 방을 찾아온다는 거냐?

그러자 하루히는 날 경멸하는 표정으로 바라보았다.

"너 기억 안 나?"

순간 움찔 떨었다. 3년 전의 칠석이 어쩌고 그런 소리를 하려는 건 아니겠지.

"네가 했잖아. 내 허가도 없이."

무슨 소리신가?

"동아리 건물 게시판에 네가 붙인 포스터 말이야."

아아, 그거? 난 안도의 한숨을 쉬었다.

학생회에 어떻게든 SOS단을 인정받게 하려고 내가 조작해 만든 가공의 활동 방침이다. 신비한 것을 찾는 단체 가지고는 얘기가 안 된다고 판단한 나는 고민 상담소로 SOS단을 존속시키기 위해 학생회에 작업을 건 것이다. 집행부 녀석들에게는 바보냐는 소릴 듣고 끝나고 말았지만.

하지만 난 이미 포스터까지 수제작으로 만들어둔 상태였다. 뭐라고 썼는지 잘 기억은 안 나지만 '상담받습니다' 정도였을 것이다. 이왕 만든 것이니 눈에 띄게 게시판에 붙여두었다. 어차피 누가 본다 해도 SOS단에 고민을 상담하러 올 만한 제정신이 아닌 녀석은 없을 것이라 판단했기 때문이다. 아무래도 그것이 정답이었는지, 현재까지 의뢰인은 전무한 상태. 아주 좋은 일이다.

그런데 하루히는 그런 걸 기억하고선 실제로 손님이 오기를 기다리고 있었던 걸까? 오늘 집에 갈 때 떼어버리는 게 좋겠군. 정말 괴상한 고민을 가진 학생이 찾아오기라도 하면 귀찮아질 테니까.

내가 마음 한구석에서 그렇게 결심을 하고 있는데, 하루히가 마우스를 빙글빙글 돌리며 말했다.

"그것보다 이것 좀 봐. 뭔가 이상해. 컴퓨터가 불안한 건가?"

하루히의 머리카락 옆으로 화면을 훔쳐보았다. 모니터에 못마땅하다는 듯 비치고 있는 것은 우리 SOS단의 홈페이지다. 하지만 내가 만들었던 것과는 미묘하게 달랐다. 하루히의 손으로 제작된 낙서 수준의 엠블렘이 개더(gather) 처리된 것처럼 일그러져 있었고, 카운터와 타이틀 로고도 날아가버렸다. 시험 삼아 새로고침을 해도 그대로였다. 마치 모자이크라도 친 것 같은 이상한 데이터 표시.

"우리 컴퓨터가 불안한 게 아닌데. 서버에 올려놓았던 파일에 문제가 생겼나봐."

인터넷에 대해선 잘 모르지만 그 정도는 알고 있다. 혹시나 싶어 로컬에 놔둔 사이트를 브라우저로 보니 정상으로 나오는 걸 봐선 말이다.

"언제부터 이런 상태야?"

"글쎄. 요 며칠 동안 메일 체크만 하고 사이트는 안 봐서 모르겠는데. 오늘 봤더니 이렇게 되어 있지 뭐야. 어디에 따지면 되지?"

따지고 자시고 할 것도 없다. 수정하는 건 간단하다. 난 하루히에게서 빼앗은 마우스를 조작해 보존해둔 톱 페이지 파일을 서버에 있는 동명 데이터에 모두 덮어씌운 다음 다시 불러와보았다.

"으음?"

사이트는 여전히 충돌 상태였다. 몇 번을 반복해도 마찬가지였다. 아무래도 내 능력으로는 감당할 수 없는 기술적 이상이 발생한 것 같다.

"이상하지? 그건가, 소문으로 들어본 해커나 크래커 같은 녀석들 말이야."

"설마."

나는 부정했다. 아무 데도 링크되어 있지 않은데다 보는 사람도 하나 없는 사이트를 크래킹할 한가한 사람이 있을 거라고는 보기 힘들다. 뭔가 에러가 난 거겠지.

"화나는데. 누가 SOS단에 사이버 테러를 하는 게 아닐까? 대체 그게 누구지? 찾아내면 재판 없이 30일간의 사회봉사 활동을 선고하겠어."

툴툴거리는 하루히에게서 시선을 떼고, 난 불투명 광학 위장복을 걸치고 있는 듯한 나가토에게로 시선을 돌렸다. 이 녀석이라면 어떻게 해줄 수 있을지도 모른다고 생각했다. 내 마음속에는 컴퓨터에 대해 잘 아는 나가토의 이미지가 멋대로 구축되어 있었지만, 컴퓨터를 만지는 모습은 본 적이 없다. 아니, 오히려 독서하는 것 이외의 다른 모습 거의 본 적이 없다고 해야 하나.

그때 들려온 노크 소리.

"들어오세요!"

하루히의 대답에 문을 연 것은 코이즈미였다. 평소와 같은 청량감의 극치인 미소를 지으며.

"아니, 별일이군요. 아사히나 씨는 아직 안 왔습니까?"

"2학년은 남은 시험이 더 있지 않나?"

우리 1학년의 기말고사는 3교시까지였다. 빨리 집에 가면 될 걸 왜 다들 이런 곳에 모여드는 걸까. 내게 그렇게 친구가 없었나? 그리고 하루히, 노크에 대한 핀잔을 코이즈미한테는 안 하는 이유는 뭐냐.

코이즈미는 가방을 테이블 옆에 놓고선 찬장에서 다이아몬드 게임 판을 꺼내 내게 눈짓을 했다. 난 고개를 저었고, 코이즈미는 어깨를 으쓱거린 뒤 혼자 다이아몬드를 시작했다.

아사히나 선배가 타주는 차가 참 그립다.

똑똑.

또다시 노크 소리가 났다. 그때 난 단장 책상 앞에 강제로 앉아 FTP 소프트웨어와 격투를 벌이고 있었다. 뒤에는 하루히가 터무니없고 생각 없는 주문을 이것저것 늘어놓고 있었으며, 그 어려운 문제에 내가 대답을 해야 하는 상황이었다.

그래서 그 노크 소리는 내겐 구원의 음성과도 같았다.

"들어오세요!"

하루히가 다시 큰 소리로 말하자, 문이 열렸다. 순서대로 본다면 이번에 나타날 사람은 아사히나 선배일 것이다.

"아, 늦어서 죄송해요."

조심스럽게 사과를 하며 나타난 것은 바로 날개 없는 천사 아사히나 선배였다.

"4교시까지 시험이 있어서…."

할 필요도 없는 변명을 하며 조심스럽게 문 근처에 멈춰 서 있다. 왠지 그대로 들어오려 하지 않고 주저하듯 말한다.

"저어…, 저기 말이죠."

우리들의 시선이 아사히나 선배에게로 집중되었다. 나가토까지 자신을 보고 있음을 깨달은 아사히나 선배는 주춤거리듯 뒤로 물러났다가 결심을 한 듯 힘주어 이렇게 말했다.

"아, 저기…, 손님을 데리고 왔습니다."

그 손님은 키미도리 에미리 선배라는 얌전하고 청초한 이미지의 2학년이었다.

그녀는 지금 아사히나 선배가 타준 차 표면에 시선을 고정시킨 채 고개를 들지 않고 앉아 있었다. 그 옆에 아사히나 선배가 동행인처럼 나란히 앉아 있었다. 아무래도 메이드 의상으로는 갈아입지 않는다. 조금 아쉽군.

"그런 너는."

하루히가 면접관 같은 표정을 지으며 볼펜을 빙글빙글 돌려댔다. 두 사람의 2학년 선배와 정면으로 마주 보고서는 거만한 목소리로,

"행방불명된 남자친구를 찾아달라는 말이군?"

하루히는 입술 위에 볼펜을 끼고선 팔짱을 꼈다. 마치 뭔가를 생각하고 있는 듯한 동작이었지만 나는 알 수 있었다. 이 녀석은 당장에라도 터져나오려는 웃음을 억지로 참고 있는 거다.

뭐라고 말을 해야 할까, 올 리가 없다고 낙담하고 있었는데 고민상담자 제1호가 와준 것이다. 하루히의 입장에서는 춤이라도 추고 싶은 상황이겠지.

"네"라고 키미도리 선배는 찻잔을 향해 말했다.

그 모습을 나와 나가토와 코이즈미는 구석에서 지켜보고 있었다. 두 사람의 2학년 앞에 앉은 하루히는,

"흐음."

과장되게 신음하며 내게 시선을 던졌다.

난 내 자신이 저주스러웠다. 그런 포스터를 만드는 게 아니었는데. 왜 그런 소리를 쓴 걸까…. 남들에겐 말 못 할 고민 상담을 받습니다… 였던가? 하지만 설마 그걸 진심으로 받아들일 학생이 있을 거라고는 보통 생각 안 하지 않나?

그럼에도 불구하고 진심인지 아닌지, 키미도리 선배는 포스터를 보고 SOS단의 활동 목적을 고민 상담소나 흥신소라고 오인을 해버린 듯하다. 분명 말 그대로 해석을 한다면 그렇게 되긴 하겠지. 아아, 생각났다. 내가 날조한 활동 내용은 '학교생활에서 학생들의 고민 상담, 컨설팅 업무, 지역 봉사 활동에 적극 참가'였다. 현재로선 그 어느 하나도 SOS단과는 인연이 없다. 아마추어 야구 대회를 뒤흔든 것 이외엔 아무것도 한 것이 없으니까.

하지만 그런 말이 씌어 있는 포스터를 우연히 본 바람에 키미도리 선배는 우리의 존재를 떠올리게 된 듯, 고민을 하다 같은 학년인 아사히나 선배에게 말을 걸었고 같이 이곳을 찾아왔다. 그래, 그럴 것이다.

그리고 그 고민이란 것은.

"남자친구가 며칠이나 학교에 오질 않고 있어요."

키미도리 선배는 어느 누구와도 시선을 마주치지 않은 채 찻잔 끝을 바라보며 그렇게 말했다.

"웬만해서는 빠지지 않는 사람인데 시험 날까지 안 오다니 너무 이상해요."

"전화해봤어?"라고 말하는 하루히. 웃음이 나오려는 것을 막기 위해서인지 볼펜 끝을 깨물고 있다.

"네. 휴대전화로도 집으로도 전화를 했는데 받지를 않아요. 집까지 가봤는데 다 잠겨 있더라고요. 아무도 나오질 않았어요."

"흐으음."

남의 불행을 기뻐하는 것은 못난 녀석이라는 말은 사실이지만 하루히는 당장에라도 노래를 부를 듯한 들뜬 기쁨의 아우라를 발산하고 있었다. 그러니까 이 녀석은 못난 녀석인 것이다. 증명 끝.

"그 남자친구의 가족은?"

"그 사람은 혼자 살고 있어요."

키미도리 선배는 찻잔에 대고 말했다. 다른 사람과 시선을 마주치고 얘기를 나누지 못하는 성격인가보다.

"부모님은 외국에 계시다는 얘기를 전에 들었거든요. 전 연락처를 몰라요."

"헤에. 외국이라니, 캐나다?"라고 말하는 하루히.

"아뇨, 아마 온두라스일 거예요."

"호오. 온두라스라. 그렇군."

뭐가 그렇군이냐. 어디 붙어 있는 나라인지 알고 있는지부터가 의심스럽다. 어디 보자…. 멕시코 아래쪽이었던가?

"집에 있는 기척도 없고 밤중에 찾아가도 불도 꺼져 있었어요. 전 걱정이 돼요."

키미도리 선배는 일부러 그러는 듯 담담히 말하고서는 두 손으로 얼굴을 가렸다. 하루히는 입술을 꿈틀거리며 말했다.

"흐음. 그쪽 심정을 모르는 건 아니야."

거짓말하고 있네. 사랑하는 소녀의 심정을 네가 이해할 리가 있냐.

"그런데 용케 우리 SOS단을 찾아왔군. 먼저 그 동기를 가르쳐주겠어?"

"네. 그 사람이 자주 얘기를 했었어요. 그래서 기억하고 있었답니다."

"헤에, 그 남자친구가 누군데?"

하루히의 질문에 키미도리 선배는 그 남학생의 이름을 중얼거렸다. 어디선가 들어본 듯하긴 한데, 아는 사람 중에는 없는 것도 같다. 하루히도 눈썹을 찡그리며,

"그게 누구였더라?"

라고 물었다. 키미도리 선배는 미풍과 같은 목소리로 대답했다.

"SOS단과는 가까운 사이라고 그랬는데요."

"가까운 사이?"

하루히는 천장을 올려다보았다. 키미도리 선배는 고개를 갸웃거리는 나와 아사히나 선배, 그리고 코이즈미와 나가토를 돌아보았지만 시선은 마주치지 않으려 애쓰며 다시 찻잔으로 시선을 떨어뜨렸다. 그리고.

"그 사람은 컴퓨터 연구부 부장이거든요."

라고 말했다.

까맣게 잊고 있었다. 그 가엾은 부장님이시구나. 아사히나 선배

를 성희롱하는 사진을 찍혀(억지로), 그걸 빌미로 하루히에게 최신 기종을 양도해야 했고(강제로), 울며 배선까지 해주고 간 컴퓨터 연구부의 가엾은 선배다. 아니, 동정해야 할 필요는 없겠군. 이렇게 멋진 분위기의 애인이 있다면 웬만한 건 다 그냥 넘어가도 될 것이다. 그러고 보니 그때 썼던 일회용 카메라는 어디에 넣어뒀더라.

"응, 알았어!" 하루히는 간단히 접수를 받았다. "우리가 어떻게든 해볼게. 키미도리, 너 운이 좋구나. 의뢰인 제1호로 특별히 공짜로 사건을 해결해줄게."

돈을 받으면 학내 봉사 활동이 안 되지. 하지만 이건 정말 무슨 사건인 걸까? 그 부장이 단순히 은둔형 외톨이가 됐다거나 그런 건 아닐까? 키미도리 선배 같은 애인이 있는데 무슨 불만이 있는지는 모르겠다만, 그런 녀석은 그냥 내버려두고 알아서 자연히 치유되길 기다리는 편이 제일 좋을 것 같은데.

물론 그런 소리는 입 밖에 내지 않았고, 키미도리 선배는 애인의 주소를 메모지에 남긴 채 실체화한 유령과 같은 걸음걸이로 동아리방을 나갔다.

복도까지 배웅을 한 아사히나 선배가 돌아오길 기다렸다가 나는 입을 열었다.

"야, 그렇게 쉽게 의뢰를 받아들여도 되는 거야? 해결을 못 하면 어쩌려고 그래?"

하지만 하루히는 무척 기분 좋게 볼펜을 돌리고 있었다.

"할 수 있어. 아마 그 부장은 두 달 늦게 봄을 타서 집에 틀어박혀 있는 게 분명해. 집으로 쳐들어가 두세 방 때리고 끌고 나오면 그만이지. 아주 간단해."

진심으로 그렇게 생각하고 있나보다. 뭐, 나도 그렇게 생각하긴 한다만.

난 새로 차를 타주고 있는 아사히나 선배에게 물었다.

"키미도리 선배와는 친하세요?"

"아뇨, 한 번도 얘기해본 적이 없어요. 옆 반이라 합동 수업 때 얼굴을 본 정도가 전부죠."

우리에게 상담을 할 정도라면 차라리 선생님이나 경찰에 말을 하면 될걸. 아니, 이미 말한 뒤려나. 그래서 상대를 해주지 않자 아사히나 선배에게 말을 건 걸까. 아마 그럴 거다.

태평하게 차를 마시고 있는 우리들에게는 아무런 긴박감도 없었다. 하루히는 완전히 들떠선 더 대대적으로 의뢰를 모집해 모조리 해결해버릴 생각을 하고 있는 것 같다. 1학기가 얼마 남지 않았다는 사실을 한탄하면서도 전단지 배포 계획 제2탄을 강행할 것 같은 기세다. 그건 그만둬라.

나가토는 소리를 내며 책을 덮었고, 우리는 하루히가 말한 조사에 임하게 되었다.

부장이 혼자 살고 있는 집은 원룸이었다. 입지로 봤을 때 대학생이 주요 거주자일 것으로 보이는, 아주 좋지도 나쁘지도 않은 3층 건물로 너무 새 것도 아니고, 그렇다고 너무 낡았다고도 보기 힘든 적당한 분위기다. 한눈에 봤을 땐 무척 일반적인 모습이다. 평범하다.

주소를 적은 메모지를 들고 하루히는 계단을 씩씩하게 올라갔다. 나와 다른 세 명도 묵묵히 여름 세일러 교복의 뒤를 따랐다.

"여기군."

철문 앞에서 하루히는 문패에 적힌 이름을 확인했다. 키미도리 선배가 알려준 남자친구의 이름이 플라스틱 케이스에 꽂혀 있었다.

"어떻게 열 수 없을까?"

손잡이를 돌려 잠겨 있는 것을 확인한 뒤, 하루히는 인터폰을 눌렀다. 순서가 반대잖아.

"뒤로 해서 베란다를 타고 들어가는 건 어떨까? 유리를 깨면 들어갈 수 있지 않을까?"

농담으로 하는 소리이길 빌겠다. 이 집은 3층이고 우리는 빈집털이 소년범죄 그룹이 아니다. 난 아직 전과자가 되고 싶지는 않다고.

"그래. 관리인한테 가서 열쇠를 빌려오자. 친구가 걱정돼서 왔다고 하면 빌려줄 거야."

하긴 넌 친구인 척하는 게 특기지. 하지만 이 부장은 혼자 산다면서 여자 친구한테 열쇠도 안 줬냐. 가지 꼭지만 따고 열매를 버리는 거나 똑같은 짓이잖아.

철컹.

시원스런 소리가 나서 돌아보니 나가토가 말없이 손잡이를 쥐고 있었다.

"……."

액체 헬륨 같은 나가토의 눈은 날 보고 있었다. 나가토가 천천히 문을 당기자, 집으로 들어가는 입구가 열렸다. 정체되어 있던 내부의 공기가 냉기를 동반하면서 우리 발 밑에 고이는 듯한—느낌이 들었다.

"어머."

하루히는 눈을 동그랗게 뜨고 입을 반쯤 벌린 상태로,

"열려 있었어? 전혀 몰랐네. 뭐, 좋아. 어서 들어가자. 아마 침대 밑 같은 데에 숨어 있을 테니까 다 같이 끌어내서 포획하는 거야. 심하게 저항하면 최악의 경우엔 숨통을 끊어버려도 좋아. 의뢰인에 겐 밀랍에 절인 목을 건네주도록 하지."

컴퓨터를 빼앗았다는 자책감은 전혀 느끼지 않는 듯 보였다. 살로메도 아니고, 목만 준다면 그걸 대체 어디다 놓냐.

용감하게 안으로 들어간 우리들의 눈앞에 펼쳐진 것은 텅 빈 원룸이었다. 바퀴벌레 한 마리 없었다. 나가토의 방, 그것도 손님 방 한 칸의 4분의 1쯤 되는 넓이였는데, 그 살풍경한 아무것도 없는 모습에 비하면 생활 레벨은 4배는 높았다. 책장과 옷상자, 앉은뱅이 탁자 같은 책상과 컴퓨터가 잘 정리된 채 자리를 차지하고 있었다. 창문을 열어 베란다를 확인해보았지만, 세탁기밖에 없었다.

"이상하네."

침대 위에서 통통 뛰며 하루히가 고개를 갸웃거렸다.

"방구석에 무릎을 껴안고 앉아 있을 줄 알았는데 편의점에라도 갔나? 쿈, 너 은둔형 외톨이가 갈 만한 다른 곳 알고 있니?"

컴퓨터 연구부 부장은 은둔형 외톨이로 확정된 거냐. 중남미를 여행 중인 거 아닐까? 그게 아니면 정말로 행방불명이 됐든가 둘 중 하나다. 여기에 오기 전에 부장의 반 담임 선생에게 물어봤어야 했다.

내가 책장에 자리한 컴퓨터 관련 서적을 바라보는데 갑자기 셔츠 뒷자락을 당기는 사람이 있었다.

"……."

나가토가 무표정하게 날 올려다보며 천천히 턱을 저었다. 이건 무슨 의사 표시지?

"나가는 게 좋다."

나가토는 작은 목소리로 내게 속삭였다. 오늘 처음으로 듣는 나가토의 목소리였다. 하루히와 아사히나 선배는 깨닫지 못했지만, 코이즈미만은 내 귓가로 얼굴을 가져다댔다.

"저도 동감입니다."

진지한 목소리 좀 내지 마라. 기분 나쁘니까. 하지만 코이즈미는 눈은 굳은 채 가식적인 미소를 지으며 말했다.

"이 방에는 기묘한 위화감이 느껴져요. 이것과 가까운 감각을 전 알고 있습니다. 가깝긴 해도 근본적으로 다른 것 같긴 합니다만……."

하루히는 냉장고를 멋대로 열고선 "고사리떡 발견! 이거 유통기한이 지났네. 아까우니까 먹자"라는 소리를 하며 봉투를 뜯고 있었다. 아사히나 선배는 안절부절못하며 하루히가 내민 인스턴트 과자의 맛을 보고 있었다.

나도 자연스레 목소리가 낮아졌다.

"뭐에 가깝다고?"

"폐쇄 공간입니다. 이 방은 그곳과 비슷한 향기가 나요. 아니, 향기라는 말은 비유 표현입니다. 감촉이라고 할까요, 그런 오감을 뛰어넘은 감각입니다."

네가 무슨 초능력자냐고 반사적으로 핀잔을 주려다가 자제했다. 그러고 보니 이 녀석은 진짜로 초능력자였다.

나가토가 공기를 거의 흔들지 않는 목소리로 속삭였다.

"차원 단층이 존재. 위상변환이 실행되고 있다."

못 알아먹겠다니까.

그 소리도 하고 싶긴 했는데. 만약에 나가토가 기습 공격이라도 가하듯 슬픈 표정이라도 짓는다면 난 이 자리에서 기절을 할지도 모르기 때문에 말하지 않는 게 좋겠다. 에휴휴.

아무튼 빨리 철수하는 게 좋을 것 같군. 난 코이즈미와 나가토에게 신호를 한 뒤 반투명한 떡을 먹어치우고 있는 하루히에게 고개를 돌렸다.

모두 함께 맨션을 나오자, 하루히는 배가 고프다는 이유로 금일의 해산을 선언한 뒤 혼자 집으로 가버렸다. 키미도리 선배가 가져온 사건은 잠시 보류, "있다 보면 어떻게든 되겠지"라는 무책임한 발언에 의해 사고도 정지, 현재로선 공중에 붕 뜬 상태가 되었다.

벌써 질렸나보다.

점심식사를 못한 건 하루히뿐만이 아니었지만, 난 집에 돌아가는 척하며 사람들과 헤어졌다 10분이 지나길 초조하게 기다린 뒤 다시 부장의 맨션 앞으로 돌아갔다.

세 명의 단원은 이미 모여 날 기다리고 있었다. 척척박사 우주인과 이론가 에스퍼 소년은 이미 모든 것을 다 알았다는 듯한 표정을 짓고 있었지만, 아사히나 선배는,

"저어…, 왜 그러죠? 스즈미야 씨한테 들키지 않게 다시 모이라니…."

멀뚱하니 날 올려다보고 있었다. 나가토와 코이즈미를 보는 눈에 불안한 빛이 더욱 커져갔다. 날 가장 기다려준 것은 아사히나 선배

다. 그렇게 생각하기로 하자.

"이 두 사람은 아까 그 방이 신경이 쓰이나 봅니다" 라고 나는 대답했다.

"그렇지?"

미소와 무표정이 동시에 고개를 끄덕인다.

"다시 한번 가보면 알 수 있을 것 같습니다. 그죠, 나가토 씨?"

아무 말 없이, 나가토는 걸음을 옮겼다. 우리도 그 뒤를 따랐다. 발소리도 없이 계단을 이동하는 나가토는 소리도 없이 부장네 현관문을 열고, 소리도 없이 신발을 벗고선 방 중앙으로 나아갔다.

절대로 넓다곤 할 수 없는 원룸은 네 명이 나란히 선 것으로 이미 만원 상태였다.

"이 방의 내부에."

나가토가 입을 열었다.

"국지적 비침입성 융합 이시공간이 제한조건 모드로 단독 발생하고 있다."

…….

잠시 기다려 보았지만, 설명은 그게 끝이었다. 그렇게 적당히 사전을 뒤적여 눈에 띈 단어를 늘어놓은 것 같은 말을 해봤자, 난 사전이 없기 때문에 어떻게 해석할 길이 없는데.

"감각적으로는 그 폐쇄 공간과 비슷하군요. 그건 스즈미야 씨가 발생원입니다만, 이것은 아무래도 다른 냄새가 납니다."

코이즈미가 나가토의 말을 보조하듯 그렇게 말했다. 좋은 콤비야. 둘이 사귀지 그래. 나가토에게 독서 이외의 취미도 좀 가르쳐줘라.

"이 건에 관해서는 나중에 생각해보도록 하겠습니다. 그것보다 지금은 해야 할 일이 있을 것 같네요. 나가토 씨, 부장이 행방불명된 건 그 이상 공간 때문입니까?"

"그렇다."

나가토는 한 손을 들어 눈앞의 공간을 쓰다듬는 듯한 동작을 보였다.

불길한 예감이 등줄기를 타고 올라와 내 뇌를 자극한다. 아마 나는 "잠깐만"이라고 말을 해야 했을 것이다. 하지만 내가 그 짧은 단어를 입에 올리기도 전에 나가토는 테이프를 20배속으로 빨리 돌린 듯한 소리로 뭔가를 중얼거렸고, 갑자기 눈앞의 광경이 눈 깜박할 사이에 변화했다.

"하악?!"

깜짝 놀라 펄쩍 뛰어오른 것은 아사히나 선배로, 내 왼팔을 두 손으로 꽉 껴안았다. 하지만 난 이 고마운 감촉을 맛볼 틈도 없이 내가 있는 곳을 필사적으로 확인하려 했다.

어디 보자, 내가 있던 곳은 부장의 좁은 원룸이었다. 절대로 이렇게 기분 나쁜 곳이 아니다. 황토색의 안개가 길게 깔려 있고 지평선이 보이지 않을 만큼 광활하고 평탄한 공간이 아니다. 누구야, 날 이런 곳으로 끌고 온 녀석이.

"침입 코드를 해석했다. 여긴 통상 공간과 중복되어 있다. 상위가 틀어져 있을 뿐이야."

나가토가 해설하고 있다. 뭐, 이런 걸 할 수 있는 건 이 녀석밖에 없겠지. 그런 나가토와 제대로 대화를 나눌 수 있는 건 코이즈미 정도였다.

"스즈미야 씨의 폐쇄 공간은 아닌 것 같군요."

"비슷한 것이다. 하지만 공간 데이터의 일부에 스즈미야 하루히가 발신원으로 예상되는 정크 정보가 섞여 있다."

"얼마나요?"

"무시할 수 있는 레벨이다. 그녀는 트리거가 됐을 뿐이다."

"그래요. 그런 거군요."

나와 아사히나 선배는 사이좋게 무시당하고 있다. 전혀 문제될 거 없다. 아니, 오히려 고맙다. 이대로 우리를 원래 세계로 돌려보내준다면 더 고마워할 텐데.

아사히나 선배는 내게 매달려선 두려움에 떨며 주위를 돌아보고 있었다. 그녀에게 있어 이 공간은 예기치 못한 것인 듯했다. 나와 마찬가지로, 사방으로 시선을 보내며 관찰을 하고 있었다. 숨은 쉴 수 있기는 한데, 이 황토색 안개 같은 건 들이마셔도 괜찮은 걸까. 양말 너머로 축축한 바닥의 온도가 발바닥에 전해진다. 마룻바닥인지 땅바닥인지 알 수 없는 황토색 평면이 한없이 이어지고 있다. 3평 정도 되는 그 방에 이런 수납공간이 딸려 있을 줄은 몰랐네. 이차원 공간인가. 뭐, 슬슬 그런 분위기의 물건이 나타날 거라고는 예상했었다. 내가 생각해도 참 냉정하다.

"여기에 컴퓨터부 부장이 있는 거야?"

"그런 것 같습니다. 이 이공간이 자기 방에 발생하게 되어 어떤 경위에선지 이곳에 갇히게 된 거겠죠."

"어디에 있는 거야? 안 보이는데."

코이즈미는 그저 미소를 지으며 나가토를 향해 고개를 돌렸다. 그게 신호였는지, 나가토는 다시 한 손을 들었다.

"잠깐만!"

이번엔 제때에 맞췄다. 난 고지식하게 그대로 정지해준 나가토에게 말했다.

"뭘 할 건지 가르쳐주지 않겠어? 최소한 마음의 준비를 할 시간이 필요한데."

"아무것도."

나가토는 말하는 유리 인형처럼 대답을 한 뒤 75도 경사면 정도를 가리키던 손가락을 쥐었다 다시 검지만을 뻗었다. 그리고 외친 한 마디.

"나오시오."

난 나가토의 손끝이 가리키는 곳으로 시선을 돌렸다.

"으음."

나도 모르게 신음이 나왔다.

황토색 안개가 천천히 소용돌이친다. 안개를 구성하는 입자 하나하나가 한곳으로 집합하는 것처럼 소용돌이친다. 난 인체에 침입한 병원균 같은 기분이 들었다. 아무래도 이 황토색 소용돌이는 백혈구와 같은 역할을 자신에게 부여하고 있는 게 아니가 하는 이미지가 왠지 모르게 떠오른다. 아사히나 선배의 손이 따뜻한 것만이 유일한 위안이었다.

"명확한 적의가 느껴지는데요."

느긋하게 말하는 코이즈미의 목소리엔 긴장한 기색이 없었고, 고장난 안드로이드처럼 서 있는 나가토도 손을 뻗은 채 아무 반응이 없다. 그렇다고 내가 안심할 수 있는 건 아니다. 이 녀석들은 자신의 몸을 지킬 방법이 있겠지만 내겐 없다. 아사히나 선배도 없는지, 내 뒤에 숨어 있다. 이런 때야말로 미래의 아이템이라도 꺼내줬으면 하는데 말입니다. 광선총 같은 거 없어요?

"무기 휴대는 엄금입니다. 위험해요."

떨리는 목소리의 아사히나 선배. 그건 이해가 갑니다요. '이' 아사히나 선배에게 무기를 들려줘봤자 도움이 안 될 뿐만 아니라 어쩌면 전철에 놓고 내릴지도 모른다. 어른이 되면 조금은 개선이 되지 않을까 싶었지만, 가만히 생각해보면 '저' 아사히나 선배도 꽤나 덤벙댔던 걸 봐선 근본적으로 덜렁이인지도 모르겠다.

그런 생각을 하고 있는데, 안개의 형태가 서서히 고형물의 양상을 띠기 시작했다. 아마 여기에도 무슨 이론이 있겠지. 알고 싶지는 않지만 왠지 난 황토색 덩어리가 어떤 형태를 만들려고 하는지 이해가 되는 것 같았다.

"…히익."

아사히나 선배만 두려워하고 있었다. 분명 별로 기분 좋은 모습은 아니었고, 길거리에서 흔히 볼 수 있는 것도 아니다. 나도 시골에 있는 할머니 집 마루 밑에서 본 걸 마지막으로 요 몇 년 동안 본 적이 없다.

꼽등이(주11)라는 곤충을 아시는지.

모르겠다는 분에겐 꼭 이 눈앞의 광경을 보여주고 싶다. 그러면 세세한 부분까지 잘 알 수 있을 거다.

전체 몸길이 3미터는 족히 될 법한 꼽등이니까 말이다.

"저건 뭐야?" 라고 묻는 나.

"꼽등이겠죠" 라고 대답하는 코이즈미.

"그건 나도 알아. 난 유치원 때 곤충박사로 유명했었으니까. 실

주11) 꼽등이: 몸길이 40~50센티미터에 연갈색을 띤 귀뚜라미와 비슷하게 생긴 곤충으로 습기가 많고 어두운 곳에 산다.

물을 본 적은 없지만 베짱이와 철써기도 구분할 줄 안다고. 그게 아니라 대체 저게 뭐냐고."

나가토는 작은 목소리로 중얼거렸다.

"이 공간의 창조주."

"이 녀석이?"

"그렇다."

"설마 이것도 하루히가 한 짓이냐?"

"원인은 다르다. 하지만 발단은 그녀다."

무슨 소리냐고 물으려다, 난 나가토가 내가 아까 한 말을 우직하게 따르고 있다는 사실을 깨달았다.

"…이제 움직여도 된다."

"그래."

천천히 손을 내리고선, 나가토는 실체화하고 있는 거대 꼽등이를 바라보았다. 다갈색의 귀뚜라미처럼 생긴 벌레가 우리 앞 몇 미터 떨어진 곳에 내려서려 하고 있었다.

"호오. 불완전하지만 제 힘도 여기선 쓸 수가 있는 것 같군요."

코이즈미가 한 손에 들고 있는 건 커다란 핸드볼만한 빨간 구슬이었다. 어디선가 본 이후로 두 번 다시 보고 싶지 않다고 생각하고 있는 빨간 구슬이다. 손바닥에서 나오는 것인가보다.

"위력은 폐쇄 공간에서의 10분의 1 정도이지만요. 그리고 제 자신이 변화하는 건 불가능한 것 같습니다."

코이즈미는 무슨 이유에선지, 지긋지긋하게 봐온 상쾌한 미소를 나가토에게 보이며 말했다.

"이걸로 충분하다고 판단하신 걸까요?"

"……."

나가토는 아무 반응도 없다. 내가 다시 질문을 했다.

"그보다 나가토. 저 곤충의 정체는 뭐냐? 부장은 어디에 있지?"

"저건 정보생명체의 아종이다. 남학생의 뇌 조직을 이용해 존재 확률을 높이려 하고 있다."

코이즈미가 미간에 손가락을 가져다대고 있다. 생각에 잠긴 것 같기도 하고 생각을 집중하고 있는 듯도 보였다. 고개를 든 코이즈미는,

"혹시 부장은 거대 꼽등이 안에 있습니까?"

"그 자체다."

"이 꼽등이는……, 그렇군. 부장이 이미지한 두려움의 대상이군요? 이걸 쓰러트리면 이공간도 붕괴된다. 아닌가요?"

"맞다."

"알기 쉬운 메타포라 다행입니다. 그럼 간단하네요."

알기 쉽지도 않을뿐더러 간단해 보이지도 않는데. 나와 아사히나 선배도 알아먹을 수 있게 말을 해라.

"지금은 그럴 시간이 없을 것 같은데요?"

말끝을 올리지 마, 상냥하게 웃지 마라, 그 빨간 구슬을 어디로 좀 치워, 그리고 내 허리에 매달려 있는 아사히나 선배를 어떻게 좀 해줘라. 이대로 있다간 내가 어떻게 되어버릴 것 같다.

"히이익."

아사히나 선배는 몸을 떨면서 점점 내 행동 범위까지 빼앗아갔다. 이래선 내가 도망칠 수가 없잖아.

"그럴 필요는 없을 것 같습니다. 곧 끝날 거예요. 왠지 그런 확신

이 듭니다. '신인'을 사냥하는 것보다 쉬울 것 같아요."

실체화를 마친 꼽등이는 당장에라도 뛰어오를 듯 보였다. 몇 미터나 날아갈까. 측정해보고 싶단 생각도…, 역시 안 든다.

난 무뚝뚝하게 말했다.

"빨리 해치워."

"알겠습니다."

코이즈미는 빨간 구슬을 위로 던지더니, 배구에서 서브를 때리듯 날렸다. 정확하고 흠잡을 데 없이 날아간 빨간 핸드볼은 괴물 꼽등이의 정면에 부딪쳤고, 종이풍선이 터지는 것 같은 소리를 냈다. 공격 방법도 우스웠지만, 상대도 상당히 우스웠다. 조금은 반격을 하지 않을까 각오를 하고 있었는데, 꼽등이는 도망치지도, 뛰어오르지도, 괴상한 소리를 내지도 않고, 그저 그 자리에 가만히 있었다.

"끝났습니까?"

코이즈미의 질문에 나가토가 수긍했다. 정말 참 빨리도 끝내줬네.

거대 꼽등이는 원래의 안개 상태로 퍼져나가면서 점점 흐려졌다. 사방에서 흔들리고 있는 황토색 안개도 사라져간다. 발바닥의 차가운 감촉도.

그 대가인지, 익숙한 교복 차림의 사내가 등장했다. 바닥에 똑바로 누워 쓰러져 있는 컴퓨터 연구부 부장.

컴퓨터 책상 앞 의자에서 그대로 미끄러져 떨어진 듯한 자세로 눈을 뜨고 있었다. 살아는 있는 것 같네. 옆에 쭈그리고 앉은 코이즈미가 목덜미에 손을 대고선 내게 고개를 끄덕였다.

나가토는 책상 앞에 서서 침대 옆에 망연자실해 서 있는 아사히나 선배와 나를 바라보고 있었다.

원룸 안이었다. 어디에 그 광대한 공간이 있었나 의심스러울 정도다.

아무튼 다행이다. 회색이든 황토색이든 넓은 곳에 갇히는 건 이제 사양이다.

"약 2억 8천만 년 전의 일이다."

그렇게 설명을 시작한 나가토의 우주적 괴전파를, 부숴서 응축시키면 다음과 같다.

이첩기[주12]인지 삼첩기[주13]인지 아무튼 그때 지구에 내려온 '그 녀석'이 존재할 만한 매개체가 당시의 지상에는 없었다. 존재 기반을 잃은 그 녀석은 자기를 보존하기 위해 동면에 들어가게 된다. 지구에 자신이 존재할 수 있을 만한 정보집척체가 생겨날 때까지.

"지구에는 그것에게 필요한 존재 수단이 없었다. 그건 활동을 동결한 채 잠에 빠져들었다."

마침내 지상에 인간들이 생겨났고, 인간들은 컴퓨터 네트워크를 만들어냈다. 이 치졸한(나가토는 그렇게 말했다) 디지털 정보망은 불완전하지만 모판으로 이용할 수가 있었다. 단, 충분하지가 않았기 때문에 그 녀석은 반 각성 상태에 그쳐 있었다. 하지만 눈을 뜨길 재촉하는 사건이 일어났다. 그 녀석에 있어 자명종 역할을 한 것은 인터넷에 흘러든 하나의 기폭제. 그것은 통상적인 수치로는 잴수 없는 정보를 가지고 있었다. 이 세계에는 존재하지 않는 데이터이다. 이계의 정보 데이터. 그 녀석에게 있어 그것이야말로 애타게

주12) 이첩기: 페름기. 고생대 6기 중 마지막 기로 석탄기와 중생대 시작인 트라이아스기 사이의 기간으로 2억 7,000만 년 전부터 2억 3,000만 년 전까지 약 4,000만 년간 계속된 시대.
주13) 삼첩기: 트라이아스기. 중생대를 셋으로 나눈 기간 중 첫 번째 시대로 2억 3000만 년 전에서 1억 8,000만 년 전까지 약 5,000만 년간 계속된 시대.

기다리고 있던 매개체였던 것이다….

나가토는 담담히 얘기를 계속했다.

이야기를 하며 부장 집의 컴퓨터를 만지던 나가토가 SOS단의 온라인 사이트를 열었고, 파손된 SOS단 엠블렘을 모니터에 비추었다.

"스즈미야 하루히가 그린 인보케이션 사인이 계기다. 문이 되었다."

"…이 SOS단 엠블렘은 좀 전의 그거냐? 소환 마법진이나 뭐 그런 역할을 한 거냐?"

"그렇다"고 나가토가 고개를 끄덕였다. "이 SOS단 문장은 지구의 척도로 환산하면 약 436테라바이트의 정보를 갖고 있다."

그럴 리가 없다. 10킬로바이트도 안 됐는데, 그 화상 데이터는. 하지만 나가토는 태연히 말을 이었다.

"지구상의 어떠한 단위에도 해당하지 않는다."

"엄청난 확률이군요. 우연히 그린 심벌마크가 완전히 거기에 해당되었으니 말입니다. 역시 스즈미야 씨예요. 천문학적인 숫자도 우습게 여기는군요."

코이즈미는 진심으로 감탄하고 있나보다. 하지만 난 진심으로 두려워하고 있었다. 뭘 두려워하고 있냐고?

하루히는 대부분의 일을 단순한 충동으로 벌인다. SOS단 결성도 그렇고, 멤버 모집도 그랬다. 아사히나 선배는 마스코트 캐릭터에 안성맞춤이라는 이유로, 코이즈미는 전학을 왔다는 이유로, 나가토는 처음부터 존재했었다. 그리고 아사히나 선배는 미래에서 온 사람, 코이즈미는 초능력자, 나가토는 우주인 비스므리였다. 너무 잘 들어맞잖아. 실제로 코이즈미는 우연이 아니라고 했고, 하루히가 그렇게 되길 바랐기 때문이라는 헛소리를 지껄였다. 나도 조금 더 나가면 믿을 뻔했지만 그렇게 될 수는 없지. 왜냐하면 나 자신은 아주 평범한 인간이기 때문이다. 그것만으로도 충분한 반론이 되지 않을까. 코이즈미의 이론에 따르면 내게도 숨겨진 전파 프로필이 없으면 이상한 게 된다. 그렇게 되는 건데….

무의미하다고 생각했던 하루히의 행동 모두에 숨은 뜻이 있다고 본다면 어떻게 될까. 그것은 본인도 모르는 의미다. 우연히 머리에 떠오른 자작 문자가 어느 별의 우주인에게 보내는 메시지가 되었던 것과 같이 말이다. 고양이에게 키보드를 치게 해 의미가 통하는 문장을 만들어내는 것과 같은 그런 확률은 과연 얼마나 되지?

확률 통계의 벽을 가볍게 돌파해 무의식중에 정답에 도달하는 스즈미야 하루히라는 민폐 여인, 이 녀석이 날 심부름꾼이나 뭐 그런 걸로 여기고 SOS단에 가입시킨 거라면 그나마 낫지. 아아, 그럴 거다. 나 자신에게 웃기지도 않은 수수께끼의 숨은 설정이 있다고 생각하는 것보다 훨씬 낫다. 그런데 있긴 하냐? 내게 정체불명의 엉뚱하고도 괴상한 능력이나 소질이 말이다.

그래서 날 선택한 건가? 사실은 내가 모르는 나의 비밀인지 뭔지가 있는 건 아니겠지.

내가 두려워하는 건 다음과 같은 사실이다.

난 대체 뭐지?

난 코이즈미를 흉내내어 어깨를 으쓱거렸다. 이런이런, 기도 안 찬다. 내 역할은 내가 제일 잘 알고 있다. 난 바로 SOS단의 유일한 양심인 것이다. 그게 분명하다. 다른 단원 세 사람과는 본질적으로 다르다. 나는 하루히를 설득해 제대로 된 고등학교 생활을 보내도록 하기 위해 SOS단에 존재하는 것이다. 그 녀석에게 비합법적인 동아리 활동을 그만두게 하고, 자진해산시키는 것이 나의 임무다. 가만히 생각해보면 그게 평화로운 세계로 가기 위한 지름길이다. 아니, 외길인 것이다.

세계를 하루히 마음대로 바꾸는 것보다, 하루히의 내면세계를 바꾸는 게 더 간단하고, 그 누구에게도 폐를 안 끼치는 방법일 것이다.

하긴, 내가 그 녀석에게 묘한 영감을 주지 않았다면 SOS단도 없었을지도 모르지만 말이다. 그건 뭐랄까, 으음, 케이스 바이 케이스란 거지. 어떻게든 해결하겠다니까. 언제가 될지, 왜 내가 그런 일을 해야 하는지, 나도 이해가 안 가긴 하지만 말이다.

그건 일단 차치해두기로 하자.

"그래서 결국 그 꼽등이는 뭐였던 거야?"

질문을 하지 않으면 얘기가 끝날 것 같지 않다. 나가토는 이산화탄소를 토하는 김에 그냥 말한다는 어투로,

"정보생명체."

라고 말했다.

"네 후원자의 친척이냐?"

"먼 옛날에 나뉘었다. 기원은 동일하지만 다른 진화를 거쳐 멸망했다."

그런 줄 알았는데 여기에 생존자가 있었다는 거군. 하필이면 지구에서 동면을 할 게 뭐람. 해왕성이나 그쯤에서 자고 있었으면 좀

좋아. 얼어붙은 듯 잠들 수 있었을 텐데 말이다.

인터넷의 발달이 사신 비스무리의 온상이 될 줄이야. 문득 어떤 생각이 떠올랐다. 난 바닥에 쓰러져 있는 작은 몸집의 선배에게,

"아사히나 선배, 미래의 컴퓨터는 어느 정도까지 진화를 했나요?"

"네…?"

아사히나 선배는 입술을 떼려다 멈추었다. 어차피 금기 사항이나 뭐 그런 걸 테니 기대도 하지 않았는데, 대답한 것은 다른 사람이었다.

"이런 원시 정보망은 사용되지 않고 있을 것이다."

나가토가 분위기도 파악하지 못하고 대답했다. 컴퓨터를 가리키며,

"지구 인류 정도의 유기 생명체라도 기억 매개체에 기대지 않는 시스템을 만들어내는 것은 간단하다."

나가토는 시선을 옆으로 돌렸다. 그곳에는 아사히나 선배가 창백하게 질린 얼굴로 자리하고 있었다.

그렇습니까?

"그건…, 저어….""

우물거리다 아사히나 선배는 고개를 떨어뜨렸다.

"말할 수 없어요…."

신음하는 듯한 목소리로 말했다.

"제겐 부정도 긍정도 할 권리가 주어져 있지 않습니다. 죄송합니다."

아니, 뭘요. 사과할 게 뭐가 있다고 그러십니까. 꼭 알고 싶었던

것도 아닌데요. —야, 코이즈미 왜 네가 안타깝다는 표정을 짓는 거냐.

난 아사히나 선배를 돕기 위해 화제를 바꾸기로 했다. 으음, 뭐가 있었더라. 그래.

"이상한 게 있어."

난 모두의 주목이 쏠리기를 기다렸다 입을 뗐다.

"난 하루히가 바보 같은 그림을 그릴 때 같이 있었는데 아무 일도 안 일어났어. 왜 그 녀석은 하루히가 그림을 완성시켰을 때 나타나지 않은 거지?"

그 질문에 대답한 것은 코이즈미였다.

"그 동아리방은 이미 이공간화가 되었기 때문이죠. 여러 종류의 다양한 요소와 역장이 뒤얽혔다가 사라져, 오히려 평범해졌을 정도입니다. 포화 상태라고나 할까요. 이미 한계 수준까지 여러 가지의 것들이 녹아들어 용량을 채우고 있으니 그 이상 녹아들 여지가 없는 거죠."

이 무슨 이론이란 말이냐. 아니, 문예부실이 그렇게 무서운 마의 소굴이 되어 있었단 말이냐. 전혀 몰랐는데.

"일반인에겐 필요 없는 센서가 달려 있지 않으니까요. 그래요, 그대로 놓아두어도 아무 해도 없을 겁니다. 아마도요."

이런이런. 여름이니까 체감기온이 시원해질 정도라면 몰라도, 나도 모르는 사이에 머리가 돈다거나 목을 매달 끈을 찾는다거나 하는 건 난 싫다.

"걱정 안 하셔도 됩니다. 그렇게 되지 않도록 저와 나가토 씨와 아사히나 씨도 몸이 부서져라 노력하고 있으니까요."

세 사람이 노력을 하고 있어서 그런 일이 벌어지는 건 아니겠지.

코이즈미는 미소를 짓고는 "글쎄요?" 라고 말하듯 고개를 갸웃거리며 양 손바닥을 위로 치켜들었다.

난 컴퓨터 화면으로 시선을 돌렸다. 망가진 SOS단의 심벌마크를 보고 있는 사이 왠지 신경이 쓰였다. 마우스를 조작해 커서를 이동해 화면을 아래로 내렸다.

"윽."

접속 카운터가 보였다. 어떻게 된 건지 그것만 정상으로 돌아왔고, 방문자 수를 나타내고 있었다. 내가 마지막으로 봤을 때 그 숫자는 세 자릿수가 안 됐다. 지금 우리 SOS단 사이트의 카운터는 일십백천… 무려 3천에 가까워져 있었다. 이게 뭐야? 어디에 공개되기라도 한 건가?

"하이퍼링크가 사방에 쳐져 있다."

나가토가 조용히 말했다.

"이 정보생명체는 그렇게 증식한다. 아주 치졸하지. 사인을 본 인간의 뇌로 자기 정보를 복사해, 한정 공간을 발생시키는 구조다. 가능한 한 많은 사람이 필요하지."

"그럼 이걸 본 인간…, 3천 명 가까이 되는 사람이 부장하고 똑같아지는 거야?"

"그렇지는 않다. 이 소환 문장은 데이터가 파손되어 있다. 올바른 정보원을 참조한 인원은 그렇게 많지 않다."

아마 서버 이상 덕분이겠지만, 그 덕분에 살았군.

"몇 명이나? 괴상한 링크를 클릭해 제대로 된 모양을 본 바보가 몇 명이나 되냐?"

"여덟 명. 그중 다섯 명은 키타고의 학생이다."

그럼 그 여덟 명도 황토색 시공에 빨려 들어가 있겠군. 꼭 꼽등이라고는 할 수 없는, 무언가의 메타포가 지배하는 공간에 말이다. 도우러— 뭐, 갈 필요가 있겠지. 코이즈미가 나가토에게 그 녀석들의 주소를 묻고 있고(왜 그런 걸 나가토가 알고 있는가는 나도 이제 놀라지 않는다), 아사히나 선배도 두 사람을 따라갈 생각인 것 같다. 그럼 나도 가야 하겠지. 제일 나쁜 건 하루히지만, 이 마법진 비스므리를 인터넷에 흘려 넣은 건 바로 나고, 그 뒤처리는 해두는 게 좋으니까.

내 잠자리가 편안해지기 위해서도.

키타고의 피해자들은 그렇다 치고 다른 세 사람을 구하기 위해서는 아무래도 신칸센을 타야 할 것 같긴 하지만 말이다.

자아.

시험 뒤의 짧은 휴식이 끝났다. 남은 건 여름방학이 오기만 기다리기만 하면 되는 동아리방.

하루히는 부장이 학교에 왔다는 걸 가르쳐주자,

"흐음. 아, 그래."

라는 말만 남긴 채 동아리방을 뛰쳐나갔고, 지금쯤은 학생 식당에서 배가 터지도록 뭔가를 먹어대고 있을 것이다. 코이즈미와 아사히나 선배는 아직 안 온 상태다.

참고로 예의 하루히가 고안해낸 SOS단 심벌 마크는 나가토가 리테이크 해준 걸 새로 붙였다. 이번엔 제대로 업로드된 건 무슨 연유에설까. 앞으로 보는 녀석들은 눈을 똑바로 뜨고 보도록 해라. 하루히의 서투른 그림과 거의 똑같지만, 자세히 비교해보면 'ZOZ단'이라고 그려져 있는 걸 알 수 있을 거다. 겨우 그 차이로 이상한 게 나오느냐 안 나오느냐가 갈리게 되는 거다.

이번의 경고 문구는 낯선 주소의 링크를 아무 생각도 없이 클릭하지 말라는 것으로 해두고 싶은데 어떠신지.

그런 생각을 하며 나는 테이블 끝에서 숫자가 나열된 전문서적을 읽고 있는 나가토를 멍하니 바라보았다.

이렇게 나가토의 얼굴을 보고 있자니, 문득 떠오르는 게 있다.

하루히의 소환 화상을 이 녀석이 눈치챘는지 어떤지는 모르겠지만, 데이터를 파괴해준 건 이 녀석이 아닐까?

또 하나, 이 사건을 의뢰하러 온 키미도리 에미리 선배도 그렇다. 방금 전에 컴퓨터 연구부 동아리방에서 물어본 바에 따르면, 부장에겐 여자 친구가 없다고 한다. 며칠 동안의 기억 상실로 고민하고 있기는 하지만, 기운을 되찾은 본인이 그렇게 말했다. 아무리 봐도 거짓말을 하는 것 같지는 않았고, 키미도리 선배의 이름을 대도 멍하니 아무 반응도 보이지 않았다. 이런 리얼한 연기를 할 수 있을 만큼 이 부장의 연기력이 뛰어나지는 않을 거다.

난 의심했다.

키미도리 선배가 SOS단에 온 건 정말 의뢰를 하기 위해서였을까. 생각해보면 너무나도 타이밍이 좋았다. 하루히가 장난삼아 낙서를 하고, 내가 사이트에 붙인다. 그걸 본 몇 명이 정보생명체인지에 이끌려 이차원으로 끌려간다. 우리를 찾아온 키미도리 선배에게 얘기를 듣고 우리가 부장의 집으로 향한다. 그리고 어떻게든 퇴치한다.

그림으로 그린 듯한 시나리오다. 그 중심에 있었던 건 언제나 나가토다. 이 만능 우주인 단말이 키미도리 선배를 어떻게 조작해 우리에게 사건을 가져온 거라고 해도, 이미 여러 번 말한 것 같지만, 난 전혀 놀랍지 않다.

의뢰인 놀이를 함으로써, 하루히의 무료함을 조금이라도 해소해 주려고 생각한 건지도 모른다. 이 정도의 사건이라면 우리를 끌어들이지 않고서도 나가토 혼자서 해결할 수 있었을 것이다. 평소엔 그런 건가? 아무에게도 말하지 않고 뒤에서 몰래 수상한 것들을 미연에 방지하고 있거나 그런 건 아니겠지.

창을 통해 불어오는 바람이 나가토의 머리와 책을 펄럭인다. 하얀 손가락이 조심스럽게 책 끝을 잡고, 하얀 얼굴을 숙인 채 눈만이 문자를 쫓는다.

아니면 우리를 끌어들인 건 나가토의 희망이었을까. 살풍경한 방에서 몇 년을 살아온 우주인제 유기 안드로이드. 아무 감정도 없어 보이지만 역시 이 녀석에게 존재하는 게 아닐까.

혼자는 외롭다, 라는 생각이.

고도증후군(孤島症候群)

어깨가 아픈 것도 다 잊을 정도로 아연해 있었다.

현재의 나는 포복 전진 자세에서 몸을 일으키지도 못한 채 내 눈에 비치는 광경에 그저 경악하고 있는 참이다. 내가 움직이지 못하는 것은 등에 쓸데없는 추가 올라타 있고, 그 녀석이 비켜나지 않아서이기도 하다. 하지만 그런 건 신경도 안 쓰일 정도. 문을 부순 기세를 몰아 날 깔아뭉갠 코이즈미도 역시 이 방의 광경을 보고선 나와 같이 놀라움의 감정에 사로잡혀 있겠지만, 어서 내려와라—는 생각도 난 할 수 없었다. 그만큼 난 너무나도 놀라고 있었다.

설마, 설마 진짜로 일어나버릴 줄이야. 이건 장난이라는 말로 웃어넘길 수 없다. 어떡하지.

창 밖이 빛나고 있었다. 몇 초 뒤, 벼락이 치는 중저음이 내 배에 닿았다. 본격적인 폭풍이 어제부터 계속해서 섬 전체를 뒤덮고 있었다.

"…이럴 수가."

중얼거리는 소리가 들린다. 나와 코이즈미와 함께 이 방의 문에 몸통박치기를 감행, 문이 열린 기세에 이끌려 엎어진 아라카와 씨의 목소리였다.

마침내 코이즈미가 내 위에서 물러났고, 난 몸을 굴려 일어났다.

그리고 지금도 믿기 힘든 광경을 다시 한번 응시했다.

문 근처 융단 위다. 그곳에 사람이 하나, 조금 전의 나처럼 쓰러져 있었다. 아침이 되어도 다이닝룸에 내려오지 않았던 저택의 거주자이자 주인이기도 한 장년의 남성. 어젯밤 거실에서 우리와 헤어진 뒤 계단을 오르던 때와 똑같은 복장을 하고 있었기에 금방 알 수 있었다. 이 한여름의 섬에서 단정히 양복을 챙겨 입을 필연성도 없는데 굳이 챙겨 입고 있었던 건 이 한 명뿐이다. 조금 전에 말을 한 아라카와 씨의 고용주, 이 섬과 저택의 소유자이기도 한….

타마루 케이이치 씨였다.

케이이치 씨는 경악에 찬 표정을 얼굴에 그린 채 쓰러져 있었다. 꿈쩍도 하지 않는다. 움직일 리가 없지, 아무래도 그는 죽은 것 같아 보이니까 말이다.

왜 내가 그런 걸 알 수 있냐고? 보면 모르냐. 가슴 위에 꽂혀 있는 물건이 눈에 익다. 저녁식사에 나왔던 과일 바구니에 가득 담긴 과일과 함께 섞여 있던 과도 자루다.

내기를 해도 좋다. 그 자루 아래에는 금속으로 된 날이 이어져 있을 게 분명하다. 그렇지 않다면 눈과 입을 쩍 벌린 채 꿈쩍도 하지 않는 인간의 가슴에 그런 게 똑바로 서 있을 리가 없으니까. 그러니까 칼이 케이이치 씨의 가슴에 꽂혀 있다는 소리다.

대부분의 인간은 심장을 칼에 찔리면 죽을 거라고 나는 생각한다.

지금의 케이이치 씨의 상태가 바로 그랬다.

"히익…."

두려움에 찬 작은 비명 소리가 파괴된 문 너머에서 들려왔다. 뒤를 돌아보았다. 아사히나 선배가 양손으로 입을 가리고 있었다. 비틀거리듯 뒤로 물러서는 그 어깨를, 뒤에 있던 나가토가 잡아주었다. 언제나 어디서나 어떤 때에도 무표정한 나가토는 내게 흘낏 시선을 던진 뒤, 생각에 잠긴 표정을 지었다.

물론 우리들이 있는 곳에는 당연히 이 녀석이 있겠지?

"콘, 혹시 말이지…, 그 사람."

하루히도 놀라고 있는 것 같았다. 아사히나 선배의 옆에서 방 안으로 머리를 들이밀고 있던 하루히는 영면 중으로 보이는 케이이치 씨를 어둠 속에 자리한 고양이 같은 눈동자로 바라보고 있었다.

"죽은 거야…?"

평소와 달리 작은 목소리에, 그리고 더 신기하게 긴장한 듯한 목소리였다. 난 말을 하려고 뒤를 돌아보았다. 코이즈미가 평소의 미소를 어디로 보내버렸는지 심각한 얼굴로 서 있었다. 복도에는 메이드인 모리 씨의 얼굴도 그랬다.

유일하게 어젯밤까지 저택에 있었는데 이 자리에 없는 사람이 있다.

케이이치 씨의 동생, 타마루 유타카 씨가 없었다.

억지로 연 방 내부에 아무 말도 없는 저택의 주인이 한 명, 실종자가 한 명. 이것은 뭘 의미하는 걸까.

"저기, 콘…."

하루히가 다시 말을 했다. 당장에라도 내게 매달리지 않을까 착각이 들 정도로 낯선, 불안에 찬 표정으로.

다시 번개가 치며 방 안을 비추었다. 어제부터 시작된 폭풍은 클라이맥스에 접어들고 있었다. 벼락 소리와 함께 거친 파도가 섬 주위를 깎아내는 소리까지 들려왔다.

난 이런 생각을 하지 않을 수가 없었다.

어이, 하루히.

이 상황을 만들어낸 건 너냐?

난 SOS단 단원이 하나도 빠짐없이 이런 장소에 서게 된, 근본적인 원인으로 플래시백했다.

아직 여름방학이 시작되지도 않았던 그날을….

……….

…….

….

그건 여름이 한창인 7월 중순 무렵이었다. 태양에 유급 휴가를 주고 싶을 정도의 끔찍한 더위가 오늘도 계속되고 있다.

난 평소와 같이 아지트를 대신한 문예부실에서 아사히나제 뜨거운 차를 마시고 있었다. 되돌아온 기말고사 결과에서 어떻게든 벗어나려고 노력하고는 있었지만, 다가올 보충을 생각하면 도저히 편안히 있을 수가 없었다. 이런 때엔 현실을 도피하는 게 제일이다.

난 모든 현실이 거짓말에 불과하다는 이론 몇 가지가 순식간에 떠올랐고, 어느 걸 고를까 고민하고 있었다.

"저어, 왜 그러세요?"

추가 시험 전날에 달 뒷면에서 극악무도한 에일리언이 집단으로 내려와 국회의사당을 쳐부수는 거짓 스토리를 탐닉하던 것을 중단하고, 나는 정신을 차렸다.

"심각한 얼굴을 하고 있던데…. 차가 맛이 없나요?"

"천만에요."

난 대답했다. 변함없이 달콤합니다. 차 잎은 싸구려지만요.

"다행이다."

여름용 메이드복 차림의 아사히나 선배는 살짝 한숨을 토했다. 그 안도한 미소에 나도 미소로 답했다. 당신의 기쁨은 제 기쁨이기도 합니다. 아사히나 선배의 미소를 능가할 만병통치약은 서복(주14)이 봉래산에 갔다 해도 구하지 못했을 겁니다. 내 마음은 지금 마슈 호(주15)보다 더 맑고 투명해 뇌 속에 하늘의 사자가 관악기를 연주하는 광경마저 환각으로 보이고 있을 정도입니다….

작은 새를 앞에 둔 성 프란체스코와 같은 열의를 담아 말하려고 했지만 그만뒀다. 의미 없는 수식어의 연속이 귀찮아져서가 아니라, 방해꾼이 쓸데없이 경쾌한 소리를 내며 들어왔기 때문이다.

"안녕하십니까. 기말고사는 어떠셨습니까?"

코이즈미가 테이블에 펼친 모노폴리 룰렛을 돌리며 안 물어봐도 될 걸 물었다. 덕분에 난 다시 달 뒷면으로 워프를 시도해 위성 궤도 부근에서 의식을 정지시켰다. 넌 거기서 혼자 얌전히 모노폴리라도 하고 있어라. 방구석에서 조용히 독서를 하고 있는 나가토의 손톱에 낀 때라도 나눠달라 그래.

철제 의자 위에 백과사전 같이 생긴 하드커버 책을 펼치고 앉아 있는 나가토는, 여름 교복을 입은 유리 가면 같은 표정으로 숨도 쉬지 않는 듯한 분위기로 페이지에 시선을 고정하고 있었다. 딱히 구분을 하자면 디지털 같은 존재인 주제에, 아날로그다운 정보 입력을 좋아하는 건 대체 무슨 이유에서일까.

주14) 서복: 진시황제의 불로불사의 소원을 들어주기 위해 영약을 찾아 수천 명의 동남동녀를 데리고 떠났던 중국 진나라 때의 방사선술을 닦는 사람).
주15) 마슈 호: 摩周湖. 세계 최대의 투명도 기록을 갖고 있는 일본 홋카이도에 있는 호수.

"……."

그런데 참 다들 한가하구나.

이미 단축 수업에 들어간 학교의 영업도 오전이면 다 끝나는데 왜 이런 곳에 모여 있는 걸까? 그건 나도 마찬가지지만, 내게는 확실한 이유가 있다. 하루에 한 잔, 아사히나 선배가 타준 차를 마시지 않으면 죽고 마는 몸이 되어버렸기 때문이다. 덕분에 토요일과 일요일은 금단증상으로 괴로워한다.

이건 농담이고. 굳이 설명할 필요까진 없지만, 일단 말로 해두지 않으면 농담이 통하지 않는 녀석이 있다는 걸 난 고등학교 입학한 뒤에 배웠단 말이다. 이 몇 달 사이에 배운 것이라고는 그게 전부인 내가 하는 말이니 틀림없다. 농담과 진담의 선은 확실하게 그어 놓는 게 좋다. 안 그랬다간 혼쭐이 날 우려가 있다.

지금의 나처럼 말이다.

난 가방을 열어 매점에서 구매한 햄빵을 꺼내 차와 함께 먹기로 했다.

여름방학까지 카운트다운을 할 수 있을 정도로 얼마 안 남은 시기에 우리가 동아리방에서 고양이 집합소에 모이는 고양이처럼 모여 있는 데에는 다 이유가 있―지가 않다. 자신 있게 말할 수 있다. 이유도 없이 발족한 SOS단이다, 그런 건 처음부터 없다. 굳이 말하자면 그 이유가 없다는 것이 이유라 할 수 있겠지. 이유 따위가 있어선 곤란하다. 어차피 벽창호 같은 일밖에 안 한다면 무의미한 편이 머리도 안 아프다는 소리다. 생각할 필요도 없으니까.

"저도 지금 도시락을 먹을까봐요."

서둘러 자기 몫의 차를 준비한 아사히나 선배는 무척 귀엽게 생긴 도시락을 꺼내와 내가 앉은 맞은편 테이블에 자리를 잡았다.

"전 신경 쓰지 마세요. 학생 식당에서 먹고 왔으니까요."

묻지도 않았는데 코이즈미가 시원스레 사양을 했고, 나가토는 식욕보다 독서욕이 더 앞서고 있는 중으로 보인다.

아사히나 선배는 후리카케(주16)로 스마일 마크를 그린 하얀 밥을 뜨며 말했다.

"스즈미야 씨는요? 늦네요."

제게 묻는다고 알겠습니까. 어디서 메뚜기라도 잡아먹고 있지 않을까요. 여름이고 하니.

코이즈미가 대신 대답했다.

"조금 전에 학생식당에서 봤어요. 감탄할 만큼 식성이 좋으시던데요. 먹은 양이 전부 영양이 된다면 몇 에르그(주17)가 될지 상상도 안 가더군요."

그런 건 계산할 마음도 안 든다. 이왕이면 이대로 저녁때까지 식당에 틀어박혀 있어준다면 좋겠네.

"그렇게는 안 될 겁니다. 오늘은 무슨 중대 발표가 있는 것 같아요."

왜 네가 그렇게 명랑할 수 있는지 난 이해가 안 간다. 그 녀석의 중대 발표치고 유익했던 적이 없잖아. 네 기억 용량은 5인치 FDD 이하냐?

"왜 네가 그런 걸 알고 있는 건데?"

코이즈미는 태연한 얼굴로 말했다.

"글쎄, 어떻게 알고 있을까요. 대답을 할 수도 있습니다만, 스즈미야 씨는 자기 입으로 말하고 싶어 하지 않을까요? 제가 괜히 나

주16) 후리카케: 김, 어육 등을 가루로 만든, 밥에 뿌려 먹는 식품.
주17) 에르그: CGS 단위계의 일의 단위. 1dyn(다인)의 힘이 그 힘의 방향으로 물체(질점)를 1센티미터 움직이는 일이 1erg이다. MKS 단위계인 J(줄)의 1000만 분의 1에 해당한다.

대서 그녀의 기분을 상하게 만들기라도 하면 큰 문제입니다. 침묵을 지키도록 하죠."

"나도 듣고 싶지 않았다."

"그렇습니까?"

"그래, 너의 그 말투로 보아 그 바보가 또 바보 같은 짓을 꾸미는 중 같다는 건 알 수 있었으니까. 내 마음의 평화가 수명이 몇 분짜리였는지는 몰라도 바로 지금 평화가 깨진 건 분명….."

하다고 말하려던 내 말은 요란하게 열린 문소리에 사라졌다.

"좋아, 다 모여 있군!"

하루히가 스펙터 분광기처럼 눈을 빛내며 서 있었다.

"오늘은 중요한 회의가 있는 날이니까 나보다 늦게 온 녀석은 빈 캔 차기 할 때 영원히 술래 역할을 맡는 벌을 주려고 생각했었어. 너희들도 이제 단원의 정신을 갖게 된 것 같군. 아주 좋은 일이야!"

오늘이 회의 날이라는 소리를 듣지 못했다는 건 말할 필요도 없었다.

"많이 늦었다?"

나름대로 비꼬는 소리였는데.

"알겠어? 학생식당에서 마음껏 먹는 요령은 말이지, 영업시간이 끝나기 직전에 가는 거야. 그러면 아줌마가 남은 음식까지 더 주거든. 하지만 타이밍이 중요해. 기다리는 사이에 다 팔리면 끝이니까. 오늘은 아주 럭키 데이였어."

"그러냐."

식당이라곤 거의 이용하지 않는 내 입장에서 본다면 별 필요도 없는 정보를 의기양양하게 늘어놔봤자 이런 말밖에 더 나오겠어.

하루히는 단장 책상 위에 털썩 주저앉았다.

"뭐, 그런 건 아무래도 좋지만."

"네가 꺼낸 말이잖아."

하지만 하루히는 날 무시한 채 예의바르게 젓가락을 놀리고 있는 아사히나 선배를 지명했다.

"미쿠루, 여름하면 뭐지?"

"네?"

입을 가리고 음식을 씹고 있던 아사히나 선배는 본인이 직접 만든 것으로 보이는 반찬을 삼켰다.

"여름이요…. 으음, 우란분절…?"

너무나도 고풍스런 대답에 하루히는 눈을 깜박였다.

"우란분? 그게 뭔데? 크림본(주18)을 잘못 말한 거 아냐? 그게 아니라 여름하면 바로 떠오르는 단어가 있잖아."

뭐지?

하루히는 당연하다는 말투로 말했다.

"여름방학이야, 여름방학. 당연한 거 아냐?"

너무 당연한 소리다.

"그럼 여름방학하면?"

두 번째 문제를 출제한 뒤 하루히는 손목시계를 보며 "째깍째깍" 하고 입으로 효과음을 냈다.

덩달아 아사히나 선배도 당황해 생각에 잠겼다.

"아, 저기, 바…바다."

"그래, 아주 가까워졌어. 그럼 바다하면?"

이게 뭐냐? 연상 게임이냐?

주18) 크림본: 일본의 밴드명.

아사히나 선배는 머리와 머리띠를 갸웃거리며 말했다.

"바다, 바다, 음…, 아, 회?"

"완전 딴 방향이야. 여름에서 점점 멀어지고 있잖아. 내가 말하고 싶은 건 여름방학에는 합숙을 가야 한다는 말이야!"

난 보면 볼수록 화가 나는 코이즈미의 미소를 노려보았다. 네가 말했던 중대 발표란 게 이거였냐.

"합숙이라고?"

퀘스천 마크와 함께 중얼거리자 하루히는 힘차게 고개를 끄덕였다.

"그래, 합숙."

동아리 활동을 하는 녀석이라면 합숙 한 번이야 당연히 가겠지만 우리가 그런 걸 해서 뭘 어쩌자는 걸까. 설마 어느 깊은 산 속에서 발견될 리도 없는 UMA(주19)를 우리한테 포획하라고 하는 건 아니겠지.

난 아사히나 선배와 코이즈미와 나가토를 차례로 쳐다본 뒤 각자에게서 놀라움과 미소와 무표정을 발견한 뒤 말했다.

"합숙이라…, 무슨?"

"SOS단의 합숙"이라고 말하는 하루히.

"그러니까 뭘 하러 가는 건데?"

"합숙하기 위해서"라고 말하는 하루히.

뭐?

합숙을 하기 위해 합숙을 간다.

그건 두통이 아프다거나, 슬픈 비극이나, 생선 구이를 굽는다는 소리와 똑같은 거 아니냐.

주19) UMA: Unidentified Mysterious Animals의 약자. 미확인동물.

"괜찮아. 이 경우엔 목적과 수단은 동일한 거니까. 그리고 두통이란 건 아픈 거잖아? 두통이 달면 이상하지. 다 비슷한 말이야."

일본어가 흔들리든 표준어가 가와치(주20) 사투리가 되든 내 알 바 아니지만, 그보다 문제는 합숙인지 뭔지 하는 놈이다.

"어디로 가자는 거야?"

"고도(孤島)로 갈 생각이야. 그것도 절해의 고도라는 형용사가 붙을 만한 곳으로."

글쎄, 여름방학 과제 도서에 「15소년 표류기」가 있다는 얘기는 못 들었는데, 대체 뭘 읽으면 그런 소리를 하게 되는 거냐.

"후보지를 몇 개 생각해봤는데."

하루히의 얼굴엔 희색이 만면하다.

"산이랑 바다 중에 어디로 할지 고민했어. 처음엔 산 쪽이 가기 쉽지 않을까 생각했지만, 눈보라 치는 산장에 갇힐 수 있는 건 겨울에나 가능한 일이잖아."

그린란드에라도 가지 그래…. 아니, 그게 아니라 왜 또 그런 짓을 해야 할 필요가 있는지 의문이다.

"갇히기 위해 일부러 산장에 가는 거냐?"

"그래. 그렇지 않으면 재미가 없잖아. 하지만 눈 덮힌 산은 일단 잊어. 겨울 합숙은 나중에 갈 테니까. 이번 여름방학은 바다로, 아니! 고도로 가는 거야!"

꽤나 고도에 집착하는군. 그렇게 생각하긴 했지만 반대할 마음은 없다. 반대해봤자 헛수고일 뿐인 이유도 있지만, 이 계절에 바다란 상당히 매력적인 장소였기 때문이다. 그런데 그 절해의 고도인지 뭔지에 해수욕장이 있기는 하겠지?

주20) 가와치: 옛 지방의 이름으로 현재의 오사카 동부를 일컬음.

"물론! 그랬지, 코이즈미?"

"네, 있었을 겁니다. 감시원도, 구운 옥수수도 없는 천연 해수욕장입니다만."

재빨리 대답하는 코이즈미를 난 의문형의 시선으로 바라보았다. 왜 네가 거기서 나오는 건데?

"그건 말이죠."

코이즈미가 하려던 말을 하루히가 끊었다.

"이번 합숙 장소는 코이즈미가 제공해주니까!"

책상 안에 손을 찔러 넣은 하루히는 안을 한참 뒤적인 뒤에 아무것도 안 쓰인 완장을 꺼냈다. 거기에 매직으로 '부단장'이라고 쓰고는.

"이 공적에 따라 코이즈미, 기뻐하라고, 넌 2계급 특진해서 SOS단 부단장으로 임명되었어!"

"감사합니다."

공손히 완장을 받아든 코이즈미는 곁눈질로 내게 윙크를 날렸다. 미리 말해두겠는데, 하나도 안 부럽다. 그런 건 사은품으로 만들어도 아무도 갖고 싶어 하지 않을 거다.

"그렇게 됐으니까 3박 4일 동안 호화 여행이다! 잘 준비해둬!"

하루히는 할 말을 다 끝냈다는 표정이었고 그걸로 우리들의 이해를 구했다고 생각하고 있는 듯했다. 물론 그건 아니지.

"아니, 잠깐만 기다려봐."

난 아사히나 선배와 나가토를 대표하기 위해 한 발 앞으로 나섰다.

"그건 어디 있는 섬인데? 초대라고? 그게 무슨 소리야? 코이즈미가 왜 우리를 초대하는 건데?"

하루히에 의해 수수께끼의 전학생으로 정의된 코이즈미는 수상한 녀석이긴 하지만, 그 배후에 있다는 '기관'인가 하는 바보 같은 조직은 더 수상하다. 우리를 데리고 간 곳이 무슨 연구소이고, 하루히와 나가토를 생체 해부하기 위한 함정은 아니겠지.

"제 먼 친척 중에 꽤 잘 사는 분이 계시거든요."

라고 코이즈미는 천진난만하게 미소를 보였다.

"무인도를 사서 거기에 별장을 세울 만큼 돈이 남아도는 사람이에요. 실제로 세우기까지 했으니까요. 그 저택이 며칠 전에 낙성식을 했는데 아무도 굳이 그렇게 먼 곳까지 찾아가겠다는 사람도 없고 해서, 친척 중에 방문자를 모집한 결과 제게 차례가 돌아왔죠."

그런 수상한 섬이었냐. 난 먼 옛날에 읽었던 것 같은 로빈슨 크루소의 모험을 떠올렸다.

"아뇨, 그냥 작은 무인도입니다. 이제부터 여름방학이니, 이왕이면 SOS단이 다 함께 가는 게 재미있을 것 같아서요. 그 별장 주인도 기쁘게 맞아주신다고 했어요."

"그런 거야!" 라고 말하는 하루히.

우리를 당황하게 만들 때에 자주 떠올리는 최고의 미소를 짓고 있다.

"고도라고! 게다가 저택이야! 더할 나위 없는 시추에이션이잖아. 우리가 안 가면 누가 가겠냔 말이지. SOS단 합숙 in 서머에 어울리는 무대란 말이야."

"왜?" 라고 묻는 나.

"네가 좋아하는 신기한 것 찾기랑 고도의 저택이 무슨 관계가 있는데?”

하지만 하루히는 혼자 자신만의 세계에 빠져 있었다.

“사방이 바다에 둘러싸인 절해의 고도! 게다가 저택까지! 코이즈미, 너의 그 친척이란 사람은 아주 잘 이해가 가! 응, 얘기가 통할 것 같은데.”

하루히와 얘기가 통할 만한 인간은 예외 없이 변태니까 분명 그 저택인가 하는 곳의 주인도 변태일 거다. 이 녀석과 얘기가 통했을 때의 말이지만.

나가토가 하루히의 주장을 듣고 있는지는 확인할 길이 없었지만, 아사히나 선배는 점심식사를 중지하고 살짝 놀라고 있는 것 같았다.

“걱정 마, 미쿠루. 회라면 싱싱한 걸 얼마든지 먹을 수 있으니까. 그렇지?”

“준비하도록 하죠.” 라고 대답하는 코이즈미.

“그렇게 됐으니까.”

하루히는 다시 단장 책상에서 아무것도 안 쓰인 완장을 꺼냈다. 여분이 몇 개나 되는 거냐?

“고도로 가는 거야! 분명 그곳에는 재미있는 일이 우리들을 기다리고 있을 거야. 내 역할도 이미 정해져 있으니까!”

그렇게 말하며 완장에 매직으로 뭔가를 써넣었다. 그 거친 글씨는 내 눈에는 ‘명탐정’이라는 세 글자의 한자로 보였다.

“무슨 꿍꿍이인지 얘기를 해보실까.”

“아무것도 없는데요.”

시치미 떼지 마라.

중대 발표를 마치고 만족한 하루히가 물러나자 아사히나 선배와 나가토도 동아리방을 나가 집으로 향했다. 남은 사람은 나와 코이즈미뿐이었다.

코이즈미는 약간 긴 앞머리를 손가락으로 튕기며 말했다.

"정말이에요. 제가 말을 안 꺼냈어도 스즈미야 씨는 어딘가로 떠날 생각이었을 겁니다. 여름방학은 짧은 듯하면서도 기니까요. 당신은 바다보다 산에서 츠치노코(주21)를 찾는 게 더 좋았습니까?"

"츠치노코라니 무슨 소릴─아니, 됐다. 츠치노코 설명은 하지 마. 그 정도는 알고 있으니까."

"3일쯤 전인데 역 앞 서점에서 우연히 스즈미야 씨를 만났어요. 열심히 일본 지도를 보고 있더군요. 그 옆에 미확인 생물을 특집으로 다룬 오컬트 잡지를 펼쳐놓고 있던데요."

UMA 탐색 합숙 여행이냐, 그것도 나름대로 오싹하군. 하루히의 성격에 정말 뭔가를 발견하게 될 것 같아 무섭다.

"그렇죠? 스즈미야 씨는 아무래도 뭔가를 잡으러 갈 생각이었나 봐요. 제가 느낀 바로는 히바 산맥이 제1후보였던 것 같았습니다. 그렇다면 차라리 바닷가에서 일광욕을 즐기는 편이 우리 모두에게 최대공약수적인 행복이 아닐까 생각했죠. 의지할 곳도 있었고요."

용케 그렇게 타이밍 좋게 기댈 곳이 나타나네. 뭐, 확실히 땡볕 아래에서 산길을 헤매는 것보다는 바닷가에서 수영복 차림의 여자 단원들을 감상하는 편이 지옥과 유토피아만큼 차이가 나긴 하겠네.

"결정타가 된 건 개인이 소유한 무인도였던 것 같습니다. 클로즈드 서클이란 말을 꺼냈으니까요."

주21) 츠치노코: 깊은 산 속에 사는 뱀처럼 생긴 요괴로 맹독을 갖고 있다.

당연히 난 질문했다. 모르는 건 솔직하게 묻는 게 제일이다.

"클로즈드 서클이 뭔데?"

코이즈미는 조금도 비아냥거리지 않고, 이게 비아냥거리는 표정이라면 보는 사람 눈이 삐었을 거라고 나도 알 수 있을 만한 미소를 지었다.

"조금 의역을 한 건지도 모르겠습니다만"

코이즈미는 미소를 유지한 채 한 박자를 쉰 뒤 말했다.

"폐쇄 공간이라고 할 수 있겠죠."

내 표정의 어디가 재미있는지는 모르겠지만 코이즈미는 키득거리며 웃었다.

"그건 농담입니다. 클로즈드 서클이란 건 미스터리 용어예요. 외부와의 직접적인 접촉이 단절된 상황을 말합니다."

좀 제대로 된 일본어를 지껄여봐라.

"고전적인 추리극에서 등장인물들이 처하는 무대 장치 가운데 하나죠. 예를 들면 만약 우리가 한겨울에 스키 여행을 떠난다고 칩시다."

그러고 보니 하루히도 눈 덮인 산이 어쩌고 하는 소리를 했었지.

"그 눈 덮인 산에서 숙박을 하게 된 것까지는 좋은데, 거기에 기록적인 폭설이 내린 겁니다."

그런 곳엘 가려면 미리 일기 예보에 신경을 쓸 것 같은데.

"이거 큰일났어요. 눈보라와 계속해서 쌓이는 눈 때문에 하산이 불가능합니다. 게다가 다른 누가 산장에 찾아오는 것도 불가능해요."

어떻게 좀 해봐.

"어찌할 방도가 없으니까 클로즈드인 겁니다. 그리고 그런 상황 속에서 사건이 일어납니다. 가장 대중적인 게 살인사건이겠죠. 여기서 무대가 생겨나는 겁니다. 범인도, 그 외의 인물도, 건물에서 도망칠 수 없습니다. 또 외부에서 새로운 등장인물이 오지도 못하죠. 특히 경찰이 온다는 건 더더욱 불가능합니다. 과학수사로 범인이 판명되면 하나도 재미가 없으니까 말이에요."

매번 느끼는 거지만, 이 녀석은 대체 무슨 소리를 하는 거래?

"아차, 실례. 그러니까 말입니다. 스즈미야 씨의 이번 테마는 그런 미스터리 상황의 당사자가 되는 겁니다."

그게 섬이냐.

"네, 고도죠. 섬에 어떤 이유로 갇혀 탈출이 불가능해진 상황에서 연속 살인이 일어나는 몽상을 하고 있는 게 아닐까요? 클로즈드 서클로서는 눈보라치는 산장이나 폭풍에 갇힌 고도가 공권력의 개입을 막을 수 있는 무대로서는 쌍벽을 자랑하고 있다고 할 수 있겠죠."

"난 네가 은근히 즐기고 있는 것 같아서 그 점이 걸리는데."

하루히가 열혈 폭주를 하는 건 굳이 여름에 한정된 일이 아니지만, 너까지 녀석의 안하무인을 지지할 것까진 없잖아. 내가 부단장 자리를 못 얻었다고 해서 토라진 건 아니다.

"사실은 저도 그런 무대를 좋아하거든요."

사람의 취향에 트집을 잡을 마음은 없지만, 한마디만 하겠다. 난 전혀 좋아하지 않거든.

하지만 코이즈미는 내 취향에는 신경 쓰지 않은 채 논문을 읽는 듯한 말투로 말을 이었다.

"명탐정에 대해 생각해봅시다. 평범하고 일반적인 삶을 사는 사람들은 그대로 평범하게 산다면 기묘한 살인사건에 휘말려들 일이 극히 드물죠."

"그야 그렇지."

"하지만 미스터리 창작물의 명탐정들은 어떻게 된 연유인지 차례로 불가사의한 사건들에 휘말려듭니다. 왜 그럴 것 같습니까?"

"그렇지 않으면 얘기가 안 되니까 그런 거잖아."

"바로 그겁니다. 정답이에요. 그런 사건은 픽션, 비현실적인 이야기 속에서만 존재하죠. 하지만 여기서 그런 메타픽셔널한 소리를 하면 영 맛이 안 살죠. 스즈미야 씨는 지금 픽션의 세계로 몸을 던지려고 하는 것 같으니까요."

그러고 보니 SOS단은 그러기 위해 녀석이 만든 거였지.

"그런 비현실적이며 미스터리한 사건을 만나려면 그에 걸맞은 장소로 찾아가야만 하죠. 왜냐하면 창작 속의 명탐정들은 그렇게 해서 사건에 휘말려들기 때문입니다. 소위 사건의 당사자가 될 필요가 있는 겁니다. 내버려둬도 사건이 알아서 찾아오려면 가족이나 관계자 가운데 경찰 고위 관리가 있다든가, 주인공이 경찰관이거나, 시리즈물로 여러 작품을 기다려야만 합니다."

그렇군. 나가토가 SF를 좋아하는 건 알고 있었다만, 넌 미스터리를 좋아했었구나. 그리고 하루히는 둘 다 좋아하겠지.

"초보자가 탐정 역할을 맡으려면 일단 주위에 발생한 사건에 의도하지 않고 휘말려들어야 하며 또 명쾌하게 해결해야만 합니다."

"그렇게 자기 입맛에 맞게 가까이에서 사건이 일어날 리가 없잖아."

코이즈미는 고개를 끄덕였다.

"네. 현실은 이야기처럼 풀리지 않는 법이죠. 이 학교 안에서 흥미진진한 밀실 살인이 발생할 확률은 낮습니다. 그렇다면 발생하기 쉬운 곳으로 가면 된다고 스즈미야 씨는 생각했을 겁니다."

앞뒤가 바뀌었다는 말이 내 뇌리에서 깜박였다.

"그게 합숙의 무대가 되는, 이번에 가게 될 고도입니다. 이유는 모르겠지만 그런 장소는 살인사건의 극장으로 안성맞춤이라고 일반적으로 생각들을 하고 있어요."

그게 어디 사는 일반인데? 무지하게 좁은 일반도 다 있다.

"바꿔 말하면 명탐정이 나타나는 곳에 기괴한 사건이 발생하는 법입니다. 우연히 마주친 게 아니라, 명탐정이라 불리는 인간에게는 사건을 부르는 초자연적인 능력이 있는 거죠. 그렇게밖에 생각할 수 없지 않습니까. 사건이 있고 나서 명탐정이 나타나는 게 아니라 명탐정이 그곳에 있기 때문에 사건이 생겨나는 거죠."

난 실수로 고동을 밟은 듯한 표정으로 코이즈미를 쳐다보았다.

"제정신이냐?"

"전 언제나 나름대로 제정신을 유지하고 있다고 생각하는데요. 명탐정과 클로즈드 서클이란 말은 제가 생각한 게 아니라 스즈미야 씨의 사고 패턴을 그대로 가져온 것일 뿐입니다. 그러니까요. 알기 쉽게 말하면 그녀는 명탐정이 되어보고 싶은 거예요. 합숙의 목적이 그겁니다."

어떻게 하면 녀석이 명탐정이 될 수 있는데. 사건을 직접 만들고 연기까지 해서 범인과 탐정 역할을 겸한다면야 가능할 수도 있겠지.

"그래도 전 츠치노코 사냥이나 원인 찾기보다는 낫다고 생각했어요. 전 스즈미야 씨에겐 아는 사람이 섬에 별장을 세우고 손님을 모집하고 있다는 말밖에 안 했습니다. 물론 전 살인사건을 기대하고 있는 건 아닙니다."

코이즈미의 상쾌한 미소는 언제 봐도 화가 난다. 어깨를 들썩이는 동작도 그렇고.

"스즈미야 씨에게 사소한 오락을 제공하고 있는 것뿐입니다. 그렇게라도 하지 않으면 그녀가 무료함을 달래기 위해 어떤 생각을 하게 될지 알 수 없으니까요. 그렇다면 이쪽에서 미리 무대를 마련해주는 편이 오히려 대처할 길도 마련할 수 있잖아요."

"이쪽이라."

화를 내는 날 달래듯 코이즈미가 말했다.

"이 일에 '기관'은 아무 상관도 없습니다. 일단 보고는 했습니다만. 전 초능력자의 일원이기는 합니다만 그 이전에 평범한 고등학생이에요. 뭐, 합숙도 나쁘지 않잖아요. 정말 고등학생다운 세계죠. 친한 친구들과 여행을 가는 건 설레는 이벤트 아닌가요?"

하루히가 단순한 여행에 가슴을 설레고 있는 거라면야 상관없다. 평범한 온천지나 사유지와 이어진 해안가라면 상관없는데 왜 하필이면 고도냐 말이다. 하루히의 성격에 태풍 두 개쯤은 불러올지도 모르는 일이잖아.

…뭐, 아무리 그 녀석이라도 살인사건을 일으킬 만큼 미치지는 않았겠지. 그렇지 않다면 키타고는 이미 시체의 산이 되었을 테니까. 그보다 중요한 게 있는 듯한 느낌이 들어 난 입을 다물고 생각에 잠겼다.

여름에 바다에 3박 4일. 거기엔 하얀 백사장이 있고 태양도 열기를 자랑할 것이다. 그렇다면 지금의 더위도 조금은 용서를 해줄까. 힘내라, 태양.

자아, 이제부터 아사히나 선배의 수영복 차림을 감상할 준비를 해둬야겠군.

통도 크게 숙박비는 공짜라고 했다. 식비도 공짜로 해주겠단다. 우리가 내는 건 왕복 페리 요금 정도였다.

그리고 우리는 항구의 페리 선착장에 집합해 승선 시간을 이제나 저제나 하며 기다리고 있었다.

하루히는 빨리 합숙을 가고 싶었나보다. 1학기 종업식은 어제, 즉 오늘은 여름방학 첫날이다. 코이즈미와 그 친척은 언제든 괜찮다고 했다지만, 방학이 되자마자 바로 가자니, 너무나도 성급한 하루히의 성격을 잘 표현해주고 있다고 할 수 있겠다. 하루히의 얼굴을 안 봐도 되는 시간을 느긋이 즐기려고 했는데, 그것조차 허락하지 않는 것이 스즈미야 하루히라는 존재였고, 그 존재의 의의이기도 했다.

"페리에 타는 거 정말 오랜만이다."

선캡을 비스듬히 쓴 채 하루히는 방파제 끝에서 납빛 바다를 바라보고 있었다. 끈적이는 바닷바람에 검은 머리카락을 맡긴 채 승강구 맨 앞에 서 있다.

"배가 참 크네요. 이게 물 위에 뜨다니 신기해요."

두 손으로 가방을 들고 있는 아사히나 선배가 선체를 올려다보며 감탄한 듯 말한다. 하얀 원피스에 밀짚모자를 쓴 모습이 너무나도 사랑스럽다. 턱 아래에 모자 끈을 맨 것도 아사히나 선배답군. 그녀의 어린아이 같은 두 눈은 이 중고 페리가 마치 유적에서 발굴된 고대의 갈대배라도 된다는 듯 반짝이고 있었다. 그녀의 시대에는 배는 물에 뜨지 않을지도 모르지.

"……."

그 뒤에선 나가토가 멍한 표정으로 배 옆구리에 씌어 있는 기업명을 바라보고 있었다. 신기하게도 나가토는 교복 차림이 아니었다. 크로스 체크의 민소매 옷에 황록색 양산을 쓴 채 옅은 그림자를 드리우고 있었다. 병약한 소녀가 오랜만에 퇴원을 한 것만 같은 분위기였다. 일회용 카메라라도 사와서 찍어두고 싶다. 타니구치한테라면 비싸게 팔 수 있을지도 모를 텐데.

"날씨가 좋아서 다행이군요. 항해하기엔 안성맞춤인 날인데요. 선실은 2등칸이지만요"라고 코이즈미가 말했다.

"우리한테 잘 어울리잖아."

칸막이도 변변히 없는 커다란 방이었다. 몇 시간이나 되는 긴 여행이었지만 개인실을 잡는 건 우리에겐 과분한 짓이다. 고등학생의 합숙여행일 뿐인데 말이다.

본질적으로 문제인 것은, 이것이 합숙도 무엇도 아니라는 사실이다. 합숙을 위한 합숙이라니, 의미 있는 행동이라 할 수 없다. 통상적인 동아리 합숙에는 인솔 고문 교사가 필요하지 않나. SOS단에는 그런 게 없다. 학교에서 인가조차 받지 않은 동아리니까 있다면 그게 더 놀랄 일이다. 키타고에선 고문이 없으면 동호회조차 인정을 받지 못하는데, 이건 내 감이지만 SOS단의 고문이 되려는 선생이 있다 해도 하루히가 필요로 할 것 같지 않다. 필요했다면 벌써 어디선가 납치를 해왔을 테니까. 우리가 그랬던 것처럼 말이다.

내가 크게 하품을 하자니 아사히나 선배가 터벅터벅 다가왔다. 동그란 눈을 더욱 크게 뜨고 있는 그녀는,

"이렇게 커다란 배가 어떻게 떠 있는 거죠?"

라고 물었다. 어떻게 떠 있냐니, 부력 이외의 무엇으로 떠 있을까요? 아사히나 선배가 있던 시대에는 과학 수업은 없었던 걸까.

"아, 그렇구나. 부력. 그, 그렇군요. 아하. 등잔 밑이 어두웠네요."

대체 뭘 그렇게 이해한 건지, 아사히나 선배는 당장에라도 유레카라고 외치며 목욕탕에서 뛰쳐나갈 것 같은 표정으로 고개를 끄덕이고 있다.

시험삼아 질문을 해볼까. 묻는다고 손해볼 것도 없잖아.

"저, 아사히나 선배, 미래의 배는 무슨 획기적인 방법으로 떠 있습니까?"

"우훗. 내가 말할 것 같아요?"

그 반문에 나는 고개를 저었다. 전혀 그럴 것 같지 않습니다. 방향을 살짝 틀어 다시 질문을 했다.

"바다는 있겠죠?"

아사히나 선배는 모자챙을 살짝 잡고선 비스듬히 눌렀다.

"네, 있어요. 바다는 있어요."

"그거 다행이군요."

근미래에서 온 사람인지 먼 미래에서 온 사람인지는 몰라도 지구가 전부 사막화가 되지는 않은 것 같아 다행이다. 그곳의 바다 성분이 지금보다 훨씬 깨끗하면 좋겠다.

내가 미래에서 온 사람에게서 더 유익한 정보를 알아내려 의욕에 불타고 있는데,

"쿈! 미쿠루! 뭐 하는 거야, 시간 됐어!"

하루히의 고함소리가 승선 시간을 알렸다.

그런데 집합 시간에 난 지각을 하고 말았다. 아침에 집을 나서려는데 집어든 스포츠백이 묘하게 무거웠다. 의아하게 생각해 열어보니, 갈아입을 옷과 세면도구를 대신해 내 여동생이 그 안에 들어 있었다. 어젯밤에 그만 말실수를 한 탓에 내가 애들과 여행을 간다는 걸 눈치챈 여동생은 "나도 갈 거야"라며 소란을 피웠고, 달래기까지 2시간 정도의 시간이 소비되었는데, 결국은 밀입국을 계획했나 보다. 난 가방에서 여동생을 끌어내선 안에 들었던 걸 어디에 숨겼는지를 물었고, 묵비권을 행사하는 여동생을 달래고 어르고 협박하는 사이 시간을 잡아먹고 말았다. 너한텐 선물은 국물도 없다. 그러려고 준비한 돈은 다른 SOS단원이 먹고 있는 페리 매점 도시락으로 바뀌었으니까.

2등 객실. 플랫폼의 한 모퉁이에 자리를 잡은 SOS단의 멤버들은 내가 사온 도시락을 먹으며 환담을 나누고 있었다. 얘기를 하고 있는 사람은 하루히와 코이즈미뿐이었지만.

"앞으로 얼마나 더 가야 도착해?"

"이 페리로 약 6시간 정도 가면 됩니다. 도착한 항구에서 아는 사람이 기다리고 있을 테니까, 거기서 전용 크루저로 갈아타고 30분쯤 더 가면 돼요. 거기에 고도와 저택이 기다리고 있는 거죠. 저도 가본 적이 없어서 어떤 곳인지는 잘 모르지만요."

"분명히 기이하게 생긴 건물일 거야. 설계한 사람의 이름 알아?"
라고 하루히는 두근두근이란 의성어를 배경으로 질문했다.

"그런 얘기까지는 못 들었는데요. 그럭저럭 유명한 건축가한테
부탁했다는 말은 들었던 것 같습니다."

"너무너무 기대되는데."

"기대에 부응할 수 있다면 좋겠지만, 저도 본 적이 없어서 확실
한 건 모릅니다. 하지만 무인도에 개인 소유의 별장을 세우겠다는
사람이 주인이니까 특이한 구석이 있지 않을까요? 그랬다면 좋겠
네요."

코이즈미는 그렇게 말했지만 난 별로 그렇지 않기를 바라고 있
다. 만약 하루히의 바람대로 도면을 그린다고 치자. 그건 아마 3일
정도 철야를 계속한 데다 알코올 중독으로 몽롱해진 가우디가 졸면
서 설계한 것 같은 건축물이 될 것이다. 난 그런 기괴한 저택에 묵
고 싶지는 않다. 평범한 여관이 좋다. 아침밥으로 구운 김과 날계란
이 나오는 순수 일본풍의 여관이. 어쩌구관 같은 이름이 붙어 있다
면 그야말로 하루히는 자신이 살인범이 되어서라도 사건을 일으키
려 들지 않을까?

"섬! 저택! SOS단의 하계 합숙에 정말 완벽한 장소야. 이걸로 이
번 여름방학의 첫걸음은 완벽하게 내디딘 거야."

들떠 있는 하루히를 중심으로, 우리 단원들은 그저 침묵만을 지
키고 있었다.

파도에 흔들리는 것 이외엔 할 일도 없었기에 우리는 코이즈미의
제안에 따라 도둑잡기를 한바탕 즐겼고, 완패한 코이즈미가 사온

음료수를 받아들고 천천히 조용히 주스를 마셨다.

도착지에서 기다리고 있는 고도니 저택이니 하는 것에 정체를 알 수 없는 불길한 느낌을 갖지 않을 수가 없었는데, 이건 아사히나 선배와도 공유해야 할 예감일 것이다.

두 모금 만에 주스를 다 비운 하루히가 입을 열었다.

"미쿠루, 안색이 안 좋다. 뱃멀미해?"

"아뇨⋯. 저어⋯. 아, 그럴지도 모르겠네요."

그렇게 대답하는 아사히나 선배에게 하루히는,

"그럼 안 되지. 밖에 나가는 게 좋겠다. 갑판에 올라가서 바닷바람을 쐬면 금방 좋아질 거야. 자, 가자."

하며 아사히나 선배의 손을 잡았다. 씨익 미소를 지으며.

"걱정 안 해도 돼. 바다에 떨어뜨리거나 하진 않을 테니까. 으음⋯. 그것도 좋을까나. 선상에서 갑자기 사라진 여자 승객."

"힉."

굳어버린 아사히나 선배의 어깨를 툭 치며,

"거짓말이야, 거짓말. 그런 건 하나도 재미없잖아. 이왕이면 배째로 빙하에 격돌한다거나 거대 오징어의 습격을 받는다거나 해야지. 그 정도 가지고는 사건이라고 할 수도 없어."

이따가 구조선이 어디 있는지 확인하러 가자. 이 한여름에 빙산이 일본 근해까지 출장을 나올 리는 없겠지만, 미지의 수중 괴수가 어디선가 나타나는 것 정도는 가능한 얘기다. 나타나면 퇴치해달라는 메시지가 담긴 내 시선을 느꼈는지, 코이즈미는 미소를 보냈고 나가토는 벽을 바라본 채 요지부동이었다.

하루히는 혼자서 신이 나 떠들어대고 있었다.

"역시 사건은 고도에서 일어나야지! 코이즈미, 나의 기대를 배신하지는 않겠지?!"

"어떤 걸 사건이라고 하는가는 정확하지 않습니다만."

코이즈미는 부드럽게 대답했다.

"유쾌한 여행이 되기를 저도 바라고 있습니다."

마음에도 없는 소리를 하는 녀석 특유의 어정쩡한 미소를 짓고 있다. 평소의 표정도 그렇기는 하지만, 난 스마일 가면 아래 숨겨진 진짜 얼굴을 읽어내기 위해 초능력자 녀석을 뚫어져라 바라보다 이내 포기했다. 이 녀석의 미소에는 나가토의 무표정과 마찬가지로 아무 정보도 담겨 있지 않다. 정말 조금쯤은 희로애락을 확실하게 표현을 해줬으면 한다. 단 하루히만큼 확실하지는 않아도 좋다.

자기 멋대로 콧노래를 부르며 하루히는 아사히나 선배를 재촉해 위로 올라갔다. 아사히나 선배가 연신 뒤를 돌아보며 내게 따라와 달라는 표정을 지었지만, 내 착각인지도 모르고 괜히 뒤를 따라갔다가 하루히가 기분 나빠할지도 모르기 때문에 그만뒀다.

아무리 하루히 녀석이라도 아사히나 선배가 바다에 빠지기 전에는 도와주겠지. 난 천장을 올려다보며 그렇기를 바라면서 가방을 베개 삼아 자리에 누웠다. 아침에도 일찍 일어났으니 잠시 잠을 청하기로 했다.

꿈 속에서는 무슨 판타지스런 일을 했던 것 같은 느낌이 들었는데 기억에 정착되기 전에 나는 억지로 일어나, 하루히의 명령 전파를 수신해야만 했다.

"뭘 퍼자고 있는 거야, 이 바보야. 빨리 일어나. 넌 진지하게 합숙을 할 생각이 있는 거니? 가는 배 안에서 이래서야 앞으로 어쩌려고 그래?"

자고 있는 사이에 갈아탈 섬에 도착했나본데, 나는 돌이킬 수 없는 손해를 본 것 같은 느낌을 받았다.

"첫걸음이 중요하다고. 네겐 뭔가를 즐기겠다는 의욕이 결여되어 있어. 다른 사람들을 좀 봐. 합숙을 향한 마음이 반짝이는 눈동자로 표현되어 넘쳐나고 있잖아."

하루히가 가리킨 끝에는 하선을 위해 짐을 챙기고 있는 세 명의 부하들이 있었다.

그중 한 명인 스마일 소년이,

"스즈미야 씨. 그는 합숙을 위해 기운을 아껴두었던 겁니다. 아마 오늘은 철야로 우리를 즐겁게 해줄 일을 생각하고 있지 않을까요."

안 해도 될 코이즈미의 보조 설명을 들으며, 난 어느 눈동자가 반짝이고 있는지 자동인형과 같은 나가토의 얼굴을 관찰했고, 아사히나 선배의 작은 동물 같은 눈동자를 본 다음,

"벌써 도착했냐"고 중얼거렸다.

여러 시간의 뱃길. 여기에 있는 건 SOS단의 멤버들. 아니, 다른 녀석들은 아무래도 좋지만, 아사히나 선배와 우아한 배 안에서 뭔가 일을 만들 수도 있다는 기회를 나는 자신의 욕구에 따른 수면으로 인해 날려버린 것이다.

우오. 갑자기 불평이 터져나왔다. 내 여름방학은 이래도 되는 거냐. 오늘 현재 시점에서의 추억은 도둑잡기 정도밖에 없다고. 선상에서는 좀더 그럴싸한 이벤트가 발생해야 하는 거 아냐. 바닷바람

에 더위를 씻어내며 단둘이 얘기를 나누는 휴식의 시간은?

잠꾸러기같이 잠만 퍼잔 몇 시간 전의 내 멱살을 잡고 발차기를 한 방 날리고 싶은 기분이다.

내가 반쯤 잠에 빠진 채 자기 비판을 머릿속에서 펼치고 있는데,

펑.

플래시 불빛에 눈앞이 캄캄해졌다.

소리가 난 방향으로 시선을 주니 그곳에서는 아사히나 선배가 카메라를 쥐고 있었다. 가련하게 미소를 짓는 동안의 천사는,

"후훗. 자다 깬 얼굴을 찍었어요."

장난에 성공한 깜찍한 유치원 아이 같은 표정으로 말했다.

"자는 얼굴도 찍었답니다. 잘 잤죠?"

갑자기 기운이 솟는다. 아사히나 선배가 날 몰래 찍는 이유는 대체 뭘까. 혹시 너무나 내 사진을 갖고 싶어서가 아니었을까. 귀여운 액자에 넣은 내 사진을 머리맡에 두고 밤마다 "잘 자요"라고 말하기 위해서가 아닐까. 그게 좋겠다. 그걸로 하자.

이거 참, 말을 해줬으면 사진이야 얼마든지 드렸을 텐데요. 뭐하면 집 안 어딘가에 처박혀 있을 앨범째로 바쳐도 하나도 아깝지 않을 겁니다.

하지만 내가 그렇게 말하려던 순간이었다. 아사히나 선배는 들고 있던 일회용 카메라를 하루히에게 건넸다.

"쿈, 너 뭘 실실거리고 있니? 바보 같아 보이니까 그만둬라."

하루히는 사고 현장의 특종 사진을 어느 신문사에 팔아넘길까 생각하는 듯한 표정으로 카메라를 자기 짐에 집어넣었다.

"미쿠루는 이번에 SOS단 임시 카메라맨이 되기로 했어. 재미를

위한 사진이 아니라고. 우리 SOS단의 활동 기록을 후세에 남기기 위한 중요한 자료로 삼을 거야. 하지만 이 아이가 마음대로 찍게 놔뒀다간 별 시시껄렁한 사진만 찍을 것 같으니까 내가 지시를 하는 거지."

그래서 내 자는 얼굴과 자다 깬 얼굴의 어디에 자료적인 가치가 있는데?

"합숙에 대한 긴장감도 없이 멍청한 얼굴로 자고 있는 네 사진을 보여줘서 다음 세대의 교훈으로 삼을 거다! 알겠어? 단장이 일어나 있는데 말단 부하가 쿨쿨 잠이나 자고 있다니, 윤리와 규율과 단칙에 어긋나는 짓이라고!"

하루히는 화가 난 건지 웃고 있는 건지 구분 좀 하라고 말하고 싶은 표정으로 날 노려보고 있었다.

단칙 같은 건 대체 언제 만들었냐는 내 의문을 입 밖에 내봤자 헛수고일 것 같다. 어차피 명문법도 아닐 테니 일단 시냇물처럼 흘려버리도록 하자.

"알았어. 자는 얼굴에 낙서를 당하고 싶지 않으면 너보다 일찍 자지 말라 이거지? 그 대신 내가 너보다 늦게 일어나 있으면 네 얼굴에 수염 정도는 그려도 되겠지?"

"무슨 소리야? 넌 그런 어린애 같은 짓을 할 생각이니? 미리 말해두겠는데, 난 인기척에 매우 날카로운 편이라 잠이 들어도 반격한다. 그리고 단장에게 그런 바보 같은 짓을 하는 단원은 사형이야."

야, 하루히. 요즘 세상에 선진국에선 사형 제도를 채택하는 나라가 훨씬 더 적은 것 같거든. 그 점에 대해서는 어떻게 생각하냐?

"왜 내가 다른 나라 형법에 대해 논평을 해야 하는데? 문제는 외국에서 일어나고 있는 게 아니야. 앞으로 갈 신비한 섬에서 일어난다고!"

일으킬 거라고, 를 잘못 말한 것이 아니길 빌며 나는 내 가방을 잡아끌었다.

배가 흔들렸다. 방파제에 정박할 준비 단계에 들어간 것 같다. 다른 승객들도 통로를 걸어가 출구로 향하고 있었다.

"신비한 섬이라…."

우리가 향하는 곳은 파노라마 섬이나 뭐 그런 데냐? 갑자기 솟아오르거나 헤엄쳐 나가는 섬이 아니라면 좋겠다만.

"걱정 마십시오."

코이즈미가 내 심중을 읽었다는 표정으로 고개를 끄덕였다.

"아무 문제없는, 단순한 고도(孤島)입니다. 그곳에는 괴수도, 광기에 사로잡힌 박사도 없어요. 제가 보장하죠."

이 녀석의 보장은 영 믿음직스럽지 못하다. 난 나가토의 하얀 얼굴에 말없이 질문을 던졌다.

"……."

나가토도 말없이 대답을 해주었다. 여차하면 괴수 퇴치쯤이야 이 녀석이 해주겠지. 부탁한다, 우주인.

배가 다시 한번 크게 흔들렸고,

"꺄악."

아사히나 선배가 균형을 잃고 비틀거리자 나가토가 조용히 잡아주었다.

페리에서 내린 우리를 집사와 메이드가 기다리고 있었다.

"아라카와 씨, 오랜만입니다."

하고 말하며 시원스레 한 손을 치켜든 것은 코이즈미였다.

"모리 씨도요. 마중을 와주셔서 고맙습니다. 귀찮게 해서 죄송해요."

그리고 코이즈미는 어안이 벙벙한 상태인 우리들을 돌아보며 연극배우가 2층 객석에 있는 관객한테까지 전해질 정도의 과장된 동작을 하듯 두 손을 들고 평소에 짓던 미소를 네 배쯤 크게 지었다.

"소개하죠. 앞으로 우리가 신세를 지게 될 저택을 돌보고 계시는 두 분이 여기 계신 아라카와 씨와 모리 씨입니다. 직업은 각각 집사와 가정부고요. 아아, 그건 보면 아시겠죠?"

아무리 알 수 있다 해도 말은 해줘야지. 난 새삼 고개를 숙인 채 굳어 있는 특이한 두 사람을 바라보았다. 이건 뚫어져라, 라는 표현이 어울리는 상황이겠지.

"기다리고 있었습니다. 집사인 아라카와라고 합니다."

스리피스의 검은 양복을 입은 흰머리, 흰 눈썹, 흰 수염의 노신사가 인사를 하며 다시 고개를 숙였다.

"모리 소노입니다. 가정부를 맡고 있습니다. 잘 부탁드리겠습니다."

그 옆에 있는 여성도 똑같은 각도로 고개를 숙였고, 여러 번 연습을 한 게 아닐까 의심이 들 정도로 똑같은 타이밍에 고개를 들었다.

아라카와 씨는 나이가 든 분이라는 건 알 수 있었지만 실제 나이

를 알기 어려운 외모였고, 모리 소노라는 메이드도 나이가 파악이
안 갔다. 우리와 비슷한 또래로 보이는 건 젊게 꾸며서 그런 걸까,
아니면 단순히 동안이기 때문일까.

"집사와 메이드?"

하루히가 허를 찔렸다는 듯 중얼거렸지만 나도 같은 심정이다.
그런 직업이 정말로 일본에 현존하고 있을 줄은 몰랐다. 벌써 예전
에 개념상의 존재로 화석화된 줄로만 알았는데.

그렇군, 코이즈미의 뒤에서 허리를 숙이고 있는 두 사람은 확실
히 집사와 메이드로 보였다. 적어도 그렇게 소개를 받고 "아아…,
그렇군요. 정말 그렇네요"라고 수긍하게 될 정도로 전형적인 모습
이었다. 특히 메이드인 모리 씨라고 했던가, 그 여성은 어딜 어떻
게 봐도 메이드였다. 왜냐하면 메이드 의상을 입고 있었기 때문이
다. 매일처럼 문예부실에서 메이드인 아사히나 선배를 보아온 내가
하는 말이니 믿어주길 바란다. 게다가 아라카와 씨와 모리 씨의 의
상은 하루히가 매번 어딘가에서 가져오는 쓸데없는 놀이용 물건이
아니라 순수하게 직업적인 필요성 때문인 것으로 보였다.

"하아…."

맥 빠진 목소리를 낸 것은 아사히나 선배였다. 그녀는 깜짝 놀란
눈으로 두 사람―굳이 구분하자면 모리 씨―를 바라보고 있었다.
놀라움 반, 당황감 30퍼센트 정도다. 남은 20퍼센트는, 글쎄, 뭘까.
어딘지 모르게 선망의 빛이 감도는 듯한데, 하루히의 강요에 따르
고 있는 사이에 진짜 메이드에 대한 동경이라도 생겼는지도 모르
지.

그 무렵 나가토는 말도 하고 있지 않을뿐더러 안색 하나 변하지

않은 채 구석기 시대의 흑요석으로 만든 화살촉 같은 눈동자로 구시대적 직업을 갖고 있어 보이는 두 사람을 바라보고 있었다.

"그럼 여러분."

아라카와 씨가 오페라 가수 같은 풍부한 테너 음성으로 우리에게 말했다.

"이쪽에 배를 준비해놨습니다. 저희 주인님께서 기다리고 계신 섬까지는 30분 정도 배를 타셔야 합니다. 아무래도 고도인지라 불편하시겠지만 양해해주십시오."

다시 모리 씨와 함께 인사를 한다. 난 몸이 근질거렸다. 이렇게 정중한 대접을 받을 만큼 우리는 위대한 사람이 아니라는 걸 가르쳐주고 싶을 정도다. 아니면 코이즈미는 어느 부잣집 도련님이나 뭐 그런 녀석이냐? 이 녀석의 특기는 부정기 에스퍼가 전부라고 생각했는데, 설마 집에 돌아가면 "도련님"이라고 불리는 그런 집에서 사는 건 아니겠지.

"전혀 아무렇지도 않은걸!"

내 머릿속을 빙빙 돌고 있는 물음표들을 단숨에 흩어버리는 목소리로 하루히가 호언했다. 쳐다보니 하루히는 얼간이 스폰서에게서 막대한 자금을 긁어내는 데에 성공한 사기꾼 영화 프로듀서 같은 미소를 짓고 있었다. 으음.

"그래야 고도지! 30분이 아니라 몇 시간을 가도 상관없어. 절해의 고도야말로 내가 원하는 상황이니까. 콘, 미쿠루, 너희들도 좀 더 기뻐해봐. 고도에는 저택이 있고 수상한 집사와 메이드까지 있다고. 그런 섬은 일본 전체를 뒤져도 두 개 정도밖에 더 없을 거야!"

두 개나 있겠냐.

"와, 와아. 굉장하네요…. 기대되는데요."

국어책을 읽는 듯한 말투로 우물거리는 아사히나 선배는 그렇다 치고, 본인을 앞에 놓고 '수상하다'는 형용사를 쓰는 하루히의 입은 무례하기 그지없다. 하지만 그 소리를 들은 쪽도 생글거리며 미소만 짓고 있는 것으로 봐선 정말로 수상한지도 모르겠네.

뭐, 수상한 건 이 상황 전체이고, 수상함에 있어선 우리 SOS단도 남에게 뒤지지 않으니까 그런 소릴 하지 말라고 해야 할지는 몰라도, 이렇게까지 하루히를 들뜨게 만드는 줄거리가 아니어도 괜찮지 않나 싶다.

난 아라카와 집사와 담소를 나누고 있는 코이즈미를 본 뒤, 두 손을 모으고 얌전히 서 있는 모리 메이드를 본 뒤 은근히 신경이 쓰이던 저 멀리 바다로 시선을 보냈다. 파도는 조용하고 쾌청했다. 현재로서는 오지 않을 것 같다.

과연 우리는 다시 본토 땅을 무사히 밟을 수 있을까.

나가토의 서늘한 무표정이 너무나도 믿음직스럽게 느껴졌다. 한심하게도 말이다.

아라카와 씨와 모리 씨가 우리를 안내한 곳은 페리 선착장에서 얼마 떨어지지 않은 부두 중 한 곳이었다. 통통배를 상상하고 있었는데, 우리가 걸음을 멈춘 곳에서 파도에 흔들리고 있는 것은 지중해에 떠 있는 것이 더 어울릴 법한 자가용 크루저였다. 가격을 물을 마음도 들지 않을 정도로 호화로운 물건으로, 여기에 올라타면 청새치라도 한 마리 잡아야 할 것만 같은 기분에 사로잡힌다.

꾸물대던 게 실수였다. 풀쩍 뛰어오른 하루히는 그대로 내버려 두더라도, 흠칫거리고 있는 아사히나 선배와 담담히 멍한 표정을 짓고 있던 나가토는 코이즈미의 에스코트를 받아 배에 올라탔다. 그 역할은 내가 하고 싶었다고 신음해봤자 잃어버린 시간은 되돌아오지 않았다.

캐빈으로 들어간 우리들이 왜 배 안에 이런 서양식 응접실이 있는가를 생각하기도 전에 크루저가 천천히 움직이기 시작했다. 요즘의 집사는 선박 면허도 갖고 있는지, 조종을 하고 있는 사람은 아라카와 씨였다.

참고로 모리 소노 씨는 내 맞은편에 앉아 부드러운 미소로 선내의 집기 중 일부처럼 행동하고 있었다. 차분하며 똑 부러지는 메이드 스타일이다. 하루히가 동아리방에서 아사히나 선배에게 입히는 것보다 약간 과장된 맛이 떨어지는 것 같기도 했지만, 안타깝게도 메이드 의상 업계에 대해선 지식이 부족해 잘 모르겠다.

좌불안석인 건 나뿐 아니라 아사히나 선배도 마찬가지인 듯 아까부터 메이드 의상을 흘끔거리며 안절부절못하고 있었다. 메이드가 어떤 것인가를 직접 보고 동아리방에서 일할 때 참고로 삼으려고 그러는 걸까. 이상한 점에서 성실한 사람이긴 하지.

나가토는 정면을 향한 채 그대로 굳어 있었고, 코이즈미는 느긋한 표정에 여유로운 미소를 유지한 채,

"좋은 배군요. 낚시도 스케줄에 넣는 게 좋을까요?" 라고 누구에게 말하는 건지 모를 제안을 하고 있었다.

그리고 하루히는—.

"그런데 그 건물은 뭐라고 불려?"

"무슨 말씀이신지요?"

"흑사관이나 경사면의 저택이나 리라장이나 날염성 같은 이름이 있지?"

"아뇨, 없는데요."

"특이한 장치가 많이 숨겨져 있다거나, 설계한 사람이 비운의 죽음을 맞이했다거나, 그 방에서 자면 반드시 죽는 방이 있다거나, 무시무시한 전설은?"

"없습니다."

"그럼 저택의 주인이 가면을 쓰고 있다거나, 머릿속이 시원스런 세 자매가 있다거나, 그리고 아무도 없다거나 하는 건?"

"없습니다."

집사의 목소리가 이어졌다.

"현재로선 아직요."

"그럼 앞으로 일어날 가능성은 상당히 높군."

"그럴지도 모르지요."

적당적당히 대답해주라고, 이 집사 양반아.

출발과 동시에 하루히는 조종석으로 기어올라가 위와 같은 대화를 아라카와 씨와 나누고 있는 중이다. 엔진과 파도를 가르는 소리에 섞여 들려오는 이야기에 따르면, 아무래도 하루히는 고도의 저택에 지나친 기대를 갖고 있는 것 같다. 그런데 대체 왜 기껏해야 멀리 떨어진 섬일 뿐인데 거기서 괴기성을 찾는 거냐, 저 녀석은.

헤엄치고 밥을 먹고 빈둥거리며 동료 간의 우애를 키우고선 기분 좋게 돌아오는 것으로 충분하잖아. 난 그렇게 생각했고, 또 절실히 바랐다.

이미 늦었는지는 몰라도.

설마 집사와 메이드가 나타날 줄은 시민 수영장에서 상어한테 물리는 이상으로 의외였기에, 가면을 쓴 주인이나 수상쩍은 언동을 보이는 다른 손님이 있다 해도 놀랄 수 없는 경지에 가까워지고 있었다. 코이즈미 녀석, 다음에는 또 어떤 깜짝 상자를 선보일 생각인지.

"왓! 보인다! 저게 저택이야?"

"별장입니다."

한층 더 높아진 하루히의 교성이 울려 퍼지며, 내 마음속에 천둥이 되어 내리꽂혔다.

그 별장인가 하는 곳은 보기에는 평범해 보였다.

태양은 서서히 기울고 있었지만 저녁이 되기엔 아직 시간이 좀 있는 탓인지 한낮의 햇살을 받아 빛나고 있는 것처럼 보인다. 지금까지 별장이란 나와는 평생 인연이 없는 존재라고 생각했던 곳인데 말이다.

깎아지른 절벽 위에 있는 그 건축물은 부자가 피서용으로 세울 법한 구조로, 수상한 구석은 없어 보였고, 유럽의 고성을 옮겨온 것도 아니었으며, 지푸라기가 섞인 벽돌색의 저택도 아닐뿐더러, 특이한 탑이 불쑥불쑥 달려 있지도 않았으며, 닌자 저택과 같은 특수 장치가 숨어 있는 것 같지도 않았다.

우려했던 대로 하루히는 돈가스인 줄 알고 먹었더니 양파 튀김이 었다는 표정을 짓고선 그 별장(하루히에겐 저택)을 바라보고 있었다.

"으음. 생각했던 거랑 상당히 다른데. 겉모습도 중요한 요소라고 보는데 이 저택을 설계한 사람은 자료를 제대로 참고하긴 한 걸까."

난 하루히와 나란히 갑판에 서서 섬의 풍경을 감상하고 있었다. 하루히에 의해 캐빈에서 끌려나온 것이다.

"어떻게 생각해, 쿈? 저거 고도인데 너무 평범하잖아. 아깝다고 생각 안 해?"

생각하지. 이런 곳에 별장을 세울 필요는 없는데 말이야. 편의점에 가려면 자가용 배를 타고 왕복 1시간이나 투자해야 하다니, 밤중에 배가 고프면 어딜 가면 되냐? 주스 자판기도 없어 보이고 말이야.

"내가 말하는 건 분위기 문제라고. 더 무시무시한 저택일 거라고 믿고 있었는데 이래선 완전히 한적한 행락지잖아. 우린 부자 친구의 별장에 놀러 온 게 아니라고."

난 바람에 나부끼며 내 뺨을 콕콕 찔러대는 하루히의 머리카락을 쳐내고 대답했다.

"그렇고 보니 합숙이었지. 무슨 특훈이 있는 건데? 모험가 흉내내기냐? 무인도에 표류했다는 설정인 거냐?"

"아, 그거 좋은데. 섬 탐험을 일정에 넣어두겠어. 어쩌면 신종 동물의 첫 번째 발견자가 될 수 있을지도 몰라."

아차, 하루히의 눈이 더욱 환하게 반짝일 소리를 해버렸다. 제발 부탁이니까 괜한 것 좀 내보내지 마라, 섬아.

내가 녹색으로 뒤덮인 섬을 향해 염파를 보내고 있는데,

"이 근처의 섬들은 먼 옛날에 해저 화산폭발로 솟아올라 만들어진 거래요."

라고 말하며 코이즈미가 끼어들었다.

"신종 동물은 몰라도 고대인이 남긴 토기 조각 정도는 나올지도 모르죠. 원시 일본인이 항해 도중에 들른 흔적이 있을지도요. 낭만이 느껴지는걸요."

고대의 낭만과 새로운 별장에는 아무런 연결성도 없어 보이지만 난 츠치노코 탐사도, 구멍 파기도 사양이다. 두 팀으로 나누자고. 하루히와 코이즈미는 섬에서 모험을, 나와 아사히나 선배와 나가토는 바닷가에서 놀기. 굿 아이디어다.

"어, 누가 있네."

하루히가 가리킨 것은 만든 지 얼마 안 되어 보이는 작은 방파제였다. 이 크루저 전용의 항구인 듯 다른 배의 모습은 보이지 않았다. 그 방파제 끝에 사람 한 명이 서서 이쪽을 향해 손을 흔들고 있었다. 남자 같아 보였다.

반사적으로 손을 흔들던 하루히가 물었다.

"코이즈미, 저 사람이 저택의 주인이야? 상당히 젊은데."

코이즈미도 손을 흔들며 대답했다.

"아뇨, 아닙니다. 우리 말고 다른 초대 손님이에요. 저택 주인의 동생일걸요. 전에 딱 한 번 본 적이 있어요."

"코이즈미."

그의 이름을 부르며 내가 끼어들었다.

"그런 건 미리 말을 해뒀어야지. 우리 말고 또 초대받은 사람이 있다는 소린 처음 듣는데."

"저도 지금 알았거든요."

코이즈미는 태연하게 대답했다.

"하지만 걱정할 건 없습니다. 아주 좋은 분이세요. 물론 저택의 주인인 타마루 케이이치 씨도 그렇고요."

그 타마루 케이이치 씨라는 사람이 이런 벽지에 별장을 세우고 여름 임시 주택으로 삼고 있는 독특한 취향의 인물이라는 얘기는 들었다. 코이즈미의 먼 친척으로 이 녀석 어머니의 사촌쯤에 해당한다던가. 잘은 모르겠지만 바이오 관련 분야에서 대박을 터뜨려 지금은 유유자적한 생활을 즐기고 있다고 했다. 분명 어떻게 써야 좋을지 모를 정도로 돈을 갖고 있을 게 분명하다. 그렇지 않다면 이런 별장을 지을 생각은 하기 힘드니까.

전용 항구를 향해 크루저가 속도를 줄여 다가가고 있었다. 방파제에 선 사람의 표정이 보일 정도로 가까워졌다. 젊어 보이는 복장을 하고 있었다. 스무 살은 넘었을까. 이 사람이 타마루 케이이치 씨의 동생인 것 같다.

집사가 아라카와 씨이고 메이드가 모리 소노 씨. 이젠 최후의 인물인 저택 주인 타마루 케이이치 본인만 남았다.

등장인물은 이걸로 끝이라고 봐도 되는 거냐?

생각해보면 아침부터 몇 시간이나 배에 시달렸다. 덕분에 지금도 땅바닥이 흔들리는 것 같은 느낌이 든다.

크루저에서 대지로 임시 귀환을 한 우리를 청년은 쾌활한 미소와 함께 맞아주었다.

"이츠키, 오랜만이구나."

"유타카씨도요. 나와주셔서 감사합니다."

인사를 마친 코이즈미는 뒤이어 우리들을 소개했다.

"여기 계신 분들은 제가 학교에서 무척 신세를 지고 있는 분들입니다."

널 돌봐줬던 기억은 없다만 코이즈미는 횡렬종대로 선 우리를 한 사람씩 가리키며,

"이 가련한 분이 스즈미야 하루히 씨, 제 소중한 친구 중 한 명입니다. 언제나 자유롭고 활달한 분으로, 그 행동력은 저도 배우고 싶을 정도예요."

엄청난 소개문이군. 등에 땀이 다 난다. 하루히 너도 인마, 뭘 그렇게 예의바르고 조신하게 인사를 하고 그러냐? 뱃멀미로 뇌 조직이 어디 빠져나가기라도 한 거냐? 하지만 하루히는 눈이 부실 듯한 예의바른 미소를 지으며 인사를 했다.

"스즈미야입니다. 코이즈미는 제 단…, 아니 동호회에 없어선 안 되는 인재예요. 섬에 초대를 해준 것도 코이즈미고 참 믿음직스런 부단…, 아니 부회장입니다. 에헴."

내 오한을 무시한 채 코이즈미는 계속해서 다른 멤버들을 소개했다.

"이쪽이 아사히나 미쿠루 씨, 보는 그대로의 분이죠. 사랑스럽고 아름다운 학교의 아이돌과 같은 선배입니다. 그녀의 미소는 세계 평화를 실현시킬 만한 레벨이죠."

혹은,

"나가토 유키 씨예요. 학업 성적도 뛰어나고 제가 알지 못하는 지식의 보고라고 할 수 있지요. 말이 조금 없는 편이지만 그 점이 또한 그녀의 매력이라고 할 수 있습니다."

라는 닭살 돋는 프로필을 늘어놓았고, 물론 나도 코이즈미의 결

혼상담소에 등록될 만한 과장된 문구의 먹이가 되었지만 여기선 생략하도록 하겠다.

역시 코이즈미의 친척이라 생각될 만큼 완벽한 미소를 지으며 듣고 있던 유타카 씨는,

"잘 왔어. 난 타마루 유타카. 형의 회사를 돕고 있는 평범한 직장인이지. 너희들 얘기는 이츠키한테서 많이 들었다. 갑작스럽게 전학하게 되어 걱정을 했는데 좋은 친구들이 생겨서 참 다행이야."

"여러분."

아라카와 씨의 낭랑하며 허스키한 목소리가 뒤에서 들렸다.

뒤를 돌아보니 커다란 짐을 든 집사와 모리 소노 씨가 배에서 내리고 있었다.

"여긴 햇살이 강합니다. 일단 별장으로 들어가시는 게 어떨까요?"

아라카와 씨의 말에 유타카 씨가 고개를 끄덕였다.

"그렇군. 형도 기다리고 있고 하니. 짐을 나를까? 나도 도울게."

"저흰 괜찮습니다. 유타카 씨는 아라카와 씨와 모리 씨를 도와주세요. 본 섬에서 사온 음식 재료가 한가득이에요."

코이즈미의 미소에 유타카 씨도 미소로 답했다.

"그거 기대되는걸."

그런 무난한 인사를 나눈 뒤 우리는 코이즈미의 인도 하에 절벽 위에 있는 별장으로 향했다.

생각해보면 이때부터 뭔가 이상한 느낌이 들었다.

뭐, 이것도 뒤늦은 변명이긴 하다만.

후지산 팔부능선의 등산로 같은 계단을 올라간 곳에 별장이 있었다. 하루히에겐 미안하지만, 저택이라기보다는 그야말로 별장이란 표현이 딱 맞는 곳이다.

3층으로 된 하얀색 건축물이었는데 납작하다는 인상을 주는 건 쓸데없이 옆으로 넓은 구조이기 때문일 것이다. 방이 몇 개나 있는지 세어보고 싶을 정도다. 아마 축구팀 두 개가 동시에 합숙을 할 수 있을 정도일 것이다. 우거진 나무들을 베어내고 토지를 확보한 것 같은데, 어떻게 이런 곳까지 건축 자재를 가져온 걸까. 상당한 규모의 헤링본 작전이 필요하지 않았을까. 부자들이 하는 짓이란 이해가 안 간다.

"이쪽으로 오세요."

코이즈미가 견습 집사처럼 우리를 현관으로 불렀다. 여기서 일동 정렬. 마침내 저택의 주인과의 대면이 이루어지려는 것이다. 긴박한 순간이다.

하루히는 길이 들지 않은 말처럼 앞으로 나가 있었다. 가슴속에서 형용하기 힘든 기대감이 소용돌이치며 혀를 날름거리고 있는 것은 다 보였다.

아사히나 선배는 사랑스럽게 머리카락을 쓰다듬으며 좋은 첫인상을 주려는 배려를 하는 데에 여념이 없었고, 나가토는 평소와 같이 도자기로 만든 복고양이처럼 땀 한 방울 흘리지 않고 서 있었다.

코이즈미는 일단 우리들을 돌아본 뒤, 미소를 지으며 문 부근에 달린 인터폰을 아무렇게나 눌렀다.

대답하는 목소리가 들리고 코이즈미가 인사말을 건넨다.

몇십 초를 기다리자 문이 천천히 열렸다.

말할 필요도 없이, 그곳에 서 있는 인물은 철가면을 쓰고 있지도 않았고, 챙 달린 모자에 선글라스를 쓰고 있지도 않았으며, 갑자기 우리를 습격하지도 않을뿐더러 갑자기 괴기스런 소리를 늘어놓아 당황하게 만들지도 않았다. 아주 평범한 아저씨 같았다.

"어서 와요."

타마루 케이이치 씨라는, 벼락부자인지 갑부인지는 모르겠다만, 그 평범한 아저씨는 골프 셔츠에 카고 팬츠라는 편안한 복장으로 우리를 맞이하기 위해 한 손을 들었다.

"기다리고 있었다. 이츠키. 그리고 친구 여러분. 정말 솔직히 여긴 너무 따분한 곳이거든. 3일만 있으면 바로 질리지. 놀러와준 건 유타카말고는 이츠키뿐이야. 오오."

케이이치 씨의 시선은 내 머리 위를 스치고 지나가, 아사히나 선배, 하루히, 나가토의 순서로 고정되었다.

"아니, 이거, 정말 귀여운 친구들이로구나. 이츠키. 소문으로 듣기는 했다만 정말 하나같이 미인인걸. 이 살풍경한 섬에도 꽃이 피겠어. 훌륭해."

하루히는 방긋, 아사히나 선배는 꾸벅, 나가토는 정지, 세 사람은 각자 반응하며, 진심으로 환영하고 있다는 제스처를 보이며 웃고 있는 케이이치 씨를, 세계사 시간인데 교실에 나타난 음악 선생님을 보는 듯한 눈으로 쳐다보고 있었지만 마침내 하루히가 한 발 앞으로 나가,

"이렇게 초대해주셔서 정말 감사합니다. 이렇게 훌륭한 저택에

서 머물게 되다니 너무 감사해요. 다른 사람들을 대표해 감사드립니다."

마치 작문을 읽는 듯한 말투이자 평상시보다 한 옥타브 높은 목소리로 말했다. 이 녀석은 이런 연기를 합숙 내내 계속할 작정인가? 실수를 해서 본색을 드러내기 전에 머리 위에 올라앉은 투명고양이를 내다버리는 게 좋을 것 같은데.

타마루 케이이치 씨도 그렇게 생각했는지.

"네가 스즈미야니? 이거 소문으로 듣던 거와는 상당히 다르구나. 이츠키 말에 따르면 너는 좀더…. 음, 뭐라고 했더라, 이츠키?"

갑자기 자기를 호명하는 소리에도 전혀 당황하지 않고 이츠키가 대답했다.

"솔직한 사람이죠. 그렇게 말했을 겁니다."

"그랬겠지. 그래, 그 솔직한 소녀라고 생각했는데."

"아, 그래?"

하루히는 눈에 보이지 않는 고양이 가면을 바로 벗어버렸다. 동아리방 이외의 교실에서는 좀처럼 보이지 않는 시원스런 미소를 지으며,

"안녕하세요, 저택 주인님! 그런데 이 저택에서 무슨 사건이 일어난 적 있나? 그리고 이 섬, 현지인들이 다른 이름으로 부르며 두려워한다거나 하는 전설 같은 건 없어? 난 그런 게 취미인데."

처음 보는 사람에게 별난 취미를 선전하지 마라. 아니, 집 주인을 붙잡고 사건이 있는 게 더 좋다는 소리 따윈 하지 말라고. 내쫓기면 어쩌려고 그래.

하지만 타마루 케이이치 씨는 호탕하게도 재미있다는 듯 웃기만

할 뿐이었다.

"네 취미엔 나도 동감하지만 사건은 아직 일어난 적이 없는데. 며칠 전에 완공된 건물이거든. 섬의 내력에 대해서는 나도 모르겠다. 특별히 불길하다는 얘기도 못 들었지만. 무인도였거든."

대충의 성격을 보여준 뒤 "자아" 하고 안쪽으로 들어오라며 손을 내밀었다.

"서서 얘기하는 것도 뭐하니 안으로 들어오렴. 서양식이니까 신발은 신고 들어와도 된다. 일단 방으로 안내하는 게 좋겠지? 사실은 아라카와한테 가이드를 맡겨야겠지만 짐 정리가 아직 안 끝난 것 같군. 할 수 없지. 내가 대신 안내를 하마."

그렇게 말하며 케이이치 씨는 직접 우리들을 안내했다.

여기서 이 별장 내의 구조와 방 할당표를 제공하고 싶지만 나에게 그림에 대한 재능이 없다는 것은 초등학교 저학년 때 판명이 난 관계로 생략하겠다. 간단하게 설명하면 우리가 묵는 방은 모두 2층에 있고 타마루 케이이치 씨의 침실과 유타카 씨가 머무는 객실은 3층에 있다. 그만큼 촌수가 가깝다는 뜻일지도 모르겠다. 집사인 아라카와 씨와 가정부 모리 씨는 1층의 작은 방을 쓰고 있다….

아무튼 그런 상황이다.

"이 집에 이름이 있나?"

하루히의 질문에 케이이치 씨는 쓴웃음을 지었다.

"딱히 생각해본 적 없는데. 좋은 게 있으면 모집하지."

"글쎄. 참극관이나 공포관은 어떨까? 그리고 방 하나하나에다가도 화려한 이름을 다는 게 좋겠어. 흡혈의 방이나 저주의 방 같은

걸로."

"오, 그거 좋은데. 다음에 만날 때까지 이름표를 준비해두도록 하마."

가위에 눌릴 것 같은 그런 이름의 방에서 자고 싶지는 않은데.

우리 일행은 로비를 통과해 고급 나무 계단을 올라가 2층에 도착했다. 호텔인가 여겨질 정도의 구조로 문이 죽 줄지어 있었다.

"방 크기는 다 비슷하지만 싱글과 트윈이 있다. 아무 방이든 좋을 대로 쓰도록 해."

어떻게 할까. 난 누구와 옆방이 되든 좋지만 멤버는 다섯 명이니 둘로 나누면 한 명이 남게 되는데, 아무리 생각해도 나가토가 남겨질 것 같았다. 그렇다고 내가 룸메이트를 자청한다면, 나가토는 신경 쓰지 않겠지만 하루히의 펀치로 묵살될 게 뻔하다.

"한 사람이 한 방을 쓰면 되지 않을까요?"

코이즈미가 최종 결론을 내렸다.

"어차피 방이야 잠만 잘 때나 쓰잖아요. 방 사이를 이동하는 건 각자의 자유의사에 맡기도록 하고요. 그런데 문은 잠기죠?"

"물론이지."

타마루 케이이치 씨는 미소를 지으며 대답했다.

"방에 있는 테이블에 놔뒀다. 자동잠금장치가 아니니까 열쇠를 잊고 나와도 닫히지는 않겠지만 잃어버리지 않도록 조심해주면 고맙지."

난 열쇠는 필요 없다. 잘 때도 활짝 열어둘 거다. 다들 조용히 잠든 뒤에 아사히나 선배가 무슨 이유로 몰래 찾아올지도 모르는 일이니까. 그리고 도둑맞아서 곤란할 만한 물건도 없고 이렇게 범인이 누군지 찾기 쉬운 상황에서 절도를 시도할 녀석은 없을 것이다. 있다면 그 좀도둑은 하루히일 게 분명하다.

"그럼 난 아라카와 씨를 보고 오마. 잠시 집 안을 편안히 산책하고 있거라. 비상구 확인은 게을리 하지 말고. 그럼 수고해라."

그 말만 남긴 채 케이이치 씨는 계단을 내려갔다.

타마루 케이이치 씨의 인상을 하루히는 이렇게 말했다.

"수상하지 않은 게 오히려 더 수상쩍어."

"그럼 딱 보기에도 수상쩍으면 어떻게 되는 건데?"

"보이는 그대로지. 당연히 수상한 거 아냐?"

그러니까 이 녀석의 주관에선 이 세상에 수상하지 않은 사람이란 존재하지 않는 게 된다. ISO(주22)도 깜짝 놀랄 만한 판단 기준이다. 장래에 JARO(주23)에서 일하면 되겠다. 일에 치이는 생활을 하게 될 걸.

적당히 방을 정한 뒤 짐을 내려둔 우리는 하루히가 자기 방으로 선택한 트윈 룸으로 집합했다. 혼자 트윈 룸을 독점하려 드는 건 매우 하루히다운 행동으로, 이 녀석은 사양을 한다거나 고상함과는 거리가 먼 성격인 것이다.

침대에 앉은 여자 셋과 화장대에 앉은 나. 코이즈미는 태연히 팔짱을 끼고 벽에 기대어 서 있었다.

"알았어!"

갑자기 하루히가 소리를 질렀고 난 여느 때와 같이 척추반사와 같은 핀잔을 날렸다.

"뭐가?"

주22) ISO: 국제 표준화 기구(International Organization for Standardization)의 약자.
주23) JARO: 일본 광고 심사기구(Japan Advertising Review Organization)의 약자.

"범인."

그렇게 단언하는 하루히의 얼굴은 잘은 모르겠지만 알 수 없는 확신에 가득 차 있었다.

떨떠름하게 난 다른 세 사람의 의견을 대표해 말했다.

"무슨 범인? 아직 아무것도 시작되지 않았는데. 우린 이제 막 도착했잖아."

"내 감에 따르면 범인은 여기 주인이야. 아마 제일 처음에 표적이 되는 건 미쿠루일 거야."

"히익."

아사히나 선배는 정말로 겁을 먹은 듯 보였다. 독수리 날갯짓 소리를 들은 새끼 토끼처럼 움찔거리며 옆에 있는 나가토의 치맛자락을 붙잡고 있다. 나가토는 아무런 말도 없이,

"……."

소리 없이 시선을 공중에 묶어두고 있었다.

"그러니까 무슨 범인인데?"

난 다시 물었다.

"아니, 넌 저 타마루 케이이치 씨를 무슨 범인으로 만들 작정이냐?"

"그걸 어떻게 알아. 뭔가를 꾸미고 있는 눈빛이었어. 내 감은 잘 맞거든. 분명히 곧 우리를 놀라운 세계로 이끌고 갈 게 틀림없어."

단순한 깜짝 파티라면 좋겠지만, 하루히가 기대하는 것은 장난기 어린 생일 파티처럼 썰렁한 연출은 아닌 것 같다.

상상해본다. 갑자기 사람 좋아 보이는 미소를 내팽개치고 광기에 눈을 빛내며 식칼을 한 손에 들고 손님들을 토막내려고 덤비는 케

이이치 씨. 섬의 숲 깊숙한 곳에 있는 고대인의 고인돌을 건드리거나 해서 봉인되었던 태고의 악령에 홀리고 말아, 그 악령이 명령하는 대로 우리를 공물로 바치려 문을 두드리는 아저씨의 모습.

"말이 되냐."

난 위로 쳐든 손을 수평 이동해 아무것도 없는 허공에다 대고 쳤다.

이 코이즈미의 친척이 그렇게 될 리가 없잖아. '기관'인가 하는 곳도 그렇게 바보들만 모인 곳도 아닐 테고 말이다. 사전에 현장 탐색쯤은 다 해봤을 거다. 코이즈미도 평소와 같이 스마일을 잃지 않은 채였고, 아라카와 집사와 모리 소노 씨, 타마루 유타카 씨도 공포섬의 주민과는 거리가 먼 인상이다. 무엇보다 이번에 하루히가 바라는 건 피 튀기는 엽기물이 아니라 추리물 아니었나.

만약에 일이 벌어진다면 연속살인일 것이다. 그러나 그것도 이렇게 타이밍 좋게 벌어질 리가 없다. 바깥 날씨는 쾌청하고 파랑주의보도 발효되지 않고 있다. 이 섬은 갇힌 공간도 아니고 말이다.

그리고 아무리 하루히라도 진심으로 죽은 사람이 나오길 바라고 있지는 않을 것이다. 만약 하루히가 그런 녀석이라면 웬만한 일은 같이 해온 나라도 슬슬 한계점에 달하고 있는 작은 용량의 인내심이 터져버렸을 거다.

내 사소한 우려를 전혀 파악하지도 못한 채 하루히는 순진한 목소리로 말했다.

"일단은 수영이다. 바다에 왔으면 수영 말고 달리 할 게 없다고 해도 과언은 아니지. 다 같이 끝없이 저 바다를 헤엄쳐가는 거야. 누가 제일 먼저 파도에 휩쓸릴지 시합이다!"

해도 좋긴 한데. 해상 구조대가 바로 옆에서 대기하고 있다면 말이지.

그런데 이제 겨우 도착했는데 벌써 행동 개시냐. 조금은 뱃길 피로를 달래주자는 생각은 없는 거냐. 뭐, 하루히는 피곤하지 않을지 몰라도 자신을 기준으로 일을 진행하는 건 조금만이라도 좋으니 자제해다오.

"무슨 소릴 하는 거야? 아폴론 신전에 공물을 바친다 해도 태양은 멈춰주지 않아. 해가 지기 전에 행동하지 않으면 시간이 아깝잖아."

하루히는 두 팔을 뻗어 아사히나 선배와 나가토의 목을 껴안았다.

"아와아." 어쩔 줄 몰라 하는 아사히나 선배와 "……." 무반응의 나가토.

"수영복이야, 수영복. 옷을 갈아입고 로비에 집합하는 거다. 우후후후히히히. 이 아이들의 수영복은 내가 골라줬다고. 콘, 기대되지?"

네가 무슨 생각을 하는지 훤히 보인다는 얼굴로 하루히는 기분 나쁘게 하얀 이를 드러냈다.

"그래, 기대된다."

나도 그냥 자포자기하고 큰소리를 쳤다. 반 이상은 그 목적으로 왔으니까. 그 누구의 이의도 듣지 않겠다.

"코이즈미, 여기 사유지 해변은 통째로 쓸 수 있는 거겠지!"

"네, 그렇습니다. 구경꾼은 바닷가의 조개껍질밖에 없을 걸요. 사람이 드나든 적이 없는 바닷가이니까요. 하지만 흐름이 빠르니까 너무 멀리는 나가지 않는 게 좋을 거예요. 방금 말한 시합이 진심이라는 가정하의 얘기입니다만."

"설마. 농담이야, 농담. 미쿠루는 순식간에 쿠로시오 해류에 떠내려가 가다랭이 먹이가 될걸. 다들 알았지? 너무 흥분해서 멀리 나가면 안 된다. 내 눈이 닿는 범위에서 놀아야 해."

제일 오버하고 있는 하루히한테 보초라는 임무를 맡겨도 되는 걸까. 아무래도 내가 나서야겠지. 적어도 아사히나 선배에게서는 2초 이상 시선을 떼지 않도록 조심하자.

"거기! 쿈!"

하루히의 검지가 내 코끝을 찔렀다.

"실실거리는 표정, 기분 나쁘니까 그만해. 너한테는 바보같이 입을 벌리고 선 불쾌하다는 표정을 짓는 게 제일 잘 어울리니까. 너한테는 카메라 안 맡길 거다!"

한없이 들뜬 데다 안하무인 특급열차인 하루히가 웃으며 선언했다.

"자, 가자!"

그렇게 해서 오게 되었다.

해안가이자 바닷가다. 햇살은 지고 있지만 열기는 분명히 여름답다. 밀려오는 파도가 모래를 씻어내고, 솜사탕 같은 하얀 구름이 저멀리 코발트블루의 하늘을 배경삼아 천천히 이동하고 있다. 코를 찌르는 바닷바람이 우리들의 머리카락을 흩날리며 어서 오라고 재촉하듯 수면 위를 천천히 날아간다.

사유지 해안이라면 듣기야 좋지만 실은 군이 통째로 빌릴 필요도 없는 인적 없는 섬의 바닷가로, 해수욕을 하러 이런 곳까지 오려는 인간이라고는 사기 여행 잡지에 속아넘어간 외국인 관광객 정도밖에 없을 것이다. 말할 필요도 없이 주위 시선이 닿는 한도 내에는 우리 다섯 명 이외의 사람은 전무했고, 바닷새 한 마리도 날아다니지 않고 있었다.

그런 연유로 하루히를 포함한 여성팀의 수영복 모습을 보게 되는 영광을 누리게 된 것은 바위틈에 붙어 있는 굴 껍질 정도였다. 나와 코이즈미를 제외한다면.

비치 파라솔 아래에 자리를 깔고 아사히나 선배의 쑥스러워하는 모습을 흐뭇하게 바라보고 있으려니, 하루히가 옆에서 아사히나 선배를 재빨리 가로채서는,

"미쿠루, 바다에선 헤엄을 쳐야지. 자, 가자. 햇볕을 쬐지 않으면 건강에도 나쁘다니까!"

"아, 아니, 저, 저는 일광욕을, 저기…."

몸을 빼는 아사히나 선배를 끌고선 하루히는 바닷가로 돌진해 몸을 날렸다.

"왓, 짜다."

그런 당연한 것에 놀라는 아사히나 선배에게 마구 바닷물을 퍼부었다.

그때 나가토는,

"……."

자리 위에 정좌하고 앉아 수영복 차림으로 문고본을 펼치고 묵묵히 독서에 잠겨 있었다.

"즐기는 방법은 사람에 따라 다르니까요."

비치볼에 공기를 불어넣고 있던 코이즈미가 입을 떼고 내게 미소를 지었다.

"여가 시간은 자기 좋을 대로 지내야 합니다. 안 그러면 재충전의 의미가 없잖아요. 3박 4일 동안 느긋하고 평화로운 합숙 생활을 즐겨보죠."

자기 좋을 대로 지내는 건 하루히밖에 없지 않을까. 일방적으로 물세례를 받고 있는 아사히나 선배가 느긋한 기분을 맛보고 있다고는 도저히 믿어지지 않는데.

"야, 쿈! 코이즈미! 너희도 와!"

하루히의 사이렌 같은 목소리가 우리들에게 날아와 난 자리에서 일어섰다. 고백하자면, 절대로 싫지는 않았다. 하루히는 몰라도, 아사히나 선배에게 다가가는 건 내가 바라는 바이다. 동글게 부푼 비치볼을 코이즈미가 통 하고 튀기자 나는 패스를 받아 이글거리는 모래 위를 걸어가기 시작했다.

적당히 육체적으로 피로를 느끼며 별장으로 돌아와 목욕을 한 뒤 방에서 쉬고 있자니 어느새 바깥은 밤하늘이 지배하는 시간이 되어, 모리 씨가 우리를 식당으로 안내했다.

만찬 시간이다.

그날의 저녁 식사는 정말 호화로웠다. 아사히나 선배가 바란 바는 아니겠지만, 모듬회가 한 사람에 한 접시씩 나온 것만으로도 가난뱅이 근성의 나는 그만 자세를 똑바로 고치게 된다. 이런데 식비 숙박 무료라고? 정말로 그래도 되나.

"신경 쓸 거 없네."

타마루 케이이치 씨는 웃으며 그렇게 말했다.

"이런 곳까지 와준 데에 대한 위로의 선물이라고 생각해주게. 나는 참 따분하거든. 아니, 나도 사람을 고르긴 하지. 하지만 이츠키의 친구라면 얼마든지 환영이라네."

마중을 나왔을 때와 달리 케이이치 씨는 정장 차림을 하고 있었다. 다크 슈트를 걸치고 넥타이를 윈저 노트(주24)로 매고 있었다. 나오는 요리는 양식과 일식이 절충된 것으로, 어쩌고 카르파초에 뭐니에르인지에 무슨무슨 찜인지가 줄줄이 나왔지만, 보기 좋게 나이프와 포크를 놀리고 있는 사람은 케이이치 씨 한 명뿐이었다. 우리에게는 처음부터 젓가락을 내주었다.

"아주 맛있다. 누가 만든 거야?"

하루히가 대식가 대회에 추천하고 싶을 정도의 식욕을 보이며 물었다.

"집사인 아라카와가 요리장도 겸하고 있지. 괜찮지?"라고 말하는 케이이치 씨.

"꼭 인사를 하고 싶은걸. 나중에 불러줘."

무슨 고급 레스토랑에 온 미식가처럼 행동하고 있는 하루히였다.

한 입 먹을 때마다 눈을 동그랗게 뜨는 아사히나 선배와, 소식가처럼 보이지만 의외로 꾸준히 음식을 먹고 있는 나가토, 시원스럽게 유타카 씨와 담소를 나누는 코이즈미를 바라보고 있는데,

"한잔 하시겠어요?"

서비스를 맡고 있는 메이드 차림의 모리 씨가 가느다란 병을 손에 들고 미소를 지었다. 와인인 것 같다. 미성년자에게 술을 권하는 건 좀 그렇지 않나 싶었지만 난 시험 삼아 한 잔을 청했다. 와인이라곤 마셔본 적도 없지만 사람이란 약간의 모험심이 필요한 법이

주24) 윈저노트: 넥타이 매는 방법의 일종으로 넥타이를 오른쪽으로 1회씩 매어 깃을 앞으로 돌리면서 중심에 끼워 잡아당기는 매듭법.

다. 그리고 모리 씨의 고혹적인 미소를 보고 있자니 거절하기가 미안한 기분도 들었고.

"아, 콘 혼자만 뭘 먹는 거야? 나도 그거 먹고 싶은데."

하루히의 요구에 의해 포도주가 채워진 잔이 모두에게 돌아갔다.

왠지 그것이 악몽의 시작 같다는 기분이 들었다.

이날 내가 발견한 것은 아사히나 선배가 알코올에 완벽하게 내성이 없다는 것과 나가토가 무서울 정도의 술고래라는 것, 하루히의 술버릇이 끔찍하게 나쁘다는 것이었다.

신이 나서 잔을 기울인 내 기억도 흐릿했지만, 마지막엔 하루히가 병나발을 불며 케이이치 씨의 머리를 툭툭 치면서,

"야아, 당신 최고야! 초대해준 답례로 미쿠루를 두고 갈게! 제대로 된 메이드가 되게 교육 좀 시켜줘. 쟤는 쓸모가 없다니까."

라고 떠들어댔던 것 같다는 기억이 어렴풋이 난다.

진짜 메이드인 모리 소노 씨는 탁자 위에 술병을 볼링공처럼 늘어놓고선 과일 바구니에 든 사과와 배를 보기 좋게 깎아 디저트로 주었고, 동아리방 한정 가짜 메이드 아사히나 선배는 새빨개진 얼굴로 테이블에 엎드려 있었다.

나가토는 모리 씨가 가져온 술들을 벌컥벌컥 비우고 있었지만 몸속에서 대체 어떤 알코올 분해 처리가 이루어지고 있는지 안색 하나 변하지 않았고 고래가 바닷물을 마시기라도 하는 것처럼 차례로 병을 비워갔다.

흥미진진한 표정을 짓고 있던 유타카 씨가,

"정말 괜찮니?"

라고 걱정스럽게 나가토에게 말을 걸었다는 정도만이 기억의 끝

자락에 걸려 있다.

그날 밤 완전히 인사불성이 된 난 코이즈미의 부축을 받아 침대까지 갈 수 있었던 것 같다. 나중에 코이즈미가 쓴웃음을 지으며 말했다. 그 외에도 하루히와 함께 뭔가 낯 뜨거운 추태를 보였던 것 같지만, 어차피 기억에도 없는 일이니 묻지 않기로 했고 기억하는 것도 거부했다. 코이즈미의 특기인 농담이라고 쳐두자.

그럴 정신이 없어질 만한 일이 이튿날 일어났기 때문이다.

이틀째 아침. 날씨는 갑자기 폭풍으로 바뀌었다.

비스듬히 들이치는 빗줄기가 건물 벽을 쳤고, 강풍이 불어대는 소리가 불길하게 들려온다. 별장 주변의 숲이 요마라도 살고 있는 것처럼 요동을 치고 있었다.

"재수도 없네. 이럴 때에 태풍이 오다니 말이야."

창 밖을 보며 하루히가 중얼거리듯 말을 한다. 하루히의 방이다. 모두 모여 오늘은 뭘 하며 보낼까 밀담을 하고 있는 중이었다.

아침식사를 마친 뒤다. 아침식사 자리엔 케이이치 씨가 없었다. 그 사람은 유난히 아침에 약하고 잘 못 일어나기 때문에 오전 중에는 거의 침대에서 일어날 수 없다는 것이 아라카와 씨의 설명이었다.

하루히는 우리들을 돌아보며 말했다.

"그런데 이걸로 정말 폭풍 속의 고도가 됐다. 평생에 한 번 있을까 말까 한 상황이야. 역시… 사건이 일어나지 않을까?"

움찔 몸을 떠는 아사히나 선배는 불안한 듯 눈을 움직였지만, 코이즈미와 나가토의 얼굴은 평상시 영업 중이다.

어제 그렇게나 고요하던 바다는 풍랑주의보 상태로, 아무리 봐도 배를 띄울 허용 범위를 넘어선 상태였다. 모레도 이 상태라면 우리는 본의 아니게 하루히의 뜻에 따라 이 섬에 갇히게 된다. 클로즈드 서클. 설마.

코이즈미는 안심시키려는 듯 미소를 지으며 말했다.

"진행 속도가 빠른 태풍이라니 모레까지는 해결이 될 겁니다. 갑자기 온 것처럼 가는 것도 빠를 거예요."

일기예보에 따르면 그렇다고 하더라. 하지만 어제 시점에서 태풍이 온다는 정보는 어디에도 없었다. 이 태풍은 어느 녀석의 머릿속에서 솟아나온 거지?

"우연입니다."

코이즈미는 여유를 부리고 있었다.

"일반적인 자연현상이에요. 여름의 풍물시에도 나오잖아요. 대형 태풍 하나야 매년 오는 것이니까요."

"오늘은 섬 탐험을 하려고 했는데 이래선 중지해야겠네."

하루히는 화가 난다는 듯 말했다.

"할 수 없지. 집 안에서 할 수 있을 만한 놀이를 하자."

아무래도 합숙 생각은 하루히의 뇌리에서 날아가버렸는지 완전히 노는 방면으로 일정이 짜여지고 있는 것 같다. 그쪽이 더 고맙지. 섬 반대편에 갔다 암벽에 올라와 있는 거대 생물의 시체를 발견하고 싶지는 않으니까.

코이즈미가 의사 표명을 했다.

"놀이방이 있었을 겁니다. 케이이치 씨한테 말해서 거길 쓰도록 하죠. 마작이랑 당구랑 뭐가 더 좋을까요? 탁구대도 말하면 내줄 거예요."

하루히도 동의했다.

"그럼 탁구 대회. 리그전으로 SOS단의 초대 탁구 챔피언을 뽑는 거야. 꼴찌는 집에 가는 페리에서 주스를 사야 된다. 대강 했다가는 가만 안 두겠어."

놀이방은 지하 1층에 있었다. 널찍한 홀에 마작 테이블과 당구대, 룰렛과 바카라대까지 있었다. 코이즈미의 친척은 사실 몰래 카지노라도 경영하고 있는 걸까. 여기가 그 도박장으로 쓰이고 있는 건 아니겠지.

"글쎄요?"

코이즈미는 시치미를 떼며 웃음으로 대답한 뒤, 벽에 접어서 기대어 놓은 탁구대를 밀고 왔다.

참고로 나와의 격전 끝에 하루히가 우승을 차지한 탁구 대회 뒤엔 마작 대회가 개최되었다. 코이즈미를 제외한 SOS단 멤버는 규칙을 몰랐기 때문에 배우면서 하기로 했다. 도중에 타마루 형제도 참가를 해서 무적 시끌벅적한 마작이 되었다. 규칙을 잘못 이해한 하루히는 자기 멋대로 규칙을 고안해내 '이색절일문', '찬타비스므리', '이샨텐 가위'와 같은 알 수 없는 규칙을 내세워 차례로 우리의 말을 긁어갔다. 뭐, 재미있었으니까 용서해주마. 판돈도 없는 시합이었으니까.

"론! 아마 1만 점쯤 될 거야!"

"스즈미야 씨, 그건 역만인데요."

난 몰래 한숨을 쉬었다. 긍정적으로 생각하는 편이 더 좋았을지 모르겠다. 평범하게 여행을 즐기는 게 제일이다. 이 전개로 봐선 수상쩍은 바다 괴수가 나올 일도, 숲 속에서 원주민이 나올 일도 없을 것이다. 여긴 바로 절해의 고도다. 밖에서 괴상한 생물이 찾아올 일은 없다.

그런 생각에 나는 안도하기로 했다. 타마루 케이이치 씨도, 유타카 씨도, 아라카와—모리 고용인 콤비도, 코이즈미의 동료치고는 참 평범해 보였다. 묘한 사건이 발생하기엔 등장인물이 조금 부족하지.

그렇다고 쳐두고 싶다, 나는 그렇게 생각한 것이다.

하지만 하늘은 그렇게 쉽게 상황이 풀리게끔 내버려두지 않았다. 이 경우의 하늘이 어떤 생각을 갖고 있는지는 알 수 없지만 만약 이 하늘이 무슨 생각인지 알고 있었다면 난 1년쯤 업무 정지 명령을 내리고 싶다.

사건은 3일째 되는 날 아침에 일어났다.

놀고먹으며 지낸 이틀째 날은 순조로이 지나갔고 날씨가 더욱 악화된 밤에는 녹화 재생이라도 한 것처럼 첫날과 똑같은 연회가 열렸다. 3일째, 나는 머리를 때려대는 두통에 시달리며 일어났고, 코이즈미가 깨우러 오지 않았다면 그대로 정신없이 잠을 잤을 것이다.

커튼을 열었다. 그 3일째 아침에 호우와 폭풍우는 여전히 계속되고 있었다.

"내일 집에 갈 수 있겠지?"

어지러운 머릿속을 찬물로 세수를 해 제대로 진정시킨 뒤 난 계단에서 떨어지지 않게 조심하며 아래로 내려왔다.

식당에는 나와 비슷한 표정을 짓고 있는 하루히와 아사히나 선배, 평소와 똑같은 표정의 나가토와 코이즈미가 나란히 자리를 잡고 있었다.

타마루 형제는 아직 내려오지 않은 상태였다. 연일 이어진 숙취가 정점에 달했는지도 모르겠군. 두 사람의 잔 위에 병을 거꾸로 꽂았던 하루히의 모습이 머릿속에서 되살아난다. 평소에도 안하무인인데 술의 힘에 의해 무적이 된 하루히의 수많은 폭거에 내 두통은 2단계쯤 파워업했고 앞으로 술은 마시지 말자는 결심을 굳혔다.

"나, 와인은 이제 그만 마실래."

어젯밤에 대한 반성에서인지 하루히도 잔뜩 찡그린 얼굴로 이렇게 표명했다.

"웬일인지 저녁식사 이후의 기억이 하나도 없어. 그건 너무 아깝잖아? 시간을 손해본 듯한 기분이야. 음, 난 두 번 다시 술에 취하지 않을 거야. 오늘 밤은 논알코올 데이다."

통상적으로 봤을 때 고등학생이 술에 취하는 것이 바람직할 리가 없으니, 하루히치고는 참 제대로 된 제안을 했다고 칭찬을 해줘야겠지. 하지만 알딸딸하게 술에 취해 해롱거리는 아사히나 선배는 무척 섹시했기 때문에 그 정도라면 괜찮지 않을까 하는 생각을 하기도 했다.

"그럼 그렇게 하죠."

아첨꾼처럼 재빨리 코이즈미가 고개를 끄덕이고선, 때마침 아침식사를 실은 손수레를 밀고 들어온 모리 씨에게 말했다.

"오늘 밤엔 술은 빼주세요. 음료만 부탁드리겠습니다."

"알겠습니다."

모리 씨는 공손히 인사를 하고선 테이블에 베이컨 에그 접시를 내려놓았다.

우리가 식사를 다 마칠 때가 되어서도 타마루 씨 형제는 식당에 나타나지 않았다. 극단적으로 아침에 약하다는 케이이치 씨는 그렇다 치더라도 유타카 씨까지 왜 안 나타나는 걸까 생각하고 있는데,

"여러분."

아라카와 씨가 모리 씨를 데리고 우리들의 앞으로 나왔다. 그 집사다운 차분한 얼굴에는, 잘 알 수는 없었지만 약간 당혹스런 기색이 섞여 있는 것 같아 왠지 불길한 예감이 들었다.

"무슨 일이죠?"

질문을 한 것은 코이즈미였다.

"무슨 문제라도 있나요?"

"네" 라고 대답하는 아라카와 씨.

"문제라고 불러야 할 일이 있었는지도 모르겠습니다. 조금 전에 모리를 유타카 님 방에 보냈습니다만."

모리 씨가 고개를 끄덕이며 집사의 말을 이었다.

"방이 잠겨 있지 않아서 허락도 안 받고 열었습니다만 유타카 님이 어디에도 안 계셨어요."

종소리 같은 목소리로 그렇게 말했다. 모리 씨는 식탁보를 바라보며 말을 이었다.

"방은 텅 비어 있었습니다. 침대에서 주무신 흔적도 없었어요."

"게다가 주인님 방에 내선으로 연락을 해보았는데 대답이 없으십

니다."

아라카와 씨의 말에 하루히는 오렌지 주스 잔을 내려놓고 끼어들었다.

"무슨 소리야? 유타카 씨가 행방불명됐고 케이이치 씨가 전화를 안 받는다는 거야?"

"단적으로 말씀드리면 그렇습니다"고 말하는 아라카와 씨.

"케이이치 씨 방에는 못 들어가? 여벌 열쇠가 있을 거 아냐?"

"다른 방의 스페어 키는 제가 관리하고 있습니다만 주인님 방은 별도라서요. 예비 열쇠도 주인님만 갖고 계십니다. 사업에 관련된 서류도 있어서 조심하기 위해서요."

불길한 예감이 어두운 구름이 되어 내 마음의 3분의 1 정도를 뒤덮기 시작했다.

일어나지 않는 저택의 주인. 사라진 그 동생.

아라카와 씨는 몸을 살짝 숙이며 말했다.

"전 지금부터 주인님 방에 가보려고 합니다. 괜찮으시면 여러분도 같이 가주실 수 있겠습니까? 아무래도 불안한 느낌이 듭니다. 기우로 그치면 좋겠습니다만."

하루히는 재빨리 내게 시선을 던졌다. 그건 무슨 신호지?

"가는 게 좋을 것 같군요."

코이즈미가 바로 자리에서 일어났다.

"혹시 아파서 못 일어나는 상태일지도 모르죠. 어쩌면 문을 부술 필요가 있을지도 몰라요."

하루히가 의자에서 폴짝 뛰어 일어났다.

"쿈, 가자. 가슴이 설레는데. 자아, 유키, 미쿠루도 어서!"

이때의 하루히는 평소와 달리 너무나도 진지한 표정을 짓고 있었다.

간단하게 말하겠다.

3층에 있는 케이이치 씨의 침실을 아무리 두드려도 대답은 없었고, 코이즈미가 손잡이를 돌려보았지만 문도 열리지 않았다. 떡갈나무로 만든 무거운 문은 벽이 되어 우리들의 앞을 가로막고 있었다.

여기까지 오는 동안 타마루 유타카 씨의 방도 살펴보았지만, 모리 씨의 말대로 침대 시트도 흐트러져 있지 않았고, 누군가가 여기서 밤을 지냈다는 분위기로는 도저히 보이지 않았다. 그는 대체 어디로 가버린 걸까? 둘이서 케이이치 씨 방에 틀어박혀 있는 걸까?

"안쪽에서 문이 잠겨 있다는 건 방 안에 누가 있다는 소립니다."

코이즈미가 턱에 손을 대며 생각에 잠긴 얼굴로 평소와 달리 긴박한 목소리로,

"최종 수단입니다. 이 문을 부숩시다. 일각을 다투는 사태일지도 몰라요."

그렇게 해서 우리는 문을 향해 스크럼을 짜고 태클을 하게 되었다. 나와 코이즈미 그리고 아라카와 씨 세 사람이서. 나가토라면 송곳 하나로 해결할 수 있을지도 모르지만, 이렇게 여러 사람들이 감시하는 가운데 사기 마술쇼를 벌이게 할 수는 없다. SOS단의 여자 세 사람과 메이드 모리 씨가 지켜보는 가운데 우리 남자들 셋은 셀수 없이 몸통박치기를 감행했고, 내 어깨뼈가 슬슬 비명을 지르려한 순간—.

마침내 문이 튕겨나가듯 열렸다.

그 기세에 나와 코이즈미, 아라카와 씨는 그대로 방 안으로 쓰러졌고―.

그렇다, 이리하여 처음 장면으로 돌아가게 된 것이다. 이제야 겨우 시간표가 현재를 따라잡았다. 그럼 슬슬 시간을 리얼타임으로 돌려보도록 할까.

....

......

...

그런 회상을 마치고 나는 바닥에서 몸을 일으켰다. 나이프가 꽂힌 채 눈앞에 쓰러져 있는 케이이치 씨에게서 눈을 돌려 열쇠 부분이 튕겨나간 문을 바라보았다. 이 저택이 신축 건물이라면 이 문도 새 거겠지…, 현실에서마저 눈을 돌리는 그런 생각을 한다.

아라카와 씨가 주인의 몸에 몸을 숙여 손끝을 목덜미에 댔다. 그리고 우리를 올려다보며,

"운명하셨습니다."

직업의식의 영향인지 차분한 목소리로 말했다.

"히익, 히이익….."

아사히나 선배가 복도에 주저앉았다. 당연하겠지. 나도 그러고 싶다. 나가토의 무표정이 지금은 구원의 손길처럼 느껴질 정도다.

"이거 큰일이군요."

코이즈미가 아라카와 씨의 반대편에서 케이이치 씨에게 다가갔

다. 몸을 숙인 코이즈미는 신중한 동작으로 양복 차림의 케이이치 씨에게 손을 뻗어 조심스럽게 옷깃을 잡아당겼다.

하얀색 셔츠에 거무죽죽한 액체가 물들어 보기 흉한 모양을 만들고 있었다.

"응?"

의아하다는 목소리다. 나도 그것을 보았다. 셔츠 주머니에 수첩이 들어 있었다. 나이프는 양복 위에서부터 수첩을 관통해 몸 속까지 도달해 있나보다. 이 끔찍한 짓을 실행한 인간은 상당한 완력을 행사한 것 같다. 여기 있는 여성들이 한 짓은 아닌 것 같군. 아아, 하루히의 괴력이라면 가능하려나.

코이즈미는 침통한 분위기를 목소리에 깔며 말했다.

"일단 현장 보존이 먼저겠죠. 우선 이 방에서 나갑시다."

"미쿠루, 너 괜찮니?"

하루히가 걱정스럽게 말하는 것도 당연할 만큼 아사히나 선배는 거의 기절한 상태였다. 나가토의 가는 다리에 기대듯 쓰러져 앉아 힘없이 눈을 감고 있었다.

"유키, 미쿠루를 내 방으로 데리고 가자. 그쪽 손을 잡아."

하루히가 묘하게 상식적인 소리를 하는 것도 놀라움을 드러내는 행동인지도 모르겠다. 나가토와 하루히의 부축을 받은 아사히나 선배는 질질 끌려 계단으로 모습을 감추었다.

난 그 모습을 확인한 뒤 우선 주위를 관찰했다.

아라카와 씨는 쓸쓸한 표정으로 주인의 몸 앞에서 합장을 했고, 모리 씨도 슬픈 표정으로 조용히 고개를 떨어뜨리고 있었다. 그리고 역시 타마루 유타카 씨는 어디에도 없었다. 바깥은 폭풍.

"자아."

코이즈미가 내게 말을 걸었다.

"조금 생각해봐야 할 사태가 발생한 것 같습니다."

"뭔데?"라고 묻는 나. 코이즈미는 입가에 미소를 되찾았다.

"눈치 못 채셨어요? 이 상황은 바로 클로즈드 서클이에요."

그런 거야 이미 알고 있었다.

"그리고 언뜻 보면 살인사건이기도 하죠."

자살로는 안 보이니까.

"게다가 이 방은 밀실이었습니다."

난 고개를 돌려 잠겨 있는 창문을 바라보았다.

"출입이 불가능한 방에서 범인은 어떻게 범행을 저지르고 나간 걸까요?"

그런 건 범인한테나 물어봐라.

"정말 그러네요."

코이즈미가 동의했다.

"그 점에 있어선 유타카 씨에게 물어봐야겠군요."

"먼저 스즈미야 씨 방에 가 계십시오. 저도 뒤따라가겠습니다."

그러는 게 좋을 것 같다. 여기서 내가 할 수 있는 일은 별로 없다.

문을 노크했다.

"누구야?"

"나다."

문이 살짝 열리고 하루히의 얼굴이 보였다. 복잡한 표정으로 나를 안으로 들였다.

"코이즈미는?"

"금방 올 거야."

트윈 베드 한쪽에 아사히나 선배가 누워 있었다. 지나가던 왕자가 아니어도 키스를 해야만 할 것 같은 심정이 드는 얼굴이었지만, 살짝 고통스러워하는 표정인 것은 절찬리에 기절 중이기 때문이니 어쩔 수 없다.

그 옆에선 나가토가 무덤지기와 같은 얼굴을 하고 의자에 앉아 있었다. 계속 그렇게 있어라. 아사히나 선배 곁을 떠나면 안 돼.

"야, 어떻게 생각해?"

하루히의 질문은 내게 던진 것인가보다.

"어떻게 생각하냐니?"

"케이이치 씨. 이거 살인사건이지?"

자신이 처한 입장을 객관적으로 본다면 대답도 저절로 나올 것이다. 난 그렇게 해보았다. 굳게 잠긴 방을 열고 들어가봤더니 꿈쩍도 하지 않고 쓰러져 있는 저택의 주인이 있었고, 그 가슴에는 나이프가 박혀 있었다. 폭풍에 갇힌 고도에 밀실 살인. 너무 완벽하잖아.

"아무래도 그런 것 같네."

몇 초의 공백. 내 대답에 하루히는 후우 하고 숨을 토했다.

"으음…."

하루히는 이마에 손을 대고 자기 침대에 걸터앉았다.

"설마 이런 일이 벌어질 줄은 생각도 못 했어."

그렇게 말하고 있는데, 정말 설마 설마다. 넌 그렇게나 사건을 바란다고 떠들어댔었잖아.

"하지만 정말로 벌어질 거라고 누가 생각하겠어."

하루히는 입을 삐죽거리다 다시 표정을 다잡았다. 이 녀석도 나름대로 어떤 표정을 지어야 좋을지 고민하고 있나보다. 기뻐하고 있지는 않은 것 같아 일단 안심했다. 내가 두 번째 피해자 역할을 떠맡아야 한다면 참을 수 없을 테니까 말이다.

난 천사의 잠든 얼굴을 보여주고 있는 선배를 바라보았다.

"아사히나 선배는 좀 어때?"

"괜찮을 거야. 그냥 기절한 거니까. 굉장히 솔직한 반응이라 감탄했다니까. 미쿠루다워. 히스테리를 일으키는 것보다야 낫지만."

멍하게 하루히가 말했다.

폭풍에 갇힌 섬에서 발생한 밀실 살인. 여행지에서 우연히 그런 경우를 겪게 될 확률은 얼마나 될까. 하지만 우리는 SOS단이지 미스터리 연구부도, 추리소설 동호회도 아니다. 신비한 것을 찾아다니는 것이 하루히가 가진 SOS단의 활동이념인 것은 분명하니 지금 현재 우리들이 처한 경우는 나름대로 그에 맞는다고 할 수도 있겠지만, 실제로 처하게 되면 얘기는 다른 쪽으로 미끄러진다.

이것도 하루히가 바랐기 때문에 일어난 사건이란 말인가?

"으으으음. 참 곤란하게 됐는데…."

침대에서 일어난 하루히는 천천히 방 안을 이리저리 걸어다녔다.

마치 만우절의 거짓말로 한 농담이 사실이 되어버려 당황하는 개구쟁이 꼬마같이 느껴진다. 비어 있는 줄 알고 쏟은 호리병에서 특대 말이 굴러 나온 것과 같은 분위기다. 내게도 그다지 기분 좋은 분위기는 아니다.

이걸 어떻게 하나.

가능하다면 나도 아사히나 선배의 옆에 누워 같이 잠들고 싶었지만, 지금 현실에서 도피한다 해도 답이 나오지는 않는다. 최선책을 강구해야만 하겠지. 코이즈미는 어쩔 생각일까.

"응, 역시 가만히 있지 못하겠어."

역시라고 해야 할지, 하루히는 힘차게 단언한 뒤 내 앞에 멈춰 섰다. 진지한 표정으로 하루히는 도전이라도 하는 듯 나를 쳐다보았다.

"확인해두고 싶은 게 있어. 쿈, 너도 따라와."

아사히나 선배를 이대로 두고 방을 나가고 싶지 않은데.

"유키가 있으니까 걱정 마. 유키, 문 꼭 잠그고 누가 와도 열어줘선 안 돼. 알았지?"

나가토는 침착하고 냉정한 얼굴로 나와 하루히를 가만히 바라보며,

"알았다."

기복 없는 목소리로 대답을 했다.

무광택처리가 된 듯한 눈동자가 순간 내 시선과 직선으로 얽혔을 때, 나가토는 나만 알 수 있는 각도로 고개를 끄덕―인 것 같았다.

아마 나와 하루히에게 위기가 닥치지는 않을 것이다. 만약 뭔가 더 큰 사태가 벌어지게 된다면 나가토도 가만히 있지는 않을 것이다. 난 예전에 컴퓨터 연구부 부장 집에 갔을 때의 일을 기억에서 끄집어내어 그렇게 생각하기로 했다.

"가자, 쿈."

내 손목을 잡고선 하루히는 복도로 걸음을 내디뎠다.

"그런데 어딜 가게?"

"케이이치 씨 방이지. 아까는 관찰할 여유가 없었으니까 다시 한

번 확인해두려고."

나이프가 가슴에 박힌 채 쓰러져 있는 케이이치 씨와 하얀 셔츠에 끈적하게 밴 피를 떠올리며 나는 조금 주저했다. 그다지 뚫어져라 관찰할 만한 광경은 아닌데.

하루히는 걸음을 옮기며 말했다.

"그리고 유타카 씨가 어딜 갔는지도 조사해야지. 어쩌면 아직 건물 안에 있을지도 모르고…."

이런 소동이 일어났는데도 만약 유타카 씨가 사건과 아무런 관계도 없다면 나타나지 않는다는 건 이상한 일이다. 나타나지 않는다면 두 가지 가능성을 생각해볼 수 있다.

하루히가 이끄는 대로 난 계단을 오르며 말했다.

"유타카 씨가 범인이라 벌써 별장을 나갔거나, 유타카 씨도 피해자일지 모른다…. 이거군."

"그래. 하지만 유타카 씨가 범인이 아니라면 좀 기분 나쁜 전개가 되겠지."

"누가 범인이어도 난 싫은데…."

하루히는 날 곁눈질로 바라보았다.

"쿈, 이 저택에는 타마루 씨 형제를 제외하면 아라카와 씨와 모리 씨, 그리고 우리 다섯 명밖에 없어. 그 가운데 범인이 있지 않을까? 난 내 단원을 의심하고 싶지 않고 경찰에 넘기고 싶지도 않아."

침울한 목소리처럼 들렸다.

그렇군. 동료들 중에 살인범이 있을까 우려하고 있는 거구나. 그럴 가능성은 전혀 고려해보지 않았다. 아사히나 선배는 제외하더라도 나가토라면 그보다는 더 잘했을 테고, 코이즈미라면…. 그리고 보니 타마루 씨와 가장 가까운 사람은 코이즈미다. 친척이라고 했으니까. 완전히 남인 우리보다 입장상 가까운 것은 분명하다.

"아냐."

난 내 머리를 쥐어박았다.

코이즈미도 바보는 아니다. 이런 상황에서 굳이 위험한 짓을 하지는 않을 것이다. 상황이 클로즈드 서클이 되었다고 해서 거기에 맞춰 살인사건을 일으킬 정도로 맛이 가지는 않았을 것이다.

그런 생각을 하는 건 하루히만으로 충분하다.

3층 케이이치 씨의 방 앞에는 아라카와 집사가 보초를 서듯 우뚝 서서 지키고 있었다.

"경찰에 연락을 하니 아무도 못 들어가게 하라고 했습니다."

정중히 고개를 숙인다. 방문은 우리가 부순 상태로 활짝 열려 있었고, 아라카와 씨의 옆구리 사이로 살짝 케이이치 씨의 발끝이 보이는 것이 전부였다.

"경찰은 언제 온대?"

하루히가 묻자, 아라카와 씨가 정중하게 대답했다.

"폭풍이 그치는 대로 바로 오겠답니다. 예보에 따르면 내일 오후면 기상이 회복된다고 했으니 그때쯤이 되지 않을까요?"

"흐음."

하루히는 문 너머를 흘끔거리다 다시 말했다.

"물어보고 싶은 게 있는데."

"뭔가요?"

"케이이치 씨랑 유타카 씨는 사이가 안 좋았어?"

아라카와 씨는 '이것이 바로 집사다'고 할 만한 모습에 살짝 변화를 보였다.

"솔직히 말씀드리면 잘 모르겠습니다. 제가 이 집안을 모시게 된 건 1주일밖에 안 돼서요."

"1주일?"이라고 말하는 나와 하루히.

아라카와 씨는 천천히 고개를 끄덕였다.

"그렇습니다. 집사인 것은 분명하지만 저는 파트타임, 임시 고용 집사입니다. 여름에 2주 동안만 계약을 한 상황이지요."

"그러니까 이 별장 한정 집사란 말이야? 옛날부터 케이이치 씨네 있었던 게 아니라?"

"그렇습니다."

아라카와 집사는 케이이치 씨가 이 섬에서 지내는 기간에만 한정적으로 일하는 집사였던 것이다. 그렇다면 혹시.

내 의문은 하루히의 의문이기도 했나보다.

"모리 씨도 그래? 그 사람도 임시 고용 메이드인가?"

"그렇습니다. 그녀도 같은 시기에 채용되어 여기에 왔습니다."

정말 통도 크다. 케이이치 씨는 여름 바캉스만을 위해 집사와 메이드를 고용한 것이다. 돈쓰는 법을 잘못 알고 있는 것 같다는 생각도 들긴 하다만, 집사와 메이드라니….

마음 한구석에 미세하게 걸리는 의문이 있었다. 난 그것을 주워 올렸다. 그리고 아라카와 씨의 얼굴을 주의 깊게 관찰해보았다. 성실하다는 단어로 무장한 노신사로밖에 안 보였다. 아마 그건 확실하겠지만. 하지만…?

난 아무 말 없이 그 작은 의문을 가슴속에 집어넣었다. 나중에 그 녀석을 만났을 때 던져줄 말이다, 이건.

"그렇군. 고용인에도 정사원과 파견직이 있구나. 참고가 됐어."

뭐에 참고할 생각인지, 하루히는 알았다는 듯 고개를 끄덕였다.

"방에 들어갈 수 없다면 할 수 없지. 콘, 다음 목적지로 가자."

그러고는 또다시 내 팔을 잡고 저벅저벅 걸음을 옮기기 시작했다.

"이번엔 어디로 가는 건데?"

"밖으로. 배가 있는지 확인하러 가는 거야."

이 태풍 속에서 하루히와 둘이 돌아다니는 건 영 내키지 않는데.

"난 말이야, 내 눈으로 본 것만 믿거든. 건너들은 정보에는 필요 없는 잡음이 끼어 있는 법이라고. 알겠어, 콘? 중요한 건 1차 정보야. 누군가의 눈이나 손을 통해 얻은 2차 정보는 처음부터 의심을 해야 해."

그야, 어떻게 보면 지당한 의견이라 할 수 있겠지만, 그래선 내 시야에 들어오는 것을 제외한 대부분의 것들을 믿을 수 없잖아? 내가 정보 미디어의 유용성에 대해 생각하고 있는 사이, 하루히는 날 1층으로 끌고 갔다. 그곳에는 모리 소노 씨가 있었다.

"밖에 나가시게요?"

모리 씨는 나와 하루히를 보며 말했고, 하루히도 그 말에 대답했다.

"응. 배가 있는지 조사를 해보려고."

"아마 없을 것 같은데요."

"왜?"

희미한 미소를 지으며 모리 씨가 대답했다.

"어젯밤이었습니다. 유타카 님을 본 건요. 그때 유타카 님은 무언가에 쫓기듯 황급히 현관으로 향하고 계셨어요."

난 하루히와 마주 보았다.

"유타카 씨가 배를 빼앗아 타고 섬을 나갔다는 말씀이세요?"

모리 씨는 희미한 미소를 띤 입술을 움직여 말했다.

"복도에서 스쳐 지나갔을 뿐이고, 유타카 님이 실제로 나가신 모습을 본 건 아닙니다. 하지만 제가 유타카 님을 본 건 그게 마지막이에요."

"몇 시쯤이지?" 라고 묻는 하루히.

"오전 1시 정도 되었을 겁니다."

우리가 술이 떡이 되어 잠들어 있던 시간대다.

케이이치 씨가 양복 차림으로 바닥에 쓰러진 것도 그 무렵이었다고 확정 사인을 내려도 될까.

문을 열자 산탄과 같은 빗방울이 몸을 때렸다. 폭풍우에 밀려 무거운 문을 가까스로 빠져 나와 밖으로 나가자마자, 몇 초도 못 버티고 나와 하루히는 비에 젖은 생쥐 꼴이 되었다. 수영복을 입고 올 걸 그랬나.

암회색 구름에 뒤덮인 하늘이 수평선까지 빈틈없이 이어져 있었고 언젠가 보았던 폐쇄 공간이 떠올랐다. 아무래도 이런 흑백 세계는 영 좋아할 수가 없을 것 같다.

"가자."

비 때문에 머리와 티셔츠가 몸에 휘감겼지만, 하루히는 수중 행군을 감행했다. 나도 따라가야만 했다. 하루히의 손은 여전히 내 손목을 움켜쥐고 있었다.

날개를 달면 하늘 높이 날아오를 것만 같은 바람 속이었지만, 우리는 호우의 먹이가 되며 방파제가 보이는 위치까지 천천히 나아갔다. 잘못하다간 절벽 아래로 떨어질 수도 있다. 나도 이건 위험하다 느끼게 되었다. 나 혼자만 떨어지는 것도 분했기 때문에 하루히의 손목을 맞잡았다. 이 녀석과 함께라면 떨어져도 생환할 확률이 높아질 것 같아서였다.

우린 가까스로 계단 정상에 도착했다.

"쿈, 보여?"

바람 때문에 끊겨 들리는 하루히의 말에 나는 고개를 끄덕였다.

"응."

방파제는 거의 만수 상태로, 밀려오는 거대한 파도만이 해안가에서 움직이고 있는 전부였다.

"배가 없어. 파도에 떠내려간 게 아니라면 누가 타고 가버린 거겠지."

우리가 섬에서 탈출할 수 있는 유일한 교통수단, 그 호화 크루저는 눈 아래 펼쳐진 바다 어디를 살펴도 보이지 않았다.

정말이지.

이렇게 해서 우리는 고도에 격리된 것이다.

다시 기는 듯한 속도로 별장으로 돌아와 겨우 문 안쪽으로 들어왔을 때 우리의 온몸은 흠뻑 젖어 있었다.

"이걸 쓰세요."

눈치 빠르게 대기하고 있었는지 모리 씨가 목욕 수건을 건네주고는 조심스런 목소리로 물었다.

"어땠나요?"

"네 말대로인 것 같아."

젖은 머리카락을 수건으로 문지르던 하루히는 화가 난 것 같았다.

"크루저는 없었어. 언제부터 없었는지는 모르겠지만."

모리 씨는 원래 그런 표정을 잘 짓는지, 여전히 반딧불이의 불빛 같은 미소를 유지하고 있었다. 타마루 케이이치 씨 살인사건에 어떤 동요를 느끼고 있다 해도 그녀의 온화한 표정은 프로페셔널할 정도로 완벽히 그 동요를 가리고 있었다. 단기 메이드와 고용주 사이이니 당연한 건지도 모르지.

복도에 물방울을 떨어뜨리며 걸어가는 것을 모리 씨에게 사과하며, 나와 하루히는 각자의 방으로 옷을 갈아입기 위해 돌아가기로 했다.

"나중에 내 방으로 와."

계단을 오르던 도중에 하루히가 말했다.

"이럴 때엔 다 같이 모여 있는 게 좋아. 사람들이 안 보이면 불안하잖아. 그리고 만에 하나…."

말을 하려던 하루히는 입을 다물었다. 무슨 말을 하고 싶은지 대충 알 것 같아 나도 타박을 주려던 것을 참았다.

그대로 2층에 도착하자 복도에 코이즈미가 서 있었다.

"수고하셨습니다."

코이즈미는 특유의 미소를 지으며 우리에게 목례를 했다. 하루히의 방 앞이었다.

"뭐 하는 거야?"

하루히가 묻자, 코이즈미는 미소를 쓴웃음으로 바꾸며 어깨를 들썩였다.

"앞으로의 일에 대해 상의하려고 스즈미야 씨 방을 찾아갔는데, 나가토 씨가 문을 열어주질 않네요."

"왜?"

"글쎄요."

하루히는 문을 거세게 노크했다.

"유키, 나야. 문 열어."

짧은 침묵 끝에 나가토의 목소리가 문 너머에서 이렇게 알려왔다.

"누가 와도 열어주지 말라고 했다."

아사히나 씨는 아직 실신 중인가보다. 하루히는 목에 건 수건을 손끝으로 만지작거렸다.

"이제 됐어. 유키, 문 열라니까."

"그러면 누가 와도 열어주지 말라고 한 명령에 위배된다."

기가 막힌다는 표정으로 하루히는 날 봤다 다시 문을 향했다.

"저기, 유키. 아무도라는 건 우리를 제외한 사람들을 말하는 거야. 나랑 쿈이랑 코이즈미는 예외야. 같은 SOS단 동료잖아?"

"그런 소리는 없었다. 내가 들은 건 누구에게도 절대로 이 문을 열어주어선 안 된다는 의미의 지시라고 나는 해석하고 있다."

나가토의 조용한 말투는 서기에게 신탁을 알려주는 여신관과 같았다.

"야, 나가토."

참다못한 내가 끼어들었다.

"하루히의 명령은 지금 해제되었다. 뭣하면 그 지령은 내가 덮어
써줄게. 어서 문 열어. 부탁이다."

나무 문 너머에 있는 나가토는 0점 몇 초 정도 생각을 한 듯했다.
철컥 하고 안쪽의 열쇠가 풀리는 소리가 나고 조용히 문이 열리기
시작했다.

"……."

나가토의 눈동자가 우리 세 사람의 머리 위를 통과해 말없이 안
쪽으로 물러났다.

"차암! 유키, 유통성을 좀 발휘하라고. 그 정도 의미는 제대로 파
악해야지."

옷을 갈아입을 때까지 기다리라고 코이즈미에게 말한 뒤 하루히
는 방으로 들어갔다. 나도 마른 옷이 그리워졌다. 잠시 물러나도록
하지.

"그럼 이따 보자, 코이즈미."

걸어가면서 나는 생각했다.

방금 그 상황은 혹시 나가토 나름대로의 농담이 아니었을까. 말
의 의미를 바꾼, 이해하기 어려우며 재미도 없는 농담.

부탁이다, 나가토.

넌 표정도, 안색도 변화가 없어서 항상 진심이라고밖에 안 보이
거든. 농담을 할 때 정도는 웃음이라도 조금 보여주는 게 좋다 이거
지. 뭣하면 코이즈미처럼 쓸데없이 웃고 있든가. 그러는 게 훨씬 낫
다.

지금은 웃고 있을 때가 아니긴 하지만.

젖은 옷을 벗어던지고 속옷까지 갈아입고선 다시 복도로 나오자, 코이즈미의 모습은 이미 사라지고 없었다. 하루히의 방으로 다가가 노크를 했다.

"나야."

문을 열어준 것은 코이즈미였다. 내가 안으로 들어가 문을 닫자마자,

"크루저가 사라졌다면서요."

코이즈미는 벽에 기대어 서 있었다.

하루히가 침대 위에서 양반다리를 하고 앉아 있었다. 하루히도 이 사태를 기뻐하고 있지는 않은 듯, 뚱한 얼굴을 걱정스러운 듯 들고선 말했다.

"없었지, 쿈."

"그래"라고 대답하는 나.

코이즈미가 말했다.

"누가 타고 도망을 쳤나본데요. 아니, 이미 누구라고 말할 필요도 없겠죠. 도망친 건 유타카 씨입니다."

"어떻게 그걸 알지?"라는 나의 질문에,

"다른 사람은 없으니까요."

코이즈미는 냉정하게 대답했다.

"이 섬에는 우리 이외의 사람은 초대받지 않았고, 그 초대 손님 중 저택에서 사라진 것은 유타카 씨뿐입니다. 어떻게 따져봐도 그가 크루저를 몰고 간 범인이 아닐까요."

코이즈미는 매끄러운 목소리로 말을 이었다.

"그러니까 그가 범인인 겁니다. 아마 밤중에 도망을 쳤을 거예요."

잠든 흔적이 없는 유타카 씨의 침대와 모리 씨의 증언.

하루히가 조금 전에 나눈 대화를 코이즈미에게 가르쳐주자,

"역시 스즈미야 씨군요. 벌써 얘기를 들었습니까."

코이즈미는 아첨을 늘어놓았고 나는 아무 의미도 없는 신음을 했다.

"유타카 씨는 뭔가를 두려워하듯 서두르고 있었다고 했는데, 그게 유타카 씨를 본 마지막 목격 증언인 것 같습니다. 아라카와 씨에게도 확인했어요."

아무리 그래도 오밤중에 태풍이 불고 있는 바다로 뛰쳐나가다니 거의 자살 행위 아냐?

"그만큼 급한 일이 생긴 거겠죠. 예를 들어 살인 현장에서 도망친다거나 하는 일이죠."

"유타카 씨는 크루저를 몰 수 있나?"

"그건 모르지만 결과로부터 따져봤을 때 몰 수 있을 겁니다. 실제로 배가 사라졌으니까요."

"잠깐만!"

하루히는 손을 들어 발언권을 얻었다.

"케이이치 씨의 방 열쇠는? 누가 잠갔지? 그것도 유타카 씨야?"

"그건 아닐 겁니다."

코이즈미는 천천히 부정했다.

"아라카와 씨의 말대로 그 방 열쇠는 스페어 키를 포함해 모두 케

이이치 씨가 관리해왔어요. 조사해본 결과 모든 열쇠는 실내에 있었습니다."

"몰래 여벌 열쇠를 만들어놨을지도 모르지."

내가 순간 떠오른 생각을 말해보았지만, 코이즈미는 그것도 부정했다.

"유타카 씨가 이 별장에 온 것도 이번이 처음이었을 겁니다. 여벌 열쇠를 만들 여유는 없었을걸요."

코이즈미는 두 손을 펼쳐 항복했다는 몸짓을 했다.

실내에 침묵이 정체되고, 폭풍과 호우가 섬을 깎아내는 불협화음이 멀리서 일어나는 일처럼 공기를 흔들고 있었다.

나와 하루히가 할 말도 없이 침묵을 지키고 있으려니 코이즈미가 그 침묵을 깨뜨렸다.

"하지만 유타카 씨가 어젯밤에 범행을 저질렀다고 친다면 이상한 게 있어요."

"뭐가?"라고 묻는 하루히.

"아까 그 케이이치 씨 말입니다만, 제가 만져봤을 때 그의 피부는 아직 따뜻했습니다. 마치 방금 전까지 살아 있었던 것처럼요."

갑자기 코이즈미가 미소를 지었다. 그리고 아사히나 선배의 시녀처럼 대기하고 있는 침묵의 정령 같은 존재에게 말했다.

"나가토 씨, 우리가 그 상태의 케이이치 씨를 발견했을 때, 그의 체온은 몇 도였죠?"

"36도 3분."

간발의 차도 없이 나가토가 대답했다.

잠깐만, 나가토. 만져보지도 않았는데 어떻게 알지? 그것도 질문을 예측하기라도 했다는 듯한 반응 속도라니…라는 소리는 하지 않았다.

이 자리에서 의문을 가질 유일한 인간은 하루히였는데, 생각을 하느라 바쁜지 거기까지 머리가 돌아가지 않는지,

"그럼 거의 평열이잖아. 범행 시간은 언제가 되는 거야?"

"인간은 생명활동이 정지되면 약 1시간마다 1도 정도 체온이 떨어집니다. 그걸로 역산한 케이이치 씨의 사망 추정시각은 발견 시각에서 대략 1시간 이내가 되겠죠."

"잠깐만, 코이즈미."

아무래도 이건 따지고 들어야 할 부분이다.

"유타카 씨가 사라진 건 밤 아니었나?"

"네, 그렇게 말했죠."

"하지만 사망 추정시각은 아까 그때에서 1시간 이내라고?"

"그렇게 되겠네요."

난 관자놀이를 누른 손가락에 힘을 주었다.

"그러면 유타카 씨는 태풍이 치는 밤에 별장을 빠져나가 일단 어딘가에 숨어 있다가 아침에 돌아와 케이이치 씨를 찌른 뒤 배를 타고 도망친 건가?"

"아뇨, 그건 아닙니다."

코이즈미는 여유를 부렸다.

"만약 사망 추정시각에 폭을 넓혀 우리가 발견할 때가 1시간이 조금 넘은 뒤라고 추정을 해보죠. 하지만 그 무렵 우리는 이미 일어나 식당에 모여 있었습니다. 그동안 우리는 유타카 씨의 모습은 물론 아무런 소리도 듣지 못했어요. 아무리 밖에 태풍이 분다고 해도

그건 너무 부자연스럽죠."

"무슨 소리야?"

하루히가 기분 나쁘다는 듯 말했다. 팔짱을 끼고 노려보듯 나와 코이즈미에게 시선을 던지고 있었다. 나를 노려보아도 아무것도 나올 거 없다. 가르침을 청할 셈이라면 여기 있는 스마일 보이한테 하라고.

"이건 아무 사건도 아닙니다. 그저 슬픈 사고일 뿐이에요."

네 태도는 슬퍼하는 걸로는 보이지 않는데.

"유타카 씨가 케이이치 씨를 찌른 건 맞을 겁니다. 안 그랬다면 유타카 씨가 도망칠 이유가 없죠."

뭐, 그건 그렇겠지.

"어떠한 사정과 동기가 있었는지는 몰라도 유타카 씨는 나이프로 케이이치 씨를 공격했습니다. 아마 등 뒤로 손을 숨기고 있다가 정면에서 찔렀을 겁니다. 케이이치 씨는 막을 틈도 없이 거의 아무 저항도 못 하고 칼에 찔렸겠죠."

마치 보고 온 것처럼 말하는군.

"하지만 그때 칼끝은 심장까지 닿지는 않았어요. 살에 닿았는지도 의심입니다. 나이프는 케이이치 씨가 가슴 주머니에 넣어두었던 수첩에 꽂혀 그 수첩만 찢어졌을 겁니다."

"응? 무슨 소리야?"

하루히가 눈썹을 찡그리며 말했다.

"그럼 왜 케이이치 씨가 죽어버린 건데? 다른 사람이 찌른 거야?"

"죽인 사람은 아무도 없어요. 이 사건에 살인범은 없습니다. 케이이치 씨가 그렇게 된 건 단순한 사고입니다."

"유타카 씨는? 그 사람은 왜 도망친 건데?"

"죽였다고 생각해서 그런 거겠죠."

코이즈미는 천천히 대답하고선 검지를 세웠다. 이 녀석은 자기가 무슨 명탐정이라도 된 줄 아나.

"제 생각을 말씀드리죠. 경위는 이렇습니다. 어젯밤 살의를 갖고 케이이치 씨의 방을 찾아간 유타카 씨는 케이이치 씨를 나이프로 찌릅니다. 하지만 나이프는 수첩에 막혀 치명상을 주지 못했습니다."

무슨 소리를 하나 싶었지만 잠시 들어보도록 하지.

"하지만 여기서 일이 꼬이게 됩니다. 케이이치 씨는 자신이 칼에 찔렸다고 생각한 겁니다. 나이프가 수첩에 부딪힌 것만으로도 상당한 충격이었겠죠. 거기에 더해 칼이 자기 가슴에 꽂혀 있는 걸 보고 정신적인 충격을 받았으리란 것도 유추할 수 있습니다."

나는 코이즈미가 무슨 말을 하고 싶은 건지 점점 이해가 갔다. 야, 야. 너 설마.

"그 착각의 힘에 의해 케이이치 씨는 기절을 하고 맙니다. 이때는 옆이나 뒤로 쓰러졌을 겁니다."

코이즈미는 잠시 숨을 쉬었다.

"그 모습을 본 유타카 씨도 자신이 죽였다고 믿게 됩니다. 나머지는 간단하죠, 도망치는 것뿐입니다. 아무리 봐도 계획성은 없었던 것 같아 보이니, 우연히 살의를 품게 되어 충동적으로 나이프를 휘둘렀을 겁니다. 그래서 폭풍우 치는 밤이었음에도 불구하고 크루저를 탈취한 거죠."

"응? 하지만 그래선….."

말을 하려던 하루히를 코이즈미가 막았다.

"계속 설명을 해도 될까요? 의식을 잃은 케이이치 씨의 이후 행동입니다. 그는 아침까지 그대로 기절해 있었습니다. 일어나지 않는 걸 의아하게 생각한 우리가 방문을 두드릴 때까지요."

그때까지 살아 있었던 거냐…?

"노크 소리에 눈을 뜬 케이이치 씨는 일어나 문으로 다가갑니다. 하지만 극도로 아침에 약한 그는 의식이 몽롱한 상태였을 겁니다. 의식이 뚜렷하지 못했던 거죠. 반쯤 무의식 상태로 문으로 다가갔다가 마침내 떠올리게 됩니다."

"뭘?"이라고 묻는 하루히. 코이즈미는 미소로 답하며 말을 이었다.

"동생의 손에 죽을 뻔했다는 사실을요. 그리고 나이프를 휘두르는 유타카 씨의 모습이 떠오른 케이이치 씨는 순간적으로 문을 잠가버린 겁니다."

참다못한 내가 끼어들었다.

"그게 밀실 상태의 진상이라는 건 아니겠지?"

"안타깝게도 그렇습니다. 기절한 채 잠들어 있던 케이이치 씨에겐 시간이 흐르는 감각이 없었던 겁니다. 유타카 씨가 다시 돌아온 게 아닐까 생각한 거죠. 아마 간발의 차이였을 겁니다. 제가 문밖에서 손잡이를 돌린 것과 안에서 문을 잠근 건요."

"살인범이 끝을 내려고 오는데 굳이 노크를 할 리가 없잖아."

"이때의 케이이치 씨는 몽롱한 상태였기 때문에 흐릿한 머리로는 판단이 서지 않았던 겁니다."

정말 억지스런 논리다.

"그렇게 문을 잠근 케이이치 씨는 문에서 떨어지려고 했습니다. 본능적으로 위험을 느낀 거겠죠. 비극이 일어난 것은 바로 이때입니다."

코이즈미는 고개를 젓고 마치 비극을 이야기하듯 말했다.

"케이이치 씨는 발을 헛디뎌 넘어지고 말았습니다. 이렇게 쓰러지듯이요."

코이즈미는 몸을 꺾어 앞으로 넘어지는 제스처를 보였다.

"그 결과 수첩에 꽂혀 있던 나이프는 바닥에 쓰러진 기세에 눌려 안으로 파고든 거죠. 칼날은 케이이치 씨의 심장을 꿰뚫어 그를 죽음으로 몰고 갔습니다…."

바보처럼 입을 벌리는 나와 하루히를 곁눈으로 보며 코이즈미는 힘주어 말했다.

"그게 진상입니다."

뭐라고?

그런 바보 같은 일 때문에 케이이치 씨가 죽은 거냐? 일이 그렇게 척척 맞아떨어질 수 있는 거야? 나이프가 적당한 깊이로 꽂히는 것도 그렇지만, 정말 죽었는지 어떤지는 유타카 씨도 알 수 있을 것 같은데.

내가 반론을 머릿속에서 짜고 있는데,

"아!"

하루히가 큰 소리를 낸 덕분에 난 펄쩍 뛰어올랐다. 갑자기 왜 그래?

"코이즈미, 하지만…."

말을 하려던 하루히는 그대로 굳어버렸다. 그 얼굴이 놀라움으로 물들어 있었는데 뭘 보고 그렇게 놀란 걸까? 코이즈미의 얘기에 이해할 수 없는 부분이라도 있었냐?

하루히의 눈이 날 쳐다보았다. 나와 눈이 마주치자 황급히 시선을 돌리고는, 코이즈미를 보려는 듯하다 천장을 올려다보았다.

"으음…. 아무것도 아냐. 아마 그렇겠지. 음―. 뭐라고 말을 해야 좋을까."

의미를 알 수 없는 소리를 중얼거리는가 싶더니 갑자기 입을 다물어버린다.

아사히나 선배는 여전히 잠들어 있었고, 나가토는 멀뚱한 시선을 코이즈미에게 보내고 있었다.

일단 해산. 우리는 각자의 방으로 돌아가기로 했다. 코이즈미의 얘기에 따르면 폭풍이 그치면 바로 경찰이 달려올 거라고 했으니까 그때까지 짐을 정리해두기로 했다.

난 적당히 시간을 때운 뒤 의혹을 가득 안은 채 한 방을 찾아갔다.

"무슨 일이신가요."

여벌 셔츠를 개고 있던 코이즈미가 고개를 들고 내게 미소를 지었다.

"할 얘기가 있다."

내가 코이즈미의 방을 찾아온 이유는 딱 하나다.

"이해가 안 가."

안 가다마다. 코이즈미의 추리로는 설명할 수 없는 부분이 있다.

그것은 치명적인 결함이다.

"네 설명에 따르면 시체는 엎드린 상태로 발견되어야 하잖아. 하지만 케이이치 씨는 똑바로 누워서 쓰러져 있었어. 이걸 어떻게 설명할 거지?"

코이즈미는 앉아 있던 침대에서 일어나 나와 마주 보고 섰다.

미소 소년은 시원스레 대답했다.

"그건 단순한 추리입니다. 제가 여러분에게 선보인 추리는 거짓된 진상이니까요."

나도 과장된 반응은 보이지 않았다.

"그렇겠지. 그런 걸로 납득할 만한 사람은 의식이 없는 아사히나 선배밖에 없을 거다. 나가토에게 물어보면 전부 다 가르쳐주겠지만 그건 규칙을 위반하는 것 같아서 마음에 안 들어. 정말로 네가 생각하고 있는 바를 말해봐."

단정한 얼굴에 미소를 지으며 코이즈미는 귀에 거슬리는 낮은 웃음소리를 냈다.

"그럼 말하죠. 조금 전에 말한 진상은 중간까지는 맞습니다만 마지막 부분에서 달라집니다."

난 침묵했다.

"케이이치 씨가 가슴에 칼을 꽂은 채 문으로 다가왔다…, 거기까지는 좋아요. 반사적으로 문을 잠근 것도요. 다른 것은 그 뒤에서부터입니다."

코이즈미는 의자를 권하는 행동을 했지만, 난 무시했다.

"아무래도 당신은 눈치를 채신 것 같군요. 알아보지 못해서 죄송하다고 해야 할까요?"

"어서 얘기나 계속해."

코이즈미는 어깨를 치켜세우다.

"우리는 몸통박치기로 문을 부수었지요. 정확하게는 저와 당신, 아라카와 씨가요. 그렇게 문은 열렸습니다. 힘차게 안쪽으로요."

난 조용히 얘기를 재촉했다.

"그것이 어떠한 결과를 초래했는지 당신은 이미 알고 계실 겁니다. 문 바로 옆에 서 있던 케이이치 씨는 활짝 열린 문에 정면으로 부딪힌 겁니다. 나이프 손잡이와 함께요."

난 뇌리에 그 광경을 그려보았다.

"그렇게 밀려들어간 나이프가 케이이치 씨를 죽음으로 몰고 간 거지요."

코이즈미는 다시 침대에 앉아 도전하는 듯한 눈빛으로 날 올려다보았다.

"그러니까 범인은…."

코이즈미는 속삭이듯 미소를 지으며 말했다.

"저와 당신과 아라카와 씨가 되는 겁니다."

난 코이즈미를 내려다보고 있었다. 여기에 거울이 있었다면 아마 차가운 눈빛을 한 내 얼굴을 볼 수 있었을 것이다. 그런 내 모습에 전혀 개의치 않고 코이즈미는 여전히 얘기를 계속하고 있었다.

"당신이 깨달은 것처럼 스즈미야 씨도 이 진상을 눈치챘습니다. 그래서 말을 하려다 그만둔 겁니다. 그녀는 우리를 고발하려 하지 않았어요. 동료를 지키려고 그랬는지도 모르죠."

그럴싸한 표정의 코이즈미였다. 하지만 아직 이해가 안 가고 있다. 이런 얼간이 같은 제2추리에 현혹될 만큼 내 대뇌신피질은 아직 녹슬지 않았다.

"흐음."

콧방귀를 뀌며 난 코이즈미를 노려보았다.

"미안하지만 난 널 신용할 수 없어."

"무슨 소린가요?"

"유치한 추리에 이은 제2의 진상을 노리고 있나본데, 난 그런 것에 속지 않는다는 말이지."

지금의 나, 조금 멋져 보이지 않았나? 계속 얘기를 해주지.

"근본적인 문제를 한번 생각해봐. 살인사건 자체에 착안하면 그만인 얘기야. 알겠어? 그런 게 이렇게 적절한 상황에서 일어날 리가 없다고."

이번엔 코이즈미가 조용히 날 재촉할 차례다.

"태풍이 온 건 우연이거나, 하루히가 어떻게 했던가, 그런 건 지금은 아무래도 좋아. 문제는 사건에 의해 시체가 하나 굴러다니게 되었다는 거지."

난 여기서 잠시 숨을 돌리며 입술을 적셨다.

"넌 이렇게 주장할지도 모르지. 하루히가 바랐기 때문에 사건이 일어났다고 말이야. 하지만 입으로 뭐라고 떠들어도 하루히는 사람이 죽기를 바라지는 않는다. 그 정도는 녀석을 보면 알 수 있어. 그렇다는 건 이 사건을 일으킨 건 하루히가 아냐. 그리고, 알겠냐? 우리가 그 사건 현장과 마주친 것도 우연이 아니지."

"호오"라고 말하는 코이즈미.

"그럼 뭐죠?"

"이 사건…이라고 할지, 짧은 여행이라고 해야 할지, 아무튼 SOS단 여름 합숙이라고 할 수도 있겠지만, 이번 사건에서 진짜 범인으로 지목되어야 할 사람은 너다. 아닌가?"

허를 찔렸는지 미소를 냉동 건조시킨 코이즈미의 시간이 몇 초 동안 정지했다. 하지만—.

키득거리는 웃음이 코이즈미의 목에서 새어나왔다.

"당황스럽군요. 어떻게 아셨죠?"

그렇게 말하며 나를 보는 코이즈미의 눈은 문예부실에서 보던 것과 똑같은 빛을 띠고 있었다.

내 두뇌도 멋으로 잿빛이었던 건 아닌가보다. 난 다소 안도하며 말했다.

"그때 넌 나가토에게 시체의 체온을 물어봤지."

"그게 왜요?"

"그 체온으로 너는 사망 추정시각이 어쩌고 하는 소리를 꺼냈다."

"네, 그랬죠."

"나가토는 보다시피 아주 편리한 녀석이다. 너도 알다시피 웬만한 일은 녀석이 가르쳐주지. 넌 나가토에게 체온이 아니라 사망 추정시각을 물어야 했어. 아니, 추정이 아니지. 그 녀석이라면 사망 시각을 정확하게 초 단위로 가르쳐줬을 거다."

"그렇군요."

"만약 사망 시각을 물어봤다면 나가토는 죽지 않았다고 대답했을 거다. 그리고 넌 그 상태의 타마루 씨를 한 번도 시체라고 부르지 않았지."

"최소한의 페어플레이 정신에서였습니다."

"또 있다. 난 이래봬도 꼭 봐야 할 건 다 보고 있다. 케이이치 씨의 안쪽 문손잡이야. 네 말에 따르면 문은 나이프의 손잡이에 상당한 힘으로 부딪혔어야 했지. 인간의 체내에 나이프를 밀어넣을 정도의 위력으로 말이야. 그런 힘이 작용했다면 문에도 조금은 흠집이 생겼을 거야. 하지만 그런 건 없었다. 상처 하나 없는 깨끗한 문이었어."

"훌륭한 관찰력입니다."

"그리고 또 하나, 아라카와 씨와 모리 씨도 있어. 그 두 사람은 여기에 온 지 1주일도 안 됐다고 하던데. 1주일 전에 고용되어 이 섬에서 지내고 있다고 했어. 그랬지?"

"그렇습니다. 무슨 문제라도 있나요?"

"있지. 있고말고. 네 태도가 이상하잖아. 여기에 온 첫날을 떠올려봐라. 페리 선착장에 마중을 나온 아라카와 씨와 모리 씨를 보고네가 한 말을 말이야."

"글쎄요. 제가 뭐라고 했죠?"

"넌 오랜만이라고 했다. 이상하잖아? 어째서 그 두 사람을 상대로 그런 말이 나오지? 그리고 넌 이 섬에 오는 건 처음이라고 했다. 그 두 사람과도 처음 보는 사이일 거야. 왜 아라카와 씨와 모리 씨한테 전부터 알고 있었던 것처럼 인사를 할 수 있지? 그건 말이 안되잖아."

코이즈미는 키득거리며 웃었다.

그건 고백의 웃음이기도 했다. 난 힘이 빠지는 것과 동시에 모든 것을 이해했고, 코이즈미는 이야기를 시작했다.

"그렇습니다. 이번 사건은 모두 조작된 거였어요. 거창한 연극이었죠. 당신이 눈치를 챌 줄은 몰랐습니다만."

"사람 우습게 보지 마라."

"이거 실례. 하지만 의외였다는 건 인정하겠습니다. 언젠가 모두다 자백하려고 생각을 하고는 있었습니다만 이렇게나 빨리 덜미를 잡힐 줄은 몰랐어요."

"그렇다면 타마루 씨와 모리 씨와 다른 사람 모두가 한패였다는 말이군. 다 '기관'인지 뭔지 하는 곳의 동료들이지?"

"그렇습니다. 초보자들치고는 제법 연기가 괜찮지 않았습니까?"

가슴에 찔린 나이프는 날이 중간에 접히도록 조작된 것이고 빨간 얼룩은 피처럼 보이는 물감, 물론 케이이치 씨는 죽은 척을 한 것이고, 사라진 유타카 씨와 크루저는 섬 반대편으로 이동한 것이었다.

하고 코이즈미는 가볍게 진상을 털어놓았다.

"왜 이런 걸 계획한 거지?"

"스즈미야 씨의 무료함을 달래기 위해서요. 그리고 우리들의 부담을 줄이기 위해서죠."

"무슨 소리야?"

"당신에겐 예전에 말했을 겁니다. 그러니까 스즈미야 씨가 엉뚱한 생각을 하지 못하게 미리 그녀에게 오락을 제공하자는 겁니다. 당분간 스즈미야 씨는 이번 사건으로 머리가 꽉 차 다른 생각은 못할 테니까요."

하루히는 우리가 범인이 되었다고 생각하고 있을 텐데 그래도 좋냐?

맨 끝에 하루히는 묘하게 얌전해졌다. 뭔가를 깊이 생각하고 있는 것도 같았다. 기분 나빠.

"그럼 예정을 앞당길까요?" 라고 코이즈미가 말했다.

"저의 계획으로는 페리를 타고 본토 항구에 도착했을 때, 타마루 케이이치, 유타카 씨와 아라카와 씨, 모리 씨가 마중을 나와 방긋 웃는 걸로 끝을 내리려고 했습니다만. 아아, 물론 '기관'에 대해선 숨긴 채 제 친척이라는 점만은 그대로 두고요."

정말 깜짝 파티였던 거다.

난 한숨을 쉬었다. 그 농담이 하루히에게도 통용하면 좋겠는데. 만약 하루히가 진짜로 열을 받기라도 하면 네가 잘 막아줘라. 난 도망칠 테니까.

코이즈미는 윙크를 날리며 미소를 지었다.

"그거 큰일인데요. 빨리 사과하는 게 좋겠군요. 다른 사람들과 다 함께 머리를 숙이러 가볼까요? 시체 역을 하는 것도 이제 지쳤을 겁니다."

난 조용히 창 밖으로 시선을 던졌다.

하루히는 어떻게 나올까. 속았다는 사실에 미쳐 날뛸까, 순순히 재미를 즐기며 웃어넘길까. 어쨌든 현재의 꽉 막힌 정신 상태는 더 알기 쉬운 방향으로 돌아서게 되겠지. 코이즈미가 쓴웃음기가 어린 목소리로 말했다.

"형사와 감식반을 연기할 예정이었던 분들도 계셨는데 모처럼 한 준비가 허사가 되고 말았군요. 그런데 이런 담백하게 끝나리라고는 예상 못 했었어요. 원래대로라면 저택 수색과 현장 검증도 예정표에 있었는데…. 참 뜻대로 안 풀리는군요."

그만큼 생각이 모자랐던 거겠지.

흐린 하늘을 바라보며, 이 날씨는 몇 시간 뒤에 어떤 밝은 얼굴을 보여줄까 나는 생각하고 있었다.

결과적으로, 코이즈미에게서 부단장 직함이 박탈되지는 않았다. 태풍이 서둘러 통과한 파란 하늘 아래, 집으로 가는 페리 안에서 하루히는 내내 기분이 좋았고, 역 앞에서 해산을 할 때까지 그 상태는 계속되었다. 장난을 장난으로 즐길 만한 머리가 하루히에게 있어서 참 다행이다.

그 대신 코이즈미는 선내의 매점에서 사람들에게 도시락과 음료수를 사게 되었는데, 그걸로 끝나다니 참 싸게도 먹혔다고 생각한다.

아마도 처음부터 모든 것을 알고 있었을 나가토는 조신하게 무반응을 유지하고 있었고, 기절에서 깨어난 아사히나 선배는 "너무해요"라며 귀엽게 토라진 표정을 지어 보였지만, 코이즈미와 타마루 씨 형제 및 하인 역을 맡은 두 사람이 머리를 숙이는 걸 보고 "아, 괜찮아요. 아무렇지도 않답니다"며 황급히 자기도 사과를 했던 것도 일화로 추가해두자.

그런데 본토를 향하는 페리 갑판에서 전체 사진을 찍으려고 서 있을 때 하루히는 이런 주문을 했다.

"겨울 합숙도 부탁할게, 코이즈미. 이번엔 더 제대로 된 시나리오를 생각해봐야 된다. 이번엔 산장에 갈 거니까. 그리고 꼭 폭설이 내려야 해. 다음엔 정말 완벽한 저택이 아니면 화낼 거야. 음. 벌써부터 기대가 되는걸!"

"아아…, 어떻게 할까요?"

마치 제2차 세계대전 말기의 유럽 서부 전선에 파병되어 2개 분대로 연합군 총대장을 생포해오라는 총통의 명령을 직접 받은 신참 독일군 사관처럼 애매한 미소를 지으며, 코이즈미는 도움을 요청하는 표정을 내게 보냈다.

난 동점인 상황에 챔피언 결정전의 연장전에서 자기편 골대에 멋진 슛을 날린 수비수를 보는 듯한 눈으로 마음에도 없는 소리를 던졌다.

"글쎄다. 나도 기대하고 있을게, 코이즈미."

최소한 내가 못 알아차릴 만한, 썰렁한 엔딩이 아닐 거라는 기대는 해도 되겠지.

일상에 무료해진 하루히가 비일상적인 현상을 만들어 내는 일이 없게 하기 위해서도 말이다.

— 4권에 계속 —

작가 후기

자세한 사정은 알 수 없지만 책에 후기가 실리는 것은 바람이 불면 통 장수가 돈을 버는 것(주25) 같이 의심의 여지가 없을 정도로 디폴트 사양이며, 또한 "몇 페이지를 써도 괜찮습니다"는 기뻐서 날뛸 것 같은 소리도 해주셨지만, 그건 다음 기회로 미루도록 하고 이번엔 수록된 각 화별로 후기 비슷한 것을 써서 페이지를 메우려 합니다.

전체적인 감상은 "1년이 지나는 건 빠르지만 두 달이 경과하는 건 더 빠르다"는 죽을 만큼 당연한 소리와 같으니 생략하기로 하고, 아래와 같이 손 가는 대로 써가도록 하겠습니다.

스즈미야 하루히의 무료

표제작으로 SOS단이 가장 먼저 활자화가 된 것은 바로 이것이었습니다. 분명 「스즈미야 하루히의 우울」이 세상에 나오기 두 달 전쯤에 잡지 「더 스니커」에 실리지 않았나 싶습니다.

아무래도 본편이 나오기 전에 후일담을 싣는 건 좀 그렇지 않나 혼자 불안해했었습니다만, 그런 사소한 우려를 한 것은 저뿐이었는지 다른 누구도 의문을 갖지 않은 것 같아 안심했습니다. 아무래

주25) 바람이 불면 통 장수가 돈을 번다: 일본속담. 나비효과와 같은 의미.

도 그냥 기세 좋게 손 가는 대로 써내려간 이야기인지라 이대로 좋을까 걱정을 하기도 했었습니다만 결국 어디서도, 누구한테서도 좋다는 소리도, 나쁘다는 소리도 듣지 않았습니다. 최소한 제 귀에는 아무 소리도 들어오지 않았으니 그걸로 됐다고 스스로를 위안하고 있습니다.

참고로 제가 인생에서 아마추어 야구에 참가한 것은 기억나는 한에서는 열 번도 안 됩니다. 플라이를 잡지 못하는 2루수로 구멍 수비라는 이름을 얻었던 건 말할 필요도 없겠죠. 안타를 친 기억도 없다는 사실을 새삼 깨닫고 뒤늦게나마 놀라고 있습니다.

조릿대잎 랩소디

처음에 붙인 가제는 '아사히나 미쿠루의 당황'이었습니다만 이걸로는 영 시리즈 타이틀을 알기 힘들다는 얘기가 나와 이런 서브타이틀이 되었습니다. 이때는 정말 단편이 계속 실릴 거라고는 생각도 못 하고 있었기 때문에, 잡지 게재 때 마지막 페이지에 "다음 호에 계속"이라 씌어 있기에 깜짝 놀랐던 기억이 선명합니다.

일단 미래에서 온 사람이 있으니까 시간 여행을 한 번은 해야겠다는 생각을 하며 썼습니다만, 이 에피소드가 다음에 복선처럼 될 것 같은 분위기가— 되어주길 멍한 머리로 생각만 하고 있습니다.

미스테릭 사인

사정이 있어 아이디어에서부터 작품을 마칠 때까지 사적인 단편 시간 기록을 만든 것같이 느껴집니다. 대체 녀석들에게 뭘 시킬까 생각하다보니 어느새 이렇게 되고 말았네요. 이 시점부터 시리즈

타이틀 자체를 '힘내라 나가토 씨'로 할까 생각하게 되었습니다만, 그러면 스토리가 전혀 움직이질 않을 것 같아 포기했습니다. 하지만 멤버들 중에선 가장 활약을 해줄 것 같은 캐릭터입니다. 저도 기대하고 있어요. 아니, 정말로 부탁합니다, 나가토 씨. 그런데 안경은 어떻게 할까요? 있는 게 더 좋을까요?

컴퓨터 연구부 부장도 조금 더 활약을 해주었으면 하는 바람입니다만, 현재로선 막연하게 그렇게 생각만 하고 있을 뿐인지라 어떻게 될지는 미지수.

고도증후군

사실은 '미스테릭 사인'보다 먼저 쓰기 시작했던 작품이라 실릴 예정까지 잡혀 있었는데 쓰는 동안에 점점 길어지고 말았다는, 그러한 저의 책임으로 인한 여러 가지 사정으로 문고판의 부록으로 들어가게 되었습니다. 그런 연유로 이 책의 수록 작품 가운데 가장 긴 페이지를 자랑하는, 죽도 밥도 안 되는 긴 부록이 되고 말아 매우 반성하고 있습니다. 항상 어떻게든 해야겠다는 생각은 하고 있습니다만, 생각하긴 쉬운데 실제로 생각대로 되는 일은 인생을 돌이켜보면 손에 꼽을 정도밖에 안 되네요. 그런 이유로 현재의 제 뇌는 아메바 상태입니다.

누가 절 고도(孤島)의 호화 숙박시설에 1주일 정도만 재워주지 않으시겠습니까. 증인 역할 정도라면 어떻게든 할 수 있을 것 같습니다만. 뭐 하루 종일 잠만 퍼자겠지만요.

이렇게 세 번째 단행본을 낼 수가 있었습니다. 이것도 모두 여러분 덕분이라고 할 수 있겠지요. 여러분이란 말에는 정말 많은 분들의 명칭과 직함과 닉네임을 같이 붙여드리고 싶지만, 일단 불특정 다수의 독자 여러분을 포함해 제가 알게 된 분들과 이름도 알 수 없는 분들 모두를 포함한 여러분이라 도저히 다 기록을 할 수가 없어 엎드려 사죄를 올리며 진심으로 감사의 말씀 드립니다.

그럼 다시 어디선가 뵙게 되기를.

타니가와 나가루

개정판 **스즈미야 하루히의 무료**

2022년 6월 8일 초판 1쇄 인쇄
2022년 6월 15일 초판 1쇄 발행

저자 · Nagaru Tanigawa
일러스트 · Noizi Ito
역자 · 이덕주
발행인 · 황민호
콘텐츠4사업본부장 · 박정훈
콘텐츠4사업본부 · 김순란 강경양 한지은 김사라
마케팅 · 조안나 이유진 이나경
국제업무 · 이주은 김준혜
제작 · 심상운 최택순 성시원
한국판 디자인 · 디자인 우리
발행처 · 대원씨아이(주)

서울 특별시 용산구 한강로3가 40-456
편집부 : 02-2071-2104 FAX : 02-794-2105
영업부 : 02-2071-2061 FAX : 02-794-7771
1992년 5월 11일 등록 3-563호

http://www.dwci.co.kr/

원제 SUZUMIYA HARUHI NO TAIKUTSU
© Nagaru Tanigawa, Noizi Ito 2004
First published in Japan in 2004 by KADOKAWA CORPORATION, Tokyo.
Korean translation rights arranged with KADOKAWA CORPORATION, Tokyo.

ISBN 979-11-6894-660-6
ISBN 979-11-6894-657-6 (세트)